El día de hoy

ALFAGUARA

Alejandro Gándara

El día de hoy

ALFAGUARA

2008, Santillana Ediciones Generales, S. L.
Torrelaguna, 60. 28043 Madrid
Teléfono 91 744 90 60
Telefax 91 744 92 24
www.alfaguara.santillana.es

ISBN: 978-84-204-7430-4
Depósito legal: M. 35.419-2008
Impreso en España - Printed in Spain

Diseño:
Proyecto de Enric Satué

El día de hoy

Siete y veinte

Abrí los ojos, he abierto los ojos y se me ha ocurrido que los días tienen su música. El despertador aún no ha sonado, bloqueo la alarma. Tengo un cuarto de hora. Una música que hay que escuchar por detrás de los ruidos, aunque los ruidos no están ahí para esconderla, sino para hacerla sonar. Depende del ruido. Ahora sólo se oye lejos un zumbido de autopista, lo demás, en calma. Con tanto silencio no hay música. Escucha. Ahí va un motor subiendo la cuesta, tres o cuatro verderones están piando en el alero de la Nunciatura, unas suelas estriadas chirrían en los adoquines de la travesía, la pareja de arriba ha empezado a hablar y suenan a cañería. Escucha. Como hacia el parque de Atenas. Ahí. Un silbido que sale de un metal, ciñe las esquinas, entra en un portal o por una ventana que acaban de abrir, da la espalda. No es una canción. A lo mejor es una canción, pero todavía sin hacer. ¿La escucho de verdad? El motor ha llegado al alto, las pisadas se han ido, los verderones y la pareja han callado. El silencio la ha aspirado de golpe, quizá vuelva.

Dentro de poco Goro estará en pie, sacudiendo puertas hasta la cocina y si tardo sonará la tele y los dibujos animados de *Futurama.* No puede encontrarme aquí, hoy menos que nunca. Pero también el cuerpo pesa como nunca y se hunde en la cama como en un río, toda el agua por encima, un pez de plomo con los ojos abiertos, todo ojos, cayendo. Esta oscuridad no es completa. Si miras bien aparecen esas figuras que cuentan cosas. Pegado al techo hay un patinador que no arranca, sus piernas están desapareciendo, los patines se hacen cada vez más grandes..., una mujer se mira las manos bajando la cabeza hasta tocarlas con la frente, las arrugas de la cara caen en las palmas y luego vuelven a la cara agarrándola como tentáculos..., un enano juega con una pelota al lado de la puerta y la pelota salta detrás y delante del enano, pero el enano no se mueve, sólo abre mucho la boca hasta que no es más que una boca en donde antes había cuerpo. La mujer que nos alquiló la casa dijo que no eran habitaciones, que eran alcobas. Mientras nos la enseña, desaparece en la cocina. La oímos llorar. Vuelve exagerando una sonrisa y se pone a mirar por el balcón que da a la travesía. Luego, se sienta en una caja y fuma sin dejar la sonrisa. Hubiera podido ser una de esas figuras en la oscuridad cuando murmura que su marido y su único hijo se mataron el mes pasado en un accidente de coche. Sigue sentada en la caja, ya no volverá a hablar. Goro pregunta con la mirada cuándo nos vamos, no le interesa la mujer, ni la historia de la mujer, y mucho menos el consuelo. Tampoco le interesa la casa. Le he dicho que a partir de ahora viviremos en el centro de Madrid, y hemos venido hasta aquí desde nuestro pueblo de la sierra para que vea el sitio, para que no se escabulla. Pero le da igual esta casa que otra, y también le da igual esta mujer que otra. Quiere irse pronto y que todo haya pasado, que lo que aún no ha pasado haya pasado de una vez. En cambio yo no puedo moverme y me quedo pegado a la mujer. Sentado en otra caja. Goro sigue de pie en mitad del salón, la luz de los balcones le da de lleno y le borra un poco el mal gesto.

Entonces había cumplido doce en marzo. Muy delgado, creciendo por instantes. En la luz de esa tarde de julio se le ve aún más delgado. La mujer y yo sentados en las cajas como si no fuéramos a irnos. Hasta que la mujer coge las llaves y señala la puerta, fatigada de emociones.

¿Ha sido un portazo? Salto de la cama y enciendo la luz. Es temprano para los dos. Ni siquiera el despertador habría sonado. Una nube ha pasado por la cabeza y deja el cuerpo planeando. La noche de duermevela, infinitas trenzas. Querría caer otra vez en la cama, aunque empujo la corredera del armario y busco los pantalones de mahón y la camisa blanca de lino. Quería vestirme como si fuera a hacer algo. Lo tengo todo previsto, creo que lo he pensado bien. No un día especial, nada de eso, sino ropa por la que pudieran salir las palabras que hay que decir, esas palabras que no podrían salir raídas, ni arrugadas, ni demasiado usadas, ni en tufo. Noto el frescor de las prendas limpias, la capa de brisa entre el paño y la piel, el aire estanco de la alcoba.

Goro talona, descalzo, como si dijera que ya está ahí, que de un momento a otro estará listo para que le atiendan, que necesita público para el espectáculo de incorporarse a la mala vida de los que se levantan con sueño, se duchan y van a clases donde hay viejos diciendo cosas viejas. Yo debería estar duchado y en la cocina, para que cuando él cruce hacia el baño me vea atareado y en plena forma preparando el desayuno. El ambiente de actividad le habría seguido hasta el chorro que caerá sobre su cabeza y que anunciará su segundo despertar, de modo que su último sueño habría sido ese padre madrugador y ocupado. Pero ¿por qué ha madrugado?

Hay que salir de la alcoba. Alcoba. La diferencia entre una habitación y una alcoba, dijo la mujer rota, es que la luz de la alcoba es prestada. La nuestra viene de los dos balconcillos del salón, sobre el tejado de la Nunciatura y un parking descubierto con dos almendros tísicos en su alcorque. Goro también necesita luz prestada. No como las plantas, para vivir, sino simplemente para verse. Vivir es otro grado.

Cuando salgo, la sensación de que la casa también necesita despertar, ser despertada, sacudida hasta que abra los ojos de par en par, carraspee, se active. Goro está a punto de entrar en el baño, ladea la cabeza al escucharme, pero no termina de volverse y cierra la puerta. Hay mañanas en que saluda y otras en que no. Me he acostumbrado. He necesitado acostumbrarme. La psicóloga dice que lo importante es no romper la comunicación, que Goro hace casi todo por impulsos, sin pensar, indiferente a las consecuencias. Goro tiene un TDAH, me repito muchas veces al día. Es una enfermedad, me repito muchas veces al día, y no tengo que juzgarle, sino cuidarle. Le hicieron muchas pruebas. Estoy sentado ante la psicóloga, una mesa de roble entre los dos, un aparador, las paredes desnudas, un rodapié marrón oscuro. Es una especialista importante. Tardé en encontrarla y también tardé en saber que debía encontrarla. Tiene el aire de una misionera seglar, recta, escuálida, caminando con sandalias por la sabana. Pero las manos son nerviosas. Doscientos cincuenta euros la consulta. Enciende un pitillo y hojea los informes médicos, el taco de páginas del test. Habla deprisa. A ratos levanta la vista para ver si entiendo. Da la impresión de que lo que yo entienda no es importante, sólo es importante que ella lo compruebe. No estoy asustado, pero quiero salir de ese despacho y llevarme a Goro de la salita en la que espera con su mp3 aislándole del mundo.

Y Jefe no está en su colchoneta. Tampoco en el puf de Goro, en el que se enrosca a la menor oportunidad y a pesar de las regañinas. Se oye la ducha y tuerzo hacia la otra alcoba. Me he golpeado el hombro izquierdo al doblar por el pasillo. Luego, al entrar en la habitación de Goro, la esquina de la mesa se clava en el muslo. Pausa para el dolor. Allí aparece Jefe, respirando un sueño profundo, la cabeza en la almohada. ¿Se lo ha traído para dormir con él? No suele hacerlo. No le gusta el perro. Eso dice. Anoche el perro se quedó como siempre en la cocina y oí cómo cerraba su puerta. ¿Se levantó más tarde y se lo llevó? ¿Por qué? Uno de esos insomnios, la casa en silencio, un recuerdo de otro tiempo, otras personas, y esa herida que no sabe de dónde viene, que no puede saberlo, doliendo de pronto como duele un costado frío, nada importante, pero lo malo es que duele todo el rato y zancadillea al sueño...

Al girar he dado con la mano en el picaporte y he vuelto a doblar mal en el pasillo. Otra pausa. Qué hay. Una humareda que sube por las piernas. Miedo a dar otro paso. ¿No conozco mi casa? ¿Aún no sé dónde están las esquinas y los muebles? ¿O es lo contrario, una casa conocida en la que yo soy un extraño, la casa en la que vivo y de la que me he marchado? Estoy aquí porque el cuerpo se resiente de los golpes y de la extrañeza. Poco a poco, vuelvo a pisar suelo. Ahora, mejor. Pero pronto dejaré de escuchar el ruido de la ducha.

Acelerar. Platos sucios de la noche anterior. Siempre lo mismo. Jurar dejarlo todo limpio para empezar de cero mañana. Jurarlo y pensar: ¿Qué es *mañana*? ¿Mañana está aquí? Quizá la palabra *mañana* tenga peso, un peso que cae en los párpados, un cuerpo que no puede más y se marcha a la cama arrastrando esos párpados de alas de piedra. Di *mañana* y caerá sobre tus ojos. Ya puedes olvidarte de los platos.

No queda tiempo. Todo va saliendo mal. Al revés, para ser preciso. Busco el exprimidor, porque sé lo que contestará, y sé lo único que podré conseguir. Cualquier costumbre pequeña funciona, mientras que cualquier novedad, cualquier variación diminuta se empedrará primero y luego se encrespará como una colina. El exprimidor está sobre una fuente de cristal, todo encajonado a presión en el hueco del armarito, bajo los fogones. Así que no es buena idea llevarse el exprimidor sin la fuente. Pero es lo que hago. Empiezo a tirar y la balda superior se encabrita. Un tintineo de vasos que se tocan, un baile que da los primeros pasos. El último tirón..., y cada cosa brinca despavorida por su lado..., aunque he cazado el exprimidor, disgregado en piezas. Pero la fuente ha caído de plano, se queda en el suelo con un dibujo de estrella de mar y una dentellada. Luego, se desploma un vaso, a destiempo, como si hubiera esperado su momento de gloria. Es raro que el golpe lo haya pulverizado de esa manera, una constelación en las baldosas rojas. Y ahora me gustaría saber por qué vienen tantas ganas de llorar, por qué a veces cuesta tanto llorar en la desgracia y hay que esperar a que se rompa un vaso o una fuente para que uno también pueda saltar en añicos.

Le he visto por el rabillo. Se ha parado cuando cruzaba y me observa rodilla en tierra, las piezas del exprimidor abrazadas, en medio de una estampida de cristales.

—Y aquí qué ha pasado —pregunta con ese tono neutro.

—Salió todo volando. No cabe nada en estos armarios. Se arregla con una escoba. ¿Qué quieres desayunar? —trato de que las cosas sean claras, con una voz a la que agarro del cuello para que deje de temblar, hoy menos que nunca...

—Nada.

—Tienes que desayunar. No puedes aguantar en el instituto con el estómago vacío. Además está la pastilla.

—Luego voy con la tripa petada. Lo sabes de sobra. Los desayunos me sientan mal.

—También me has contado que en clase te mareas. Es cuestión de acostumbrarse a comer algo sólido, aunque sea poco.

—No quiero desayunar.

—Por lo menos, un zumo.

—Pero sólo el zumo.

Ni más ni menos que lo de siempre. Ha enchufado el televisor y se escuchan los dibujos de *Futurama.* Yo enchufo el exprimidor, pisando cristales. Debería haberlos barrido primero. Acabarán repartidos por toda la casa. Se sacan las naranjas del frigorífico. Se parten en mitades sobre la encimera. Acordarse de los cristales. La escoba está en el armario de la despensa, en las antípodas. Exprimo la primera mitad. No hay vaso y la encimera se encharca. Traigo uno del escurridor y lo coloco. Entonces voy a por la escoba. Las suelas crujen por el camino. Paso por delante de Goro, tumbado en el puf, ido. En el camino de vuelta la escoba empuja algún rastro de esquirlas. No me mira, una simbiosis con la televisión. Al llegar a la cocina regreso a por el recogedor. Ahí van los restos del vaso. Después quito la fuente del suelo y la dejo sobre los fogones. Agarro el zumo para llevárselo a Goro. El vaso está vacío. Vuelvo a colocarlo. Vierto lo del recogedor en el cubo de la basura. Observando la fuente me pregunto si no debería echarla también en el cubo. Quizá pese demasiado y rompa la bolsa. Agarro el zumo para llevárselo a Goro. Claro que sigue vacío. Exprimo las otras mitades. Mientras lo hago me fijo en que la pernera derecha del pantalón ha caído por dentro del calcetín, que hace de presa. Sucede a menudo. Siempre me irrita, pero nunca pienso en el porqué. Ahora pienso: Hay más posibilidades de que suceda si los calcetines los pongo después de los pantalones. Aunque no estoy seguro de que yo me ponga los calcetines después de los pantalones. Sin embargo, ninguna pernera se introduce espontáneamente en un calcetín. Coloco el exprimidor bajo el grifo antes de que se incruste todo, y un surtidor en ola, con lenguas, va a parar certeramente a la pechera. Retrocedo de golpe, como si así pudiera evitar lo que ya ha pasado, como si previera lo que no he previsto, como si estuviera en aquel presente y no en este futuro sin remedio. La camisa de lino se ha empapado. No veo restos naranjas. Quizá sólo agua. No tengo más camisas de lino. Y tiene que ser ésta. Era el plan. Quiero mi plan, no importa que no sirva, que no salga, que esté mal pensado, que cosas como las que tienen que ocurrir hoy funcionen con independencia de los planes, porque yo quiero mi plan porque es mío. Ni los golpes, ni el vértigo, ni los cristales, ni la camisa manchada, ni siquiera Goro van a robarme lo que es mío... Goro menos que nadie. Al coger el vaso de zumo para llevárselo, puede verse que está sólo semilleno. Aún faltaban mitades de naranja. No, tampoco esta desorientación rara, estos otros cristales, lenguas y golpes de la cabeza van a frustrar mi plan.

Jefe ha aparecido en la salita. Está sentado sobre las patas traseras y atento a Goro. Goro atrapa el vaso que le tiendo sin apartar la vista de la pantalla, monstruos y robots. Lo bebe de un trago y lo devuelve con un brazo tieso, sin apreciar que el zumo era escaso. Puede que se haya dado cuenta, aunque nunca es fácil saber de qué se ha dado cuenta.

—¿Has tomado la pastilla?

—Ahora.

Recaigo en una de las sillas, junto a las dos mesitas de terraza, pegadas a la pared. Es el ritual de cada mañana. Veo la televisión con él y cruzamos palabras. A veces simplemente nos quedamos ahí. Pero yo espero las palabras como si fueran mágicas, como si controlasen el futuro del día. Jefe se aproxima y mete la cabeza entre las piernas. Suspira, cierra los ojos. Más que un perro, parece un vigilante emocional, pendiente de los frágiles vínculos entre las personas, siempre alerta a la soledad que pueda presentarse sin aviso. Es un golden retriever, lanudo y canela, falto de agresividad, seleccionado por la naturaleza y los criadores de perros para cuidar de cuanto le pongan cerca. Es el perro de los ciegos, de los bomberos y de los niños, lo más semejante a una madre pidiendo su porción de ternura a cambio de desvelos.

Ella dijo: «El perro se lo regalé a Goro. Debes quedarte con él». Jefe tenía entonces cuatro meses. Pensé que hubiera debido ser más previsora y no haber regalado un perro cuando calculaba marcharse. Cuando además calculaba marcharse sin el hijo. Yo contesté: «No creo que el niño quiera un perro ahora. Yo tampoco quiero un perro.

Sólo podremos cuidar de nosotros». Ella dijo: «Ahora yo tampoco puedo cuidar de él», y no me atreví a preguntar a quién se refería. Pensé: Lo poco que separa a una persona amada de un completo extraño. Basta que tenga un plan que no te incluya para que se convierta en desconocida. Mismo rictus, misma piel, mismo movimiento de labios, misma carne resabida, y basta que diga que se dará un paseo, y que tú no puedes ir con ella, para que ya no puedas alcanzarla, para que sientas que se ha ido hace mucho tiempo. Era tuya, en cambio ya no queda nada que puedas hacer con esa que está ahí, para la que además has desaparecido. Tú miras a una extraña, ella no mira a nadie.

—¿No desayunas?—pregunta sin apartar la vista del televisor.

Contrapié. Es verdad. Siempre traigo el café e interpretamos nuestra versión de desayuno en familia. Él mira la televisión y yo pongo la familia. Lo que pasa es que hoy no he tocado la cafetera. El día del plan perfecto es el día en que los planes son accidentes de tren. ¿Cómo se ha dado cuenta? ¿Tiene sensores y ojos occipitales como sus monigotes de *Futurama*?

—Voy a esperar un poco. El estómago anda algo revuelto.

—Como el mío por las mañanas.

—A mí sólo me pasa de tarde en tarde.

—Y por qué.

—¿Por qué, qué?

—Por qué te pasa de tarde en tarde.

Mala conversación. Ha notado una alteración en el ambiente, el radar se ha puesto en marcha. También Jefe aparta la cabeza y me mira esperando respuestas.

—Supongo que cené demasiado.

Buena contestación. Él tendría que hacer memoria y recordar lo que cené anoche. Además pude haber comido sin que me viera. Mucha tela para ese sastre.

—¿Supones?

Tac, tac, tac, tac, el radar ha detectado un objeto no identificado, el volumen aumenta, el barrido se acelera. Las naves espaciales del televisor rugen. Jefe, alerta.

—No sé qué quieres que diga, no soy médico.

—Este capítulo es una mierda.

Uf. Jefe vuelve a la entrepierna.

—A mí me hace gracia —enhebro.

Los robots celebran el Día de la Madre. Y se da la circunstancia de que todos los robots tienen la misma madre. La Madre, que odia el Día de la Madre, convence a todos sus hijos robot para que odien el Día de la Madre. A los robots se les parte el alma en un dilema: celebrar el Día de la Madre por amor a su Madre, y obedecer a su Madre, lo que no deja de ser una forma de celebrar el Día de la Madre, que es precisamente lo que su Madre no quiere que hagan. Los robots van enloqueciendo con el dilema hasta que Lila, la bella mujer con un ojo grande en la frente, descubre que la Madre en realidad pretende dominar el mundo apoderándose de la voluntad de sus hijos. Una vez descubierta y derrotada, la Madre lo niega todo.

¿Hacía falta decir que me hacía gracia? Daría cualquier cosa por una de esas conversaciones corrientes, de seguido, anodinas, en las que no hay nada que temer. En las que se dice, hablando de cualquier cosa, que todo está bien, que el jersey ha dado de sí y eso que era bueno, que la fruta no sabe como la de antes, que podríamos comprar una pecera con peces del Caribe, que cuando conoces un camino se hace más corto, que en Madrid casi no hay moscas...

Pues sí, este capítulo de *Futurama* tiene gracia. Te mueres de la gracia. Se ha oído el chasquido de la compuerta de acero de la cápsula. Dentro han quedado Goro y su silencio automático, volando a otro planeta. Madre, el Día de la Madre. Ha dicho: Este capítulo es una mierda. Fácil. Bastaba con haberle escuchado. *Este capítulo es una mierda.* Fácil. Pero la bandeja se ha estrellado en el suelo, he ido chocando con los salientes, olvidado el café, tengo mojada la pechera de mi única camisa de lino en la que ya aflora un cerco ámbar...

—La pastilla, Goro.

—Ahora.

Ocho y cinco

Los obreros polacos trepan por el andamio del patio. Suben con risas que suenan a choque de rocas. Están aprendiendo a decir tacos españoles. Le han cogido gusto a *gilipollas.* Dicen *gilipollas* y se parten de risa. Empieza uno: Eh, gilipollas. Contesta otro: Gilipollas, tú. Otro más: Karol, gilipollas, eh. Hasta que uno remata: Todos gilipollas. Y a troncharse. Son voces que suenan por senderos de bosque. Así que *gilipollas* se oye distinto, no ese golpe de boca español que se amartilla en el paladar y luego escupe el perdigón. En los polacos tiene un fondo y un rumor, aunque no pierde dureza, la dureza de una maldición druida que expulsa a la gente de su tierra para que pique y enfosque los patios de un remoto país taurino. Todos gilipollas, todos malditos. Más vale que te rías.

—¿Cuándo coño van a tapar el agujero? —Goro ha regresado del planeta No Me Hables Más.

Siempre la misma maniobra de regreso, un reproche, algo que vaya mal.

—Esta semana.

—Eso dijiste la semana pasada. ¿Por qué no les hablas?

—Anda tú a entenderte con ellos.

—Va.

Hay que traducir *Va* como una afirmación resignada, tipo *De acuerdo, si tú lo dices* o también *Es así, porque no hay más remedio.* Dependiendo del tono y de la longitud de onda puede ampliarse a *Sí, está bien* y a *Te digo lo que quieras con tal de que me dejes en paz.* En circunstancias especiales, pronunciada con desaliento y sacada del buche con fuerzas de flaqueza, llega a significar *Lo haré porque tienes toda la razón,* aunque en este caso se confunde fácilmente con *Eso ya lo sabía yo.* Como es lógico, el oído no siempre presta la debida atención y pierde o confunde los matices.

Picaron junto al ventanuco que hay a la espalda de Goro, encima y a la derecha del puf, y tres palmos de pared con forma de Sudamérica se desplomaron sobre la balda de debajo, en la que están los libros de jardinería y esos chismes desarraigados a los que atrae el espacio vacío de las casas, y luego rebotaron en el suelo, salpicando de cáscara y polvo de yeso el sagrado puf de Goro. Encontramos el panorama cuando volvimos a la hora de comer, hace quince o veinte días. No dijo nada. Se quedó un minuto mirándolo mochila al hombro y a continuación se volvió hacia mí en busca de la clave del enigma. El agujero y el yeso no le parecían suficientes. Su puf mullía entre cascotes, la tierra se abría bajo los pies, la intemperie batía contra el office, ¿todo eso lo hacía la piqueta de un polaco? Al final, sólo dijo: *Sí, ¿no?* Del mismo modo en que *Va* debe interpretarse como una afirmación resignada, la traducción de *Sí, ¿no?* es una negación rabiosa. En contados casos, dependiendo del tono y de la longitud de onda, vale por una invitación a que los demás se explayen durante contados segundos, siempre y cuando no intenten suavizar el mal ambiente con alguna justificación o esperanza tonta. En otros, la expresión soterra una ironía punzante, como cuando un tipo anima desde la orilla a otro que quiere caminar sobre las aguas. Ya aparte, se confunde con *Va* en coyunturas de rechazo.

Fue su regalo por venir a esta casa, algo para que la hiciera suya. Un saco de piel de veinte kilos cosido a mano por un artesano de Lavapiés, gris marengo, relleno de millares de bolitas que se acomodan al cuerpo, ciento sesenta euros. Tuvimos que cargarlo hasta casa, quizá dos kilómetros, y lo hicimos juntos. Hacía calor, yo sudaba a chorros. De vez en cuando Goro miraba, mira hacia atrás y pregunta qué tal voy. No está seguro de que aguante. Tampoco está seguro de por qué no hemos llamado a un taxi. Le propuse que lo cargáramos entre los dos y le pareció bien, o sea, *va.* Eligió ir delante. Al cabo de la cuesta en la que hay una corrala y un parque, me ofrece cambiar de posición. Contesto que no hace falta. Pero me ha mirado hondo, toda esa pupila parda que se redondea en meteorito, en un semblante opaco. Siento que nunca me ha mirado tanto, de esa forma. En Ribera de Curtidores tengo que hacer un alto. El calor más la asfixia del esfuerzo. Uso el puf como asiento. Se coloca a mi lado. No dice nada. Los que pasan nos echan vistazos. Al rato, dice: Deberías dejar de fumar. Ahora el sudor hace que el cuero resbale de las manos. Por la estación de La Latina le digo que voy a llevarlo en bandeja y que él lo cargue al hombro. Aquí hay mucha más gente, marchamos sorteándola. Entonces, al torcer a Segovia, hacia Puerta Cerrada, vuelve a mirarme de esa manera y me doy cuenta de que le respondo en silencio, con una voz fuerte que va del estómago a la cabeza: Yo no voy a fallarte.

En su momento, bajé a discutir con los polacos. Los encontré comiendo, sentados en el terrazo del patio, un *loro* a todo volumen del que salía una samba brasileña que les hacía cabecear, masticar siguiendo el ritmo. Antes de que pudiera hablar, uno levantó el dedo y señaló la ventana. Luego, se dio un par de golpes en el pecho y dijo con la boca llena: No preocupa, jefe. Pregunté cuándo pensaban arreglarlo. Contestó: Ahora o mañana. Otro dijo: No un año. Y siguieron cabeceando con la boca llena. Quise averiguar dónde o cuándo podía encontrar al capataz de la obra. Contestó el que había hablado primero: No preocupa, jefe, nosotros tienen moto. Lo de la moto no servía. Insistí. Entonces pareció enfadarse: Soy en esto dos años y medio años, en Polonia muchos años y más años.

Cuando regresaba al piso topé en la escalera con el presidente de la comunidad y le conté el asunto. Es un anciano amable y vigoroso, que vive solo. Sale a la calle con un sombrero tirolés, sea invierno o verano, comprado en la víspera de su vuelta a España después de treinta años de emigrante en Suiza. Solemos hablar mientras él toma aire en los rellanos de la casa sin ascensor.

—Ya les advertí —comentó— que ese enfoscado tenía más de un siglo y que no hacía falta picarlo a fondo. Déjelo de mi cuenta, hablaré con el administrador para que llame a la constructora. Éstos sólo saben decir «años» y «jefe», pobre gente. Que nosotros no volvamos a vernos así.

—También saben decir «moto».

—No me pareció que aprendieran tan deprisa —y echó una risita con resuello.

Ocho y dieciocho

—Supongo que esperas a que yo te traiga la pastilla.

—Exacto.

—A qué hora tienes el examen.

—A segunda.

—Y cómo lo llevas.

—No he sobado en toda la noche.

—¿Por eso llamaste al perro?

—El perro ha ido porque ha querido.

—¿Ahora tienes sueño?

—Estoy matao.

—Te he dicho que cierres los ojos, aunque no duermas. Así, por lo menos descansas.

—No puedo. Me pongo a pensar en dormir porque mañana tengo un examen y me entra el nervio. Y luego tengo hambre y me levanto a papear.

—Sacarás el curso. No te angusties. Todo ha ido bien hasta ahora y no hay razón para que cambie.

—No voy a sacarlo. No soy inteligente. Ando pinzado todo el rato. Tú no lo entiendes, padre.

Esas conversaciones repetidas, sin embargo sensación de primera vez. Aunque nunca hubo primera vez, porque se confunde con todas las veces iguales. El cielo desciende y se aplasta contra la tierra, los pájaros y los edificios se empastan, se respira por resquicios, de abajo viene una fuerza que chupa por los pies, el cuerpo tiene pulmones exprimidos y ojos nublados. No hay luz ni oscuridad. No hay más que aire plomo, ningún lugar al que ir.

—El único problema es que estás creciendo. También tu cerebro está creciendo. Crecerás y todo se arreglará. Lo dijeron los médicos y lo dicen tus profesores. No toda la gente crece igual. Y lo de la inteligencia es una tontería que te inventas. Tienes un cociente de 124 y eso es inteligencia alta según los test, tú puedes decir lo que quieras.

—Entonces, por qué me duermo en clase.

—Porque no duermes por las noches.

—Y por qué no tengo memoria.

—Porque te duermes en clase y no atiendes.

—Y por qué no sobo por las noches.

—Porque crees que te estás durmiendo en clase.

Necesita respuestas tranquilizadoras y son tranquilizadoras cuando no dudan, no importa que sean circulares, quizá mejor si son circulares, así no puede escapar de ellas. Ni yo tampoco.

Hace días lo encontré dándose de cabezazos en la mesa contra el libro de Sociales. Y como una letanía: Soy cabeza borradora, soy cabeza borradora, soy cabeza borradora... Cuando alza la cara, tiene la frente escarnecida, los ojos vidriados.

—Es hora de irse —anuncio.

—Todavía son y veintidós.

Voy hacia la balda de chismes en la que está el Rubifen. Es una cajita corriente como de aspirinas, ya recomida, que comienza a destartalarse hacia la tercera semana, de las nueve que dura. Nadie imaginaría que guarda lo que el médico llama psicotropo. En la farmacia piden el carnet de identidad y miran la receta con lupa. Y tienen un protocolo invariable de preguntas: ¿Es para usted? Y también: ¿Sabe lo que es esto? Y también: ¿Desde cuándo lo toma? No sé de qué vale tanta cuestión cuando todo está en regla delante de sus narices. Creo que utilizan el tiempo de preguntar para mirarte a los ojos, comprobar que no bajas los tuyos, como ante la policía. Rubifen suena a antigripal, a fiebres recidivas. Pero psicotropo suena a viaje lejano, a cielo torrencial, a ida sin vuelta.

Estoy a punto de abrir la caja y apretar uno de los botones con píldora. Luego, dársela. Sí, claro, me he acostumbrado a cubrirle los flancos, a recogerle en las caídas, a poner parches cuando se le escapa el aire. Es malo para él, pero lo otro no es fácil para mí. Un error que parece pequeño encadena una catástrofe..., sobre todo ahora que empieza a ir bien. Si permito que no tome la pastilla, se dormirá en clase, suspenderá los exámenes, confirmará que es estúpido, dejará de estudiar, perderá las pocas esperanzas, se esconderá para el resto de su vida en un cuarto oscuro mirando el resplandor de las rendijas, en vela. Acabar de una maldita vez, acabar del todo. Lo desea más que los aprobados y mucho más que ser feliz. Y por eso busca el error, que es su forma de resistir, con la única voluntad que tiene, la de negar. Dormir, vestirse, desayunar, tomar la pastilla, llegar a tiempo al instituto, cada pequeña cosa es una trinchera, uñas y dientes contra el enemigo que viene a sacarle de ella y que con distinto *careto,* su padre, sus profesores, incluso sus contados amigos, no es más que uno solo: el mundo, ese mundo que durante catorce años le ha zarandeado sin contemplaciones y sin motivo que valga. ¿Por qué no acabar de una vez? ¿Alguien tiene una buena razón?

—Si no quieres tomar la pastilla, no la tomes. Yo me marcho a sacar al chucho —digo, de pronto.

—Pesado, ya voy.

Y entonces se incorpora con uno de esos saltos de acróbata, pies al aire, curvando el cuerpo y aterrizando con dos plantillazos, completamente erguido. Es muy delgado, pero los músculos se aprietan como sogas. Una contradicción con su falta de energía, con el desmayo ante la realidad.

—¿Curras hoy? —pregunta, mirando por el rabillo mientras traga la pastilla.

—Trabajo todos los días.

—Entonces no estarás a la hora del recreo.

—Pues no.

—Pero siempre estás.

No digo nada. Disfruta con los contrasentidos ajenos.

—¿Vas vestido de marica por algo?

¿He pensado que era invisible? Para él suelo serlo. Tenía un plan, tengo un plan. ¿El plan está volviéndose visible?

—Un pantalón y una camisa. ¿Qué tiene de raro?

Ya no sigue la conversación. Carga la mochila, cojo la correa del perro. Aunque es verdad, ¿por qué me he puesto el mejor pantalón y la mejor camisa? No recuerdo qué parte del plan era ésa.

Nos hemos atascado en la puerta, tras los dos metros de pasillo saliendo del office. Por lo que sea, el pomo no gira. La mano resbala en la alcachofa de metal, rígida como si la hubieran soldado. Jefe no para con el rabo, culea entre las piernas, jadea con esa ansiedad de loco que se desata al empuñar la correa y que no cesa hasta la vuelta.

—Hoy ves al tutor, ¿no? —pregunta como si estuviéramos en la cola del cine y no atascados en la salida de casa.

—Sí, a la una y media.

—Qué le vas a decir.

—Me lo dirá él a mí. Me dirá que todo va igual de bien y que aprobarás el curso.

—Sí, ¿no?

Jefe se ha colado entre mi cuerpo y la puerta. Trata de encaramarse, pero le falta sitio. Las pezuñas se escurren por el paño de madera.

—Quieto —le digo, amenazando con la mano.

Ahora gimotea. Es el gimoteo de reproche. Tiene otro para recibir a las visitas. Y otro más, que sólo le he escuchado una vez en que metió la pata en la rejilla de un canal, para el dolor.

—De los últimos tres exámenes, he suspendido todos —continúa Goro.

—Todavía no te han dado las notas.

—Pero eso se sabe.

—Cuando dices que vas a sacar un sobresaliente, suspendes. Y cuando dices que suspendes, sacas notable. Siempre te parece que suspendes cuando esperas un diez. Así que de momento son buenas noticias.

—Te vas de la olla, padre.

—Será que no es verdad. ¿Puedes quitarme al perro de encima?

Goro sujeta a Jefe por el collar. Pero eso no abre la puerta. Atenazo la alcachofa con dos manos y suena un chasquido. Quizá han intentado atracarnos por la noche y la han bloqueado, o algún gracioso ha metido palillos en el agujero de la cerradura, o ésta no es nuestra puerta igual que antes, con los choques, yo pensaba que ésta no era mi casa.

—Los exámenes finales no son como los otros, son todo el libro y además es el primer año que me los hacen. A mí no me habían preparado para tragarme asignaturas enteras.

—Quién no te había preparado, ¿la vida?

—Podrían advertirlo. O que dejasen de tocar los huevos con parciales.

Resoplo de rabia. Pero él parece tranquilo, incluso conversador, todos allí amontonados. Esas situaciones escasean. Y entonces siento que las cosas van bien, que cómo podrían ir de otra manera, que tenemos conversación aunque sea en este trance. El aliento de su voz pasa una mano por mi pelo, su cercanía es una charla en un sofá, el pasillo es un saloncito en el que pasan las horas, la luz hace charcos.

—Y hablando de todo un poco, ¿te has dado cuenta de que esto no se abre?

—Normal que lo hagan en el bachillerato o en la universidad, pero no en la ESO —ha dado un paso adelante, desliza una mano carterista por mi costado y alcanza el pomo—. En dos meses pasan de tratarte como a un niño a tratarte como en la carrera, esa banda no es normal —lo gira al lado contrario y el artilugio cede con la mayor naturalidad.

Jefe sale a trompicones escalera abajo y desaparece de la vista. No da tiempo a engancharle de la correa. Algún día rebotará contra los ancianos y habrá una desgracia. Pienso en esa desgracia y en lo que ha pasado con el pomo, cruzando las imágenes igual que si estuviera despertando cuando desperté, las figuras oscuras cambiando de forma y de un monstruo a otro.

—No son normales. Pero tú siempre los defiendes.

—A quién estoy defendiendo, si se puede saber.

—Es tu obligación de padre. Pero yo soy un adolescente y tengo que meterme con ellos.

—Si eres un adolescente no puedes hablar como un experto en adolescencia.

—Va, podrías explicarme lo que te pasaba con la puerta.

Jefe suena en el portal. Sus jadeos de ansiedad suben por el ojo de esta escalera de roble entero, barandilla forjada, zócalo pintado, todo recién restaurado por la tropa polaca. Eso, junto con las puertas marrones con postigos de carcelera, da impresión de convento o de posada vieja, y al padre con el hijo y el golden los vuelve visitas extrañas. La mayoría de inquilinos son ancianos. Mientras que lo extraño de ellos es que sin excepción son educados y simpáticos, como brotados por el inmueble. Sorprende que adoren a Jefe cuando deberían odiarlo. El perro se acelera y baja la escalera rebotando, de morros. Los viejos se pegan a la pared, lo ven pasar tras un regate milagroso y se quedan temblequeando. Pero no paran de adularlo y de acariciarlo, cuando se deja. Es guapo el can, bien guapo, dice la pareja del segundo, que se cae a trozos sin perder una sonrisa inmutable. Menos el presidente, todos los viejos son matrimonio. Juraría que ninguno de menos de ochenta, lo que equivale, si no ha mediado bifurcación, a bodas de oro unánimes. A lo mejor es al final del matrimonio, después de toda su historia o cuando ya no hay más historia, donde se descubre la felicidad en el matrimonio, la paz buscada. Eso explicaría ese aire de no ser de este mundo, quitando que estén a punto de despedirse de él. El resto de vecinos vive solo, todavía a solas con sus delitos y pasiones. Justo encima vive una muchacha de veintitantos que ríe y llora sin tasa, y a la que se escucha en toda la vecindad. Una vez subí a preguntarle si le pasaba algo y me contestó que ella era así, que no tenía importancia. En una de las buhardillas vive otro chaval joven que mira con desconfianza y que saluda haciendo un ruido con la garganta. Tiene la costumbre de cambiar los muebles de sitio en fines de semana y cuando la gente duerme. No sólo es el estruendo de arrastrarlos, hay portazos y como si los lanzara desde las alturas.

Y en el primero está la Mala. Así la llama Goro, por una cantante de hip hop famosa. Tendrá cincuenta años, se peina con una coleta tirante, como si la llevasen de los pelos. Se la mencioné al presidente y el viejo meneó el tirolés y murmuró: Esta mujer, esta mujer... Les tiene encono a los vecinos, puede que simplemente por serlo. Por ejemplo, a menudo los viejos no pueden con el cerrojo del cuarto de contadores donde se guarda la basura, y depositan sus bolsas a la entrada, hasta que alguien puede con la puerta y las mete. Pero si le toca a ella, agarra y vuelve a repartirlas por felpudos y pisos. Con las obras de reforma se lo está pasando en grande, motivo tras motivo y polaco tras polaco. Lo peor es que no es una mujer loca. Disfruta con lo que hace, suponiendo que eso no sea de locos. Cualquier otra persona no podría dormir con esa tensión vigilante, con esas ganas de cobrarse deudas, pero a ella le animan el cuerpo, como si el escándalo fuera su psicotropo. En lo que me respecta, se la tengo jurada. No me faltan ideas, aunque todavía no he dado con una que no deje pistas. Y es que una tarde salí a ver al semillero y Goro se quedó en casa. En la calle me di cuenta de que no llevaba las llaves. Llamé a mi hijo por el telefonillo y le pregunté si iba a moverse de casa. Contestó que no, me fui. Me entretuve más de lo que pensaba y a la vuelta resultó que no me abría el portal. No podía creer que Goro se hubiera marchado. Estuve apretando el timbre un rato largo. Al final me convencí de que Goro no me escuchaba y que su mp3 embutido en el tímpano era suficiente como explicación. Lo peor es que llovía a cántaros. Por esas casualidades de la vida, que espían de reojo las desventuras, a los otros timbres tampoco contestó nadie. El agua batía los dos lados de la travesía, una escobilla rabiosa de filamentos helados, entrando en los umbrales y en el amparo de los aleros. La humedad empezaba a escurrirse por los hombros. De pronto apareció una mujer con una bata de raso en el primer balcón a la izquierda, con un cigarrillo en la mano y pintada como una puta de posguerra, gritando con voz cazalla: Deja ya de molestar, ¿es que no te aburres?, ¿es que no ves que no hay nadie? Entonces le pedí que me abriera, evitando preguntarle por qué no había contestado al telefonillo si lo estaba escuchando. Contestó: De eso nada, ahora te aguantas. Y candó el balcón.

Goro llegó de la calle un cuarto de hora después. No había entendido nada de llaves, sólo le habían preguntado que si estaría en casa, pregunta de rutina. En ese cuarto de hora me reconcomió no haber protestado a la puta y aguantarme allí, destemplado de agua y perdido. Podría haber ido a un bar y esperar a que Goro cogiera el teléfono. Pero los desconciertos son alma inmóvil.

—¿A qué hora tienes lo del tutor?

—Ya te lo he dicho. A la una y media.

—Crees que me dices las cosas, pero no me las dices.

Las pisadas en las huellas de roble dan un sonido profundo y seco, sin reverbero, como si abrieran los ventanucos y los balcones a un bosque, y detrás a un río y a un valle. Es lo único que se oye desde las viviendas, bien tabicadas y aisladas para lo demás, igual que el corazón en el cuerpo. Me gusta subir y bajar esas escaleras, no por volver a casa o por salir a la calle, sino por sentir el ruido especial que sube de los pies como una mano abierta y segura que transporta lejos. No pasaría lo mismo si fueran de pino negro, de eucalipto, de laurel o de astillas, porque entonces el ruido de las pisadas sonaría a clavo y a tapa, con hueco dentro.

Ciao, dice Goro con una sacudida a la mochila, echando un vistazo a los andamios que van coronando la fachada. Él se marcha por la cuesta arriba y yo por la cuesta abajo con el perro.

—Vendré en el recreo —añade, mirando ya en la otra dirección.

—¿Tienes las llaves? —pregunto, mirando yo en la mía.

—Claro. Pero tú estarás.

—No lo creo.

Quizá seguimos hablando hasta que doblamos esquinas opuestas, como si aún estuviéramos juntos. Las palabras se quedan por allí cuando no hay nadie, luego, ascienden como vapor al cielo en el que dicen que todo se escribe.

Nueve menos veinte

El primer arreón de Jefe cesa en la esquina con el palacio del Nuncio, a treinta metros del portal. Olisquea el menú de humedades, escoge y enchufa el chorro. El guarda jurado del Consejo de Municipios se pasea por delante de los batientes acristalados, bajo las banderas, con los brazos cruzados, aburrido. Cuando cree que no le ven, da pataditas al aire, como un niño castigado en el umbral. Lanza una ojeada a Jefe, y vuelve a su garita de hastío. Los guardas jurados rotan mucho, pero todos hacen lo mismo, almas de Purgatorio. De pequeño, imaginaba las almas en una pajarera de barrotes de vidrio, alas blancas aleteando sin pájaro en medio.

La siguiente parada de Jefe coincide con la entrada misma del palacio, un portón de par en par donde un grafitero ha pintado la palabra KÍROX, y que conduce a un patio de carruajes frecuentado por sacerdotes en trajes cortados a medida, tiesos y lustrados, directivos de la fe, prácticos como mártires del negocio. Los conozco. De todas maneras me da un poco de grima que el perro se pare ahí. Como cualquier macho, Jefe dosifica el depósito para ampliar el territorio, pero tiene tendencia a lo sagrado y a los suministros de obra, abundantes por aquí. Si la Nunciatura, la iglesia de San Pedro y la capilla del Obispo son dianas rutinarias, los sacos de cemento, las pilas de ladrillos, los pallets y los cobertores son atendidos con igual inquina o pasión. O sea, que trata a lo celeste y a lo terrestre de la misma manera, y a lo mejor es un perro budista. Fuera de eso, y como es natural, su vejiga guarda una reserva para emergencias que a veces salpican un zapato, un carrito de la compra o la alfombrilla de un restaurante, según gracia.

Seguimos por la acera de San Pedro el Viejo, donde veneran a Jesús el Pobre, atracción para devotos y mendigos profesionales que trabajan la escalinata todo el año. Hoy ya se instalaron dos clásicos, el peregrino con gorro polar y botas de montaña envuelto en la bandera de España y la rumana forrada de sayas y pañuelos, apenas asomando entre la peladura. Están sentados en los primeros peldaños y Jefe les echa una meada equidistante. A los mendigos no les gusta. Al fin y al cabo, es su despacho cara al público. Siempre sigo camino y evito la trifulca. Pero ahora el peregrino está gruñendo por lo bajo y cuando Jefe pasa por delante le lanza un escupitajo que acierta en la oreja. Me quedo mirando el lapo como si fuera a pasar algo con él, pero en realidad no lo estoy mirando, sólo estoy atento al hormigueo de las manos, al latido del estómago. Es una electricidad súbita. Debiera seguir adelante, llevarme al perro, zanjar. No se hace. A cambio, subo escalones de un volantazo, no del todo yo. Le digo al peregrino: Límpiaselo. El peregrino se crece, hincha los carrillos, coloca los labios y apunta otra vez a Jefe. Pero le desinflo con un amago de patada en la cara que tiene que esquivar, la bandera española ondeando.

Entonces la camisa me tira de la espalda, como si quisiera irse de allí. Quizá quiera irse a cambiar a casa antes de que el cerco de naranjas se enquiste.

—Ángel, Páter, ¿qué haces?

A la vuelta y encima hay una cara curtida, más dos manos que acaban de soltarme.

—¿Te acuerdas de mí? En la mili, en la misma compañía, el Turuta. Venga, hombre, ¿qué haces?

—Turuta...

—El que tocaba la corneta, diana, retreta. Te tienes que acordar. Y deja a éste, vente para acá, no sé qué te habrá hecho, pero no te pongas con él.

Hay que irse por esa piel tela de araña, ojos tizón, una coleta de pelo entrecano, dientes blancos algo separados. Un viaje de ida y vuelta. Del Turuta de veintipocos en el Regimiento Mixto de Ingenieros número 11 a la transparencia del fulano que queda delante y que, tras cogerle distancia, aparece con la ropa de los repartidores de Mahou, camisa y pantalón gris, otro uniforme.

—No me acuerdo de cómo te llamas —le digo.

—No pasa nada, tranquilo. Fidel. Pero ¿me recuerdas o no?

—Ahora, sí.

—Pues ya está. Yo de ti me acuerdo muy bien. Eras el que se había salido de cura, el Páter, así te llamábamos. Aunque eres Ángel, ¿verdad?

—Sí. Pero nunca fui cura. Sólo estudié en el Seminario.

—No, ya sé. En cambio, yo iba para músico bandarra y me he quedado tocando la carretilla. Pero a las cinco de la tarde estoy en el pueblo y hago mi vida. No está lejos, San Martín de Valdeiglesias, aire puro y monte, no quiero más. Para qué... En fin, y tú a qué te dedicas.

—A jardinero.

—No te imaginaba yo con la azuela y los terrones.

—Bueno, hago jardines grandes cuando puedo y el trabajo de huerta lo encargo.

—Vaya.

—Cuando puedo... El trabajo está difícil.

De pronto, digo:

—A lo mejor sabes de algo, tú que andas por el campo.

Se queda un poco parado.

—Malos tiempos, ¿eh, Páter?

—Oye...

—No pasa nada. Luego me das el teléfono y procuro enterarme, quién sabe.

Piensa un momento:

—Me parece que has engordado. Pero en lo demás estás casi igual. Y menos pelo, pero eso, como todos.

—Más gordo y menos pelo...

—Uno cree que no cambia. Siempre se ve como cuando era joven. Te miras la arruga y dices: Mañana se ha quitado. Pero no se quita.

Pienso en lo que dice.

—Y por si la olvidas, siempre hay alguien que te mira. Ahí está lo jodido. Aunque si no te mira nadie, también es jodido.

—Jodido...

—¿Y el animal este? Es majo. ¿Qué tenías con el limosnero?

El cuitado ha recuperado el sitio, sigue ahí al lado recomponiéndose la bandera. No dice nada, pero se le siente a hurtadillas.

—Si no hay más remedio —bromea el Turuta, mirándole— vamos y lo caneamos entre los dos. Yo ya estoy caliente, es la ventaja de la carretilla.

El peregrino retrae las piernas y se arrebuja, pero no se mueve del escalón.

—Oiga, perdone —le digo—. Se me ha ido la cabeza.

—A la mierda —contesta, aunque bajito y mirando a otro sitio.

—Hay que perdonar, colega —le replica el Turuta—. Hay que saber dar, aparte de pedir. A lo mejor por eso estás donde estás. Páter, me marcho, que tengo al muñeco esperando. Ah, el teléfono. Nos vemos. Estás igual.

Al cruzar la costanilla de San Andrés me veo en los cristales del bar La Musa. Tengo la impresión de no haberme careado con un espejo en meses. Sin embargo, me peino en uno todos los días. ¿Me peino? Aunque de hoy no me acuerdo. Supongo que mucha gente no lo recuerda, porque no es una cosa que tenga que recordarse, mucha gente va al lavabo como si el espejo no estuviera ahí, atravesándolo como un pasillo. El resultado es como no tener cara, luego, ir sin cara a los sitios. Y si no hay nadie para advertirlo, alguien que te mira, como dice el Turuta, puedes vivir sin cara y sin espejo. Quizá si alguien dijera que hoy te has levantado sin cara, uno se esforzaría un poco, se haría ese retrato de carnet en el azogue para las aduanas del día, despedirse con un beso, presentarse en el trabajo y mantener la compostura sacada del espejo hasta la noche, con sus altos y bajos, pero con la memoria lista para recordarle lo que había visto o querido ver cuando simplemente enderezó el cuello y se dijo: Éste soy yo, ahí va.

Pero por los cristales del bar La Musa sólo ha resbalado una mancha de espectro, reflejando, en cambio, al Turuta Fidel cuarto de siglo atrás, un chaval tímido y aseado que tocaba en un grupo de barrio el rock de la época, de modo que en la mili le tocó corneta, y que estaba convencido de que grabaría discos y se haría famoso, quizá demasiado tímido y aseado para esas cosas, aunque ya bastante fuerte de músculo, una mezcla que se da. A lo mejor así eran sus sueños, prudentes y limpios, también fuertes. ¿Y ahora?... Con cara o sin cara, el tiempo pasa. Cayendo encima, a través, rozando, por la acera de enfrente, pero pasa. No es ningún espejo. Se la soplan los espejos. ¿Cómo me ha visto? ¿Cómo soy?

Sin avisar, en la calle Príncipe Anglona esperan las puntas del aire lejano de la sierra, balas perdidas, manoteadas por el aliento de las coníferas, piornos, quejigales, turberas, rocallas, jardines urbanos, taludes, terrazas que baten durante medio centenar de kilómetros, desde los collados al centro en colina de esta ciudad. Apenas es nada, podría no sentirse. Quizá haya que desconfiar de esas sensaciones que a lo mejor no son más que memorias, y la memoria planta en cualquier parte y dondequiera que estés, para que creas que no has cambiado de paisaje después de todo. Lo que importa es que a la entrada de esa calle es donde me doy cuenta del día que hace, del día que es, de que es de día, igual que si saliera en un cangilón de la noche de un pozo, y una nueva opresión se mezclase con el alivio de estar fuera. Faltaría añadir que al final de la calle, en el tope declinado de la plaza, despunta el jardín que lleva el mismo nombre que la calle y que un antiguo palacio, con las ramas tupidas de las acacias rebosando la tapia, alfombrando de flor amarilla los laderos. El jardín perfecto, casi mi jardín perfecto.

Suelto a Jefe. Disparado. Frena a media calle y domicilia uno de los alcorques de palmitos. Luego, continúa la loca carrera hasta la plaza y lo pierdo de vista.

El día es radiante, un restallido, me doy cuenta. Después de una primavera lluviosa, trompicada, rara. El día es de junio. El día de junio es un martes y hace el número 5. Año 2007. Huele a rocío dulce, a la vida breve de las camelias, a pistilos rabiosos, a brotes de grama, a ribera con álamos, a rosaleda, a camino de albero, al hambre de los pulgones y de las arañas rojas, y es el olor de lo expectante lo que más huele en los auges de primavera, lo más difícil... Día 5 de junio de 2007, vuelvo a decirme. Pero también me digo: Martes, hoy es martes, hoy es el martes, hoy es hoy, hoy es el hoy. Pienso en ayer y ayer no es nada, no queda nada. ¿Qué pasó ayer? En cambio, en hoy, en cualquier hoy, parece que se concentra la vida entera, precipitada. Día 5 de junio de 2007, martes, hoy es el día, me digo.

El viento ha soplado el manto de flor de acacia y ha dejado retales a la puerta de los edificios con frontoncillos y ménsulas. La gente que vive en ellos llama mascotas a los animales, se pone echarpes, luce pedicuras, tiene cutis con ph y ojos con una pepita de luz belladona que es otro ojo.

Pero lo cierto es que huele a todo lo que espera. El día 5 de junio de 2007, martes, huele a todo lo que espera.

Jefe está dando la lata a la anciana de las palomas. La mujer guarda un aire de dama antañona, y no es lo que viste, traje chaqueta color perla, perlas en el cuello, unas bailarinas azul marino, sino la altivez ligera y dura, de las que parecen no poder fijarse en nada, no ostentosa. Pero los grandes ojos grises resplandecen en una carita infantil, en plenitud mientras las palomas picotean el sembrado de migas, resorte en el cuello. Una cara noble, inocente, intemporal, feliz. Y bruñida por la demencia.

—¿Este perro vive en casa? —la pregunta diaria.

—Sí, señora. Ya me lo llevo.

—Se nota. Son más amables y peludos.

—Es verdad.

—No. Me estoy equivocando. Son diferentes, pero yo no sé por qué lo son. Lo que sé es que los distingo. Y los distingo de pronto, sin pararme a pensar, fíjese.

—Sí...

—¿Conoce usted perros que no vivan en casa?

—Algunos.

—Pues yo, no. En mi vida he visto uno. Qué triste, ¿verdad?, con todo el tiempo que he tenido.

Se ausenta y continúa sacando del argadillo chuscos que pulveriza con manos de cera. Nunca la acompaña nadie, da la impresión de que la depositan en el banco muy temprano, o que se escurre por su cuenta, aunque vigilada desde algún ventanal de la plaza. A Jefe hay que amenazarle con la correa para que cese de espantar palomas y zampar miga. Se marcha reculando y ladrando, pero cuando alcanza la mitad del recinto queda ya entretenido con otros chuchos y con las regulares visitas a la capilla del Obispo.

Desandando el camino, entro en el jardín.

Las nueve

Hay un asiento en la media glorieta, respaldado por la barrera de ailantos asomados a la calle Segovia, sobre la que cuelga el jardín. Da una perspectiva de pérgolas, con la mata de camelias y los arriates de almendros, kakis, prunos y granados..., las mahonias, el laurel y la higuera al otro lado, para enfocar el muro erosionado, desconchado, que deja al aire la fábrica de ladrillo. Desde ese sitio, además, se tamiza la visión de la glorieta grande, centrada en una fuente seca rodeada de cuadrantes de boj, tan plana, tan rasurada y francesa que la vista descansa en las foscas del perímetro. Odio el pegujal geométrico, y aún más la pasión por las tijeras y los milímetros. Aquí estamos, un hortus conclusus, el último que queda en Madrid. Pequeño, empalizado, recluso, hecho para la meditación que vuelve sobre sus pasos, gira, hasta que da con el sitio del corazón y se sienta.

En el estómago repite todavía la escena con el peregrino. Al sol le falta poco para encimar los tejados de la plaza, a los que ya ha puesto una cenefa de lumbre. En el huerto se están desperezando los olores, hará calor, y los pies han sonado sobre el suelo a sardinel como los golpecitos de madrugada en la puerta de un dormitorio. Suele ser el primer respiro hondo, el comienzo del día aparte de Goro, una quietud umbría. Pero hoy no es lo mismo. La violencia en la grada de San Pedro, también la cantidad de vida que se junta en este día, desangelan y ponen en medio de la corriente a este jardín, mi jardín casi perfecto..., que sería perfecto abrumando un poco esa glorieta central y trazando un camino de lavanda o cantueso, al fondo una fuente de piedra, por ejemplo. ¿Qué fue lo que explotó con el mendigo? Abres los ojos y ves monstruos, sales a la calle y matas, como si el sueño tardara en quedar atrás. Tal vez este jardín de Anglona sea el lugar en que despierto, si antes los monstruos y la rabia de los sueños no se han apoderado ya de las horas, arrastrando el día a su profundidad. Despierto en un hortus conclusus, pequeño como otro lecho, el lecho de la vigilia, y ahora imagino cómo será despertar en un jardín distinto... Despiértate en un jardín romántico, ríos y espesuras, demasiado amplio para los ojos, para las manos. Perdido desde el principio, abres los ojos y te lanzas a buscar un refugio donde puedas esperar, un lugar para quedarte, porque no es un jardín para visitar, sino que más bien, si no andas listo, el jardín te visita a ti, se mete dentro y el que brota y desborda eres tú.

—Tienes que decírselo esta semana —fue la condición que puso.

—Es época de exámenes y de acabar el curso.

—Hasta el martes por la noche. Ni un minuto más.

—¿Es que no te importa lo que le pase?

—Si le va a sentar mal, también le sentará mal después. Y yo necesito saberlo cuanto antes. Tengo una vida y ahora hay que descabalarla, porque tú no sabes cuidar de tu hijo.

—Sé cuidar de él. He cuidado hasta ahora.

—Tú has llamado y tú eres el que pide. Y la que pone las condiciones soy yo.

Yo no he estado en ningún jardín de esa clase. Los escasos que hay por aquí son inventos, unos cuantos olmos y algún sauce decorando una fanega de césped. Lo llaman romántico por llamarlo algo, o quizá porque quedan bien los que se besan. Tal vez el limosnero fuera un indefenso que escupía al perro indefenso, mientras trataba de pegarle un amo indefenso, y así se cerraba el círculo. Qué vería el Turuta.

—Sólo estoy hablando de unos cuantos días más. No quiero que se hunda, casi lo ha conseguido.

—Si va a hundirse, que no venga. Asunto arreglado.

—Eres su madre...

—Sabrás lo que tienes que decirle. Ha vivido seis años contigo, no le pasa nada por vivir ahora con su madre, ya que lo dices.

—No ha vivido conmigo por gusto. Tú...

—¿Escuchas lo que te digo?

No recuerdo haber pegado nunca a nadie. Puede que todo sea empezar, como pasa con muchas otras cosas. Se buscan razones y a lo mejor es sólo algo que se hace, ya está, precisamente porque no se necesitan razones y se sigue haciendo porque no había razones para hacerlo. A mí sí me han pegado y tampoco lo he entendido. Si no lo entiendo, también yo puedo pegar sin entender. Empieza a notarse el frío del banco, no hay nadie, sin rayos de sol el hortus se mete en una hora ambigua, de aurora o de ocaso. En un lugar llamado Highgate, en Londres, existe un cementerio romántico. Vi fotos en una revista años atrás y desde entonces he pensado en ir, más ahora que dicen que los vuelos son baratos. De paso monto en avión. Hay estatuas de ángeles remetidas en el boscaje, tumbas enredadas por la hiedra, árboles que dejan pasar una luz de cenotafio, y las almas van y vienen del frío de la sepultura a las copas de la selva templada. Pero ¿qué habría pasado después? Después de patearle. Bueno, le pedí perdón.

—Estas condiciones me las estás poniendo a mí. Sólo has venido a ponerme condiciones, no a pensar en Goro.

—Te las estoy poniendo a ti, sí.

—No entiendo por qué.

—Entonces será mejor que me marche.

—Está bien, lo que tú quieras.

En todas las perspectivas de mi jardín perfecto, al que éste imita, coinciden el agua, la piedra y las plantas. Es un acorde, donde el jardín suena al reunir la naturaleza que andaba dispersa. Las hojas amarillas y rojas de un arce se posan en la superficie de un estanque de piedra, se llega por un camino como éste, de ladrillos aparejados a sardinel, que marca el ritmo de los pasos y hace que suba el tacto del suelo. La vista alcanza los reflejos en el agua de la piedra y de las hojas, varios cuclillos cantan en su tercera menor. Luego, está el sendero de lavanda o cantueso rematado en la fontana del muro, flanqueado por sauces que vierten esmeraldas de lágrima. Hay media docena de macizos de rosas silvestres y camelias, y un promontorio de amapolas blancas. Por encima, el rumor de los ailantos, los arces, una pareja de cipreses y un cedro del Líbano se levanta al cielo. Falta una pérgola más allá del estanque, en el acceso a un cenador en alto, con trepadoras y columnas veteadas. Es mi jardín perfecto, pero no es verdad que puedan sentirse los acordes desde cualquier sitio, porque hay demasiados árboles, porque los senderos de lavanda se aíslan, porque desde el cenador no hay perspectivas de agua, y nunca he visto amapolas blancas..., ¿de dónde saqué las amapolas blancas? Es perfecto, pero quizá también sea imposible. Un jardín que no puede verse a lo mejor es un jardín para regresar al sueño, no para despertar como despierto en éste, tan posible. Desde este banco que me enfría, la mirada pasea por los dos jardines, por lo que a uno le falta, por lo que al otro lo hace real. La cabeza descansa al ir por esa vereda en que ambos jardines se funden y separan, hacen sonar su música y al tiempo la enmudecen.

Lo que tú quieras, 5 de junio de 2007. La música de este día... Quizá aparezca cuando termine. Hasta ahora ella o yo somos sordos. Jefe se ha plantado en la cancela, su pose de atención recalcitrante. No le gustan las puertas, ni abiertas ni cerradas. Es como atarle con la correa. Si pasas a un bar o a una tienda él acaba montando su garita, olisqueando a todo el que sale, ladrando a intervalos para advertir que no se ha ido ni tiene intención y que la hora de que se presente el dueño hace tiempo que ha pasado. Tiene traumas de perro abandonado y de dudoso origen. Y pesadillas que encogen el corazón, gañidos que parecen un ataque fuerte de hipo, las patas acalambradas, que según el veterinario son sueños en que otros perros lo persiguen o gente que le hace daño. Es un chucho budista de lo más trágico.

—El martes, como muy tarde, ya se lo habré dicho y te llamaré.

—El martes, tú verás. Esto no es lo del circo de tus padres.

Pensé: Esa falta de compasión tan encendida es igual de encendida que su compasión, ella, que ha derrochado compasión, que sólo ha sido movida por la compasión, yo lo he visto, también sufrido. Y luego, qué habría querido decir con «lo del circo de tus padres».

Nueve y diez

No tengo ánimo para llevar a Jefe hasta las Vistillas. Ya sé que se perderá un par de zanjas y de edificios en obras que le interesan mucho, pero hoy tendrá que contentarse con lo mínimo. Para las cacas cojo bolsas del dispensador que hay junto al colegio, el mío. El grafitero de KÍROX ha pintado también en esa fachada, sólo que ahora se ha adornado con letras onduladas y negras de medio metro, alveolos rojos, pestañeado blanco. Por una ventana del segundo piso salen voces grilladas, que vienen de un corredor de techos muy altos, paredes mostaza, baldosas de arcilla, ambientado de percal, dulleta, guiso.

Ya no huele a la leche en polvo hervida en la tina de Eulalia, la portera, ni importa que el portillo de la calle quede abierto, igual que desde hace meses a nadie le ha importado la pintada de KÍROX. Eran otros tiempos y otro futuro, yo nunca cantaré un número de la lotería, a mí no me escogerán para el traje y la pajarita, ir a televisión y volver como si hubiera estado en la Luna, repartir suerte entre la gente, ser un niño de la suerte la mañana del 22 de diciembre. No lo mereceré nunca, porque según don Casto tengo oído de madera cuando canto las cifras del encerado, seré un niño doctrino como tantos. Vendrán más señoras de la caridad con buñuelos y perolas de cocido, don Sebas seguirá diciendo que es una pena que el castellano no tenga declinaciones como el latín y que yo debería ir al Seminario, un día Teodoro Bokoko dejará de mover las piernas después de un partido de fútbol y se quedará en la cama para siempre, contando que ha sido un niño de la suerte, consolándose o a lo mejor consolando a los que le visitamos asustados, sin entender, con consuelos que se pegan a los labios como un chicle. Dos manzanas entre el colegio y el Seminario Diocesano, pasado el Viaducto de Bailén, tres manzanas en dirección contraria para llegar a donde vivo ahora, un perímetro de cinco manzanas podría contar esta vida, un hortus dorado, el oro del que no se escapa, ese oro que abunda. Y Esther y yo daremos clase en La Paloma, en la carrera de San Francisco, dos manzanas por encima de esta plaza. Nos marcharemos a la sierra tras el nacimiento de Goro y volveré con el niño el año pasado. Luego, más tarde, ahora, Goro se irá con su madre y yo regresaré al Colegio de Huérfanos de San Ildefonso para no cantar la lotería, para que don Sebas me lleve al Seminario, para que al negro Bokoko se le mueran las piernas. Transcurridos más años abrirán el jardín que estuvo en ruina durante un siglo y entonces ya estará todo aquí dentro, incluso los años de jardinero en el campo, cuando huya de las aulas, deje de dar clase de Religión, porque las aulas son las tartanas del circo, cambian sin ir a parte alguna, acampan donde las sorprende el invierno, por lo mismo que les diré a mis padres hace mucho tiempo, tiempo del que no puedo acordarme para el futuro, que quiero estudiar, lo que no les digo es que quiero estudiar para no subir más a ninguna tartana y eso, lo que no les digo, lo recordaré siempre. O fueron ellos los que lo dijeron todo, porque al estar todo tan remoto se puede contar al revés.

Se ve a la muchacha translúcida del weimaraner, bella y despegada, cavilando sobre un palmo de terreno, y a un corro de dueños parloteando entre el jugueteo de los perros. Jefe, como es uso, protagoniza la fiesta. Aunque el resto de jauría ande melancólico, su actividad acaba contagiando o cuando menos revolviendo.

Luego, le llamas y no hace caso. O huye a hacer su caca bajo el único tamarindo de la plaza, manía. Cuando se consigue trizarlo, hay que llevárselo a rastras. Suelo sentir algo de vergüenza ante la mirada de los otros dueños, a causa del vástago desobediente, caprichoso, retrato de familia. En la cuesta abajo derrapa hacia las Vistillas, pero lo acarreo por Príncipe Anglona y a media calle se apacigua, consciente del regreso, aunque con el rabo brioso y la cabeza alta, aparentando darle igual la ida que la vuelta, imaginando, me apuesto algo, que ya es hora de devolver al dueño a su caseta.

Esta vez evitamos al peregrino y salimos a la calzada. El rodeo es más que simple precaución, es también rodear el malestar que ha dejado. Pero al mismo tiempo noto la mirada del limosnero silbando en la oreja, victoriosa, quizá una risa entre dientes, y justifico el desvío porque decido subir por el Pretil de Santisteban. Le dije a Goro: Esta calle tiene el nombre de nuestro apellido. Él contestó: Le falta una *e.* Quería que el barrio fuera suyo enseguida y se lo iba poniendo delante, la tienda de hip hop Skeleton, los multicines Ideal, la piscina cubierta de La Latina, la cancha del parque de Atenas, el Rastro, el mercadillo de cómics de El Aventurero, la Skate Shop, el Blockbuster, la infancia de su padre, una vasta suma. En cambio, él restaba. De acuerdo, todo era más que en el pueblo, pero menos de lo que esperaba. Así que la operación siempre daba negativo, a mayor abundancia más falta. Y de la misma manera en que lo que hay se agota y se puede contar, lo que no hay es un pozo sin fondo, innumerable. Luego, yo dejé de hablar, pero él no dejó de restar. Al fin y al cabo, se lo había enseñado yo con mis matemáticas.

Vamos el golden altivo y el jardinero, desfilando ante vitrinas, las de la galería de pintura, las del restaurante estilo algo neoyorquino, las de la luthería, y no hay duda de quién no encaja, de quién lleva a quién. Hay gente que viene a esta calle, a este barrio, gente de capital, con todoterrenos y deportivos, citas para cenar, que se detiene en escaparates y gasta el dinero distraída, que o está yendo o viniendo, que dice por el móvil tres o cuatro palabras y cuelga, que come sin hambre, que nunca se pregunta qué está haciendo ni qué va a hacer, porque la ciudad se lo pone delante para que lo coja y regrese a una casa de techos de escayola y luces laqueadas.

Jefe ha pegado un par de tirones en dirección a una figura de mujer, de espaldas, contra la esquina de la travesía. Lleva algo que imita organdí o lo que sea, color hueso, volantes, tacones altos, la pelambrera con mechas de henna y un puñado de crines por detrás. Ladea la cara, fumando. El perro agacha las orejas y mueve el rabo, como con todo lo que siente familiar. Es la vecina del primero, la puta malvada. La esquina es lo suyo. Se apoya con una pierna recogida y la boca pintada a brocha aspira el humo como si la reviviera. Los ojos que nos acaba de lanzar no los he visto antes. Por dentro, son dos puertas cerradas en las narices del alma y por fuera dos urracas que roban en dormitorios y en retretes, y que clavan el pico en la clavícula de los que huyen.

Pero Jefe se empeña en acercarse, uno de esos brotes de estupidez y ternura, y tengo que tironearlo en serio. La puta sólo me mira a mí. Y entonces de lo que tiro es de mi miedo, que se quiere marchar. Sólo a mí, sin perro, igual que si tirase de una correa sin nada, danzando para ella. Escapo al refugio de andamios y red de nylon verde que ha empezado a cubrirlos.

—¡Jefe! ¡Jefe, eh!

Esta vez los polacos no me lo dicen a mí, sino al perro. Les encanta llamarle con una de sus palabras mágicas. Ahora están picando los huecos de ventilación. Es un sonido generativo de martillo y escoplo, el silencio aturdido entre golpe y golpe, los pasos en las huellas de roble bajo una lluvia de puntas de hierro y cascarita. Cuando abra la puerta de casa, sensación de callejón sin salida, una escapada hacia una trampa de platos sucios, camas deshechas, mechones de perro rubio en el parqué, tazas con cercos, una polvareda de desperdicios en plena cabalgada. Y que se han parado con ojos atentos a ver qué hago. Quitaré la correa a Jefe, marcharé con precaución al fregadero. Pensaré: Si Goro no fuese a venir hoy, no habría podido pasar de la puerta. Si viviera solo, no querría una casa que limpiar y ordenar. Si supiera que Goro no llegaría, me gustaría no volver a ninguna parte.

Nueve y media

Friego o desayuno. En la cafetera queda un dedo de la víspera, el filtro con la pelmaza. Tampoco es para asustar, varios platos, un cucharón y un cacillo color petróleo, una sartén de teflón, cubiertos, par de vasos, el exprimidor. Primero se juntan en una de las piletas de aluminio, y se lava la otra. Una vez enjabonados van allí, nanas y mistol. Entonces se limpia la primera pileta, adonde van a parar ya enjuagados. Puede que en la refriega el teflón y el aluminio hayan sido arañados, listos para sangrar partículas en los alimentos y en el estómago, una ponzoña viva, asesinos de pileta enmascarados como cosas.

Mientras ha estado sonando por lo bajo una cantinela en un sótano: Un tiempo para nacer / y un tiempo de perecer... Un tiempo para los llantos / y un tiempo para los cantos... Un tiempo para el afán / y un tiempo para fallar... Un tiempo para abrazarse / y un tiempo para quebrarse...

Estamos haciendo la loza en la cocina nave del Seminario, alicatada y helada, el recitado a coro sobre el chasquido de los platos, el esquileo de los cubiertos, el fragor de los chorros... Es un canto fuerte que nace del dolor de los sabañones y de los pies fríos, que alguien empieza y los demás siguen por rutina piadosa, aunque también porque a nadie se le ocurre otra cosa para desahogar los sentimientos de la vida encerrada y escrupulosa, de la juventud con destino viejo. Un tiempo para los llantos / y un tiempo para los cantos... Un tiempo para abrazarse / y un tiempo para quebrarse...

También cae sobre el ruido de estropajos en las maseras y en los fogones que se han ido apagando, y que suenan como restallazos, el rumor de los flagelos en la noche, las exhalaciones dolientes que se van acercando al oído para decir algo y luego no dicen nada. Un tiempo de perecer... Un tiempo para los llantos... Un tiempo para quebrarse... El frío, la noche, la intemperie de dentro es la de fuera, se han colado, están aquí como si no quedaran paredes ni hogar.

El cacillo acaba de repetir lo que hizo el exprimidor a primera hora. Ha volteado el agua del grifo y soltado una lengua que ha ido a parar a idéntico sitio, en la pechera de la camisa de lino. Siento la humedad desagradable, pero no miro. Lo que miro es el cacillo, el cacillo color petróleo que compré en el Champion por tres euros y que no se parece en nada al de madera, más pequeño y corto que está en la mano de mi madre. La mano de mi madre es confusa, en cambio el cacillo está aquí. Este cacillo y aquel cacillo. Y también el cucharón de madera, las sartenes de hierro, los pucheros parcheados con latón, los platos de duralex enturbiado, el hule apuntalado en los cantos de la mesa. Sin embargo, no hay nadie con ellos, mejor dicho, están todos allí, pero no se distinguen. Los espíritus zozobran, pero los objetos son claros, se replican en otros lejanos, llaman a su multitud. Excepto esa voz, ese otro canto que sale de los aperos: Ésta es nuestra casa. Tenemos un hogar. Podemos ir de un lado a otro, pero lo que vemos es nuestro. Lo dice la mujer ventrílocua, que se encierra a hablar con Magnus, el papagayo con una hopalanda amarilla y verde. Ahora Ángel está aquí, en el hogar. ¿No es cierto, mi niño? Pero es la voz del papagayo escuchada en la tartana cuando se pasa por delante. Todo lo que dice mi madre suena como si lo imitara de Magnus. Yo la busco a ella, pero sólo encuentro al papagayo hundiendo el cacillo de madera en el puchero parcheado sobre la mesa de hule.

Estoy sentado en el office, con la televisión apagada y fumando el primer cigarrillo, miro el agujero sudamérica. Tenía el cacillo en la mano y de pronto estoy aquí, sin acordarme de los cacharros y de si he rematado la faena. La primera calada entra árida, pega al paladar un sabor paja que advierte carencia de desayuno. Debería poner la cafetera. Algo de ese aroma, el pitido del vapor pidiendo acción, ese medio minuto en que uno sabe que algo ha hecho efecto y queda en suspenso, pero aprestado. El cigarrillo sigue sentando mal, habrá un momento en que el daño esté hecho, ya no se sienta nada, se puedan fumar los cigarrillos que se quieran como si el primero hubiera sido un cigarrillo que cae en un estómago templado. Escucho, tengo escuchado a Goro:

—Tú no dejes de fumar, ¿eh?

—Hoy no he fumado más que siete.

—¿Y toda tu vida? Siete más todos los de tu vida.

—Lo apago y tú cierras el pico.

—¿Y qué va a ser de mí?

—Creo que productor musical, según dices.

—No. Qué va a ser de mí si a ti te pasa algo.

Lo dice sin mirar, derrumbado en su puf, la mueca perversa que le sale al ver la serie de *Los Simpson.* Otro ventrílocuo, otro pájaro. Doy otra calada antes de apagarlo, aunque él no sabe si voy a apagarlo.

—¡Padre! —grazna.

Qué va a ser de ti. ¿Y de mí? ¿En quién tengo que pensar cuando fumo? Puede que hasta ahora sólo haya pensado en mí, en mí aparte de ti cuando me tragaba la nicotina y el alquitrán. Mis momentos solitarios, aunque sean destructivos. Puedo estar solo fumando. El cacillo del Champion y el cacillo de mi madre, la soledad de ahora y la de antes, el frío del Seminario y el calor de esta mañana de junio, tu ausencia y la de todos los ausentes, las cosas de la casa mirándome con ojos aviesos y yo fumando el primer cigarrillo aprovechando que no estás, traicionándote igual que sospechabas que te traicionaba el día en que cargamos con el puf. Y pienso que me equivoqué, porque en vez de hacer de ventrílocuo, me miraste de frente, y eso quiere decir que te diste cuenta, puesto que nunca antes me habías mirado de esa manera, que yo recuerde nunca has vuelto a hacerlo. Te diste cuenta de que iba a traicionarte. Te estoy traicionando, eso es. Te estoy traicionando fumando solo.

Fumando solo en el office, pensando hacia dónde voy a moverme, en gotas de teflón, en traiciones. Abro la ventana para airear, nada de huellas y nada de ventrílocuos, hoy. Por la ventana, más polacos subidos a los andamios y repellando, entra una música con palmas y guitarras, Ay, el mundo en mis manos tengo si me quieres, ay, el mundo en mis manos si tú me prefieres, que saldría de las ventanas de los pueblos y que sonaría alegre por fuera y triste en el fondo, pero que de todas maneras producían aparatos de radio que estaban en una casa, asentados en una repisa, la repisa firme en una casa firme, desde ese sitio fijo buscar la alegría a pesar de la tristeza, igual que pájaros en alféizares un día de finales de primavera. ¿Hay recuerdos en esto?

Hoy también es un día, de una primavera a la que ya refaja el verano, aunque hasta el cuarenta de mayo no te quites el sayo. Hoy es un día y en los días se hacen cosas. Ver si el semillero tiene algún encargo, estar aquí en el recreo o no estar, la reunión con el tutor, la compra, la comida, quién sabe dónde se agazapa la última oportunidad, quién sabe si en el último suspiro habrá algo que salve el día de hoy, hay algo todavía. Un día espléndido, jubiloso, diría don Sebas, pero con el corazón acelerado como las palmas y guitarras que han entrado del patio, cristales en las suelas.

Diez menos cuarto pasadas

Bajaba, bajo deprisa los escalones. *Gasta luego, jefe.* Directo al semillero. Una manzana hasta las noticias. Los polacos siguen despidiéndose cuando ya no se les ve, *Gasta luego, jefe,* como si entrenaran ejercicios de foniatra. Arto Avedissian siempre tiene algo. Casi nunca sirve o funciona, pero cada pocos días me está esperando en la vieja tienda de semillas con lo que pudiera interesar. Saca la libreta de debajo del mostrador y lee. Cuando hace cosas concretas no le ataca ese tic del cuello. Es más frecuente cuando se pone a pensar en algo, hay un silencio o le cuesta explicarse. Creo que lo llama síndrome de Turé o de Tourette, y que empezó cuando tenía ocho años, aunque entonces sólo guiñaba los ojos. Me ve entrar y retuerce el cuello, un gesto hacia atrás con rebote, picotazo. En los días negros pienso que se inventa lo que dice, que sabe que necesito que diga algo. Por ejemplo: Se comenta que en el Botánico van a contratar jardineros que hablen bien para hacer visitas guiadas. O: Hay un curso de xerojardinería por internet con ofertas de trabajo.

Al llegar al portal he perdido prisa. Cruza por la cabeza que Arto sólo quiere darme esperanza, que entonces sabe mejor que yo que no hay esperanza que valga. Miro los buzones. Los pusieron nuevos la semana pasada. En el nuestro falta el destinatario, el piso está marcado con lápiz en el cajetín. Debería haber puesto nuestros nombres enseguida. Goro no ha dicho nada. Puede que no lo haya advertido o puede que se haya dado cuenta y no haya dicho nada. Una tarjetita cualquiera, ¿cómo se hace algo cualquiera? No conozco el nombre completo de la puta malvada, pero busco la marca del «1.º izquierda». Y ahí está. Ella sí ha colocado su nombre, unas letras en relieve negro, distinguidas. «Rosa Margallo López.» Dónde se hacen esas letras. Aquí estoy y voy a durar y brillar contra vosotros, borrones. Hago saltar la carátula con un garfio de la navaja llavero, escapo con las letras en relieve de Rosa Margallo López, haciendo una bola en la mano. En la puerta de la calle pego media vuelta y recojo los trozos de carátula del suelo. Nada de huellas. Nadie lo ha visto. No ha sido un plan, pero ha sido perfecto. No interrogarán a los vecinos, porque puede haber sido cualquier buzoneador o intruso, nadie la creerá cuando vocifere. Perfecto como la perfección misma. Un incidente gamberro, demasiado leve para interesar a la policía. Aunque puede que tenga algún amigo *pasma.* Las putas tienen esos contactos. De todas formas creo que tratará de averiguarlo mirando con esos ojos de hechicera beoda. Lo único malo es que la intención salta a la vista. Llegas al cajetín, te encuentras con que no hay carátula ni tarjeta, tampoco restos. Los restos suponen violencia, pero la falta de restos, alevosía.

Estoy en la calle. Por lo menos ha desaparecido de la esquina y no me cruzaré con ella. Pienso: La solución está en volver y hacer lo mismo con los otros buzones. El problema, que Goro es el único chaval de la casa y se convertiría en el primer sospechoso. Él o cualquiera de sus escasos amigos...

Y de pronto pisando cristales, pero éstos son pedazos gruesos que crepitan. Una buena alfombra de cristales rotos, de blancor mate.

—¿Es suyo el coche? —acaban de preguntarme.

—Yo no tengo coche —respondo, sensación delincuente—, pero tengo una furgoneta con herramientas de jardín.

—No he visto esa furgoneta.

Es la cara de una vigilanta de aparcamiento, vestida con la camisola azul eléctrico y verde eléctrico, de la que sale una voz raspa, el acento de barrio poligonero.

—Pero no conviene dejarla con las herramientas —añade.

—Está en un garaje.

—Mejor. Ya ve lo que pasa.

Sigo la indicación de su barbilla. Los cristales del suelo han barbotado de un coche color buzón. Los otros forman una boca de escualo en la ventanilla. El asiento de ese lado es una sábana de añicos. El cuadrante de luna ha roto contra la calle y su oleada llega lejos, plagando los adoquines, salpicando los zócalos, fluyendo a recodos y cuestas que se pierden bajo suelas acerico.

—Lo que pasa es que yo no puedo quedarme a cuidarlo toda la mañana. Ojalá fuera usted el dueño.

—Puede que no tarde.

—Además no tiene el ticket, tendría que haber aparecido antes de las nueve. Pero tampoco voy a multarlo. Lo que le faltaba, le averían el coche y lo multan.

Se trata de una figura resumida, ni gorda ni delgada, ni alta ni baja, sólo pequeña, la pequeñez desde el principio, desde los primeros alimentos, temores y amores en los que se achicó.

—Todos los días, igual. La tienen tomada con esta calle. Se llevan cedés, ropa, mecheros, lo que va suelto. No son profesionales. Nunca se llevan la documentación, ni asaltan el maletero, por las herramientas y eso. Pero usted debe tener cuidado con las suyas, de todas formas, si están a la vista.

Parece que la muchacha conoce a esa gente y que le resulta incomprensible al mismo tiempo.

—La mayor parte se lo llevan por llevárselo. Algo venden, pero lo tiran casi todo. No sé por qué hay gente así. Nada más que hacer daño. No ganan nada. Bueno, me quedaré hasta que venga el dueño. Tiene usted manchada la camisa.

—Sólo está mojada —digo—. El propietario seguramente se lo agradecerá...

—A ver qué otra cosa puede hacerse.

Sigo observándola. La compasión que también es cansancio, palidez.

—Se le secará enseguida. Hoy hará calor.

A lo mejor quiere pegar un poco la hebra mientras pasa el tiempo de esa tarea que no tiene que ver con su trabajo, sino con algo suyo, con la pequeñez o con el barrio del que sale vestida de uniforme para contar las horas de los tickets.

—Perdone, ¿cuánto le cuesta el garaje de la furgoneta?

—Noventa euros.

—Menuda ruina. Aunque —algo de rubor— si puede usted pagarlos...

—No puedo.

—Ah, claro —una mirada frontal, ojos mieleros—. Es que es mucho.

—Lo más barato que encontré por aquí.

—Un barrio caro —mira a los aleros—. A lo mejor al dueño del coche esto no le afecta. Es un Audi.

—O le afecta más.

—También es cierto. Espero que venga pronto. Pero le estoy entreteniendo. Sacuda los zapatos, o cuando entre en los sitios...

Camino a zapatazos. Cava arriba hasta el toldo del semillero. En el escaparate polvoriento hay sacos de semillas abiertos y un cartón hendido con el nombre y el precio escritos a pluma: saúco, girasol, maíz, amapola. Hay un letrero deslustrado donde pone simplemente *Semillero,* igual que en las otras tiendas viejas del barrio sólo pone *cerería, corchera, cordelería, hebillero, alpargatería, mimbrero, tahona, obrador, candiotera...*

Avedissian saluda, se le escapan dos golpes de cuello.

—Hjoy el hardinero tendtrá trapajo, si el hardinero quiere. Si el hardinero no quiere, lo tendtrá otro dtía.

El acento de Avedissian, de muchos sitios y de ninguno, una deformación propia, una mezcla malparada, y enseguida el efluvio amentolado y manzanillero entre las especies con letra gótica de los archivadores que cubren las paredes: agracejo, rabo de gato, nogal, fumaria, olivo, ramaza, laurel, madroño... El fluorescente cuelga en la altura de cuatro metros y más que luz esparce una nube de salvado en el despacho. Una cortina de estameña lo separa de una trastienda en la que una bombilla desnuda pende sobre una mesa camilla.

—Vfoy por el café. Puen café armenio antes de los negocios.

Se mete detrás. Lo curioso de los olores es que dejan de sentirse pronto, saturan. El olfato es un sentido levantisco, pero se acomoda enseguida. Muchas flores en un jardín, lo inodoran.

—Un dtía menos para Menorca —dice con la bandeja en las manos.

—Cuándo te marchas.

—Finales de mes. Aier vfinieron a medir. Tienen prisa por que todo campie. Mira estos shinos. Una avfalancha por Puerta Cerrada, y en calle de los Estudtios.

—Parece que los han desembarcado a todos a la vez.

—Los shinos son dtistintos. No son los moros, ni los africanos ni los paio-poniis. Lo vfenden todto. Todto lo que se puede poner en estante o coljar de un clavfo eios lo vfendten. El mercadto glopal, mira tú, eios son el mercadto glopal. Io me marcho antes.

El cuello, ese latigazo que lo vuelve para atrás, y el acento entran en crisis. El aspecto de abubilla no le ayuda nada, es como si lanzara los picotazos a una pulga del lomo, una abubilla nerviosa y en los huesos con un casquete de pelo ralo descolorido. No parece que tenga sesenta años, ni ninguno, sólo la edad de tiempo muerto del tic. Probamos el café, una especie de mortero que sólo puede tomarse en la dosis que marcan los vasitos con decoración de torno.

—Mira mi casa...

En la pared hay una fotografía con chincheta donde se ve un chalet blanco con una chimenea retorcida y un jardín con nopales. Hay más en las paredes de la trasera, para sus sueños. Siento que todavía llevo la bola de Rosa Margallo López en la mano, que me sentaría bien contarlo. Puedo haberme vuelto loco. Le he roto el buzón a una vecina hijaputa y fíjate, aquí llevo el letrero, pero no he dejado huellas. ¿Tú crees que me pillarán, Arto?

—Ia sapes que cuando quieras te puedes vfenir a arrejlar el hardín en Menorca. Que se vfenga tampién el ninio. Io vfoy a estar solo...

Solo... La palabra inmoviliza a la abubilla. Pero mientras Avedissian se queda quieto su historia pasa deprisa por la cara: la fuga de los padres y dos hijos pequeños de la Armenia soviética, los años en Londres y la llegada a Madrid en los 60, sin familia, *se murieron porque sí, quizá melancolía negra,* las semillas, Avedissian y las semillas, todas las vidas buscan imagen... Meto la bola en el bolsillo, doy otro sorbo al emplasto. Espero que me diga algo, no me noto capaz de pedírselo. Tal vez hoy no haya nada, no quiero escuchar que no hay nada. Dentro de un rato saldré tranquilamente por la puerta, eso será todo.

—Que si la jenética, que si la edtucación, que si los padtres. Cuánto se preocupa la jente por las razones. Mírame. Con un pequenio accidtente se explica la vfida entera. Se te muevfe el cueio para un ladto y ia no hjay muher, ni jihos, ni ganas de fiesta. Te pones a vfender semiias y esperas a que los shinos te compren el local por vfeinte vfeces su precio. ¿Para qué quiere la jente saper tanto? Con la suerte que te toca ia es pastante. Un mísero accidtente y kapput, qué tendtrá que vfer lo demás. La suerte es todto, pero no hjay quien la explique.

También podría contarle lo de Goro, pero soy más partidario de pensar que las cosas están escritas en algún sitio, a lo mejor en el circo de mis padres o en el colegio de huérfanos, y que están escritas antes de que aprendamos a leerlas, incluso aunque nunca las leamos.

—Eh, ¿qué me dtices? —pregunta de pronto.

—Qué te digo de qué.

—De lo de vfenirte a Menorca.

—Como lo digas mucho, a lo mejor me voy contigo para siempre.

—Vfente —dice, serio.

Lo único que sabe es que ando mal de trabajo, lo que no es poco. Y también puede adivinar, intuir. Esa confianza que siempre trata de darme, esa esperanza. Quizá los que creen en la suerte tengan más fino el olfato. Y no es marica. No le importa, más bien lo contrario, explayar sus aventuras pagadas en D'Angelo's o sus timos con la estanquera y la del ultramarinos. Además, no es esa mirada, ni ese brillo. Es más bien el de la bombilla desnuda de la trastienda, un reluz, las esperanzas suyas que le hacen sospechar las mías.

—Eres un soldtadto —dice, iluminado—. Dtesde el primer dtía que te vfi, me dihe: aquí entra un soldtadto. No tienes pinta de hardinero, tú. Eres un tío dturo, grandtote, curtidto. Un soldtadto de la marina, un comandtante. Pueno para navfegar con él.

Ya van dos espejos, antes cura y ahora soldado. Tras meses o años sin reflejo. No sé qué decir y digo:

—También podrías quedarte tú.

—¿A vfender tisanas a las vfiehas? ¿Polsitas de vfaleriana y cola de capaio a las hjistéricas y a las gordtas? Es el momento husto. Los shinos por un ladto y los hjerpolarios y las dtietéticas por el otro. Antes era dtistinto. Aquí vfenían las camionetas para llevfarse sacos al trigal o a la vfega, cuandto hjapía campo. Ahjora ia no hjai campo, sólo intestinos. El momento husto, cuandto el mundto se acapa, soldtadto. Pueno, vfamos a vfer.

Saca la libreta. No hay ninguna necesidad, lo sabemos. Pero a Avedissian le gusta dar tono a esta vida rasa. Aun así, contengo el aire.

—¿Hjas pensadto en las terrazas? —dice.

—No mucho, últimamente. He pensado más en las mansardas y en los canalones.

—Te ríes de mí, ia vfeo. Pues te dijo una cosa, las terrazas son el futuro. Y más en la ciudtadt. En Madridt hjay empresas que se hjan especializadto en terrazas. ¿Sapes lo que sijnifica eso?

—No, Arto. Y no me río de ti. ¿Qué esperas que te diga de las terrazas?

—Sijnifica, y presta atención, que la dtemandta es jrande.

—Seguramente.

—No sapes de qué te hjaplo.

—No.

Sigue con la libreta en la mano. Estamos sentados en banquetas a cada lado del mostrador de roble barnizado, ríos y estuarios en el pulimento.

—Los áticos se hjan puesto de modta en Madridt. Mira los anuncios de vfivfienda. Al precio de los inmueples en esta ciudadt, modta es lo mismo que luho. Atiendte, muchos áticos tienen terraza. Quien se compra un luho y tiene terraza, quiere una terraza de luho. Ahjí entran los especialistas. Ijual que se hjan forrado los decoradtores de interiores, ahjora vfan a forrarse los que hjajan hardines en las terrazas. Ia se hjan puesto nompre. ¿Sapes cómo se iaman? Arquitectos de exteriores.

—¿De verdad?

—Soldtadto, apre los ohos. Aquí al ladto, en el schaflán de Sacramento, lo hjas vfisto, ¿no?, hjai un ático con una terraza de cien metros cuadtradtos. Aier se pasó la dtueña y me prejuntó si conocía a algún hardinero. Io le prejunté para qué. Cuandto me contestó que para la terraza, le dihe que conocía al mehor, pero que era un arquitecto de exteriores.

—Arto...

—Ni Arto, ni nadta. Esta maniana estará en casa. Dihe que pasarías. Pásate, mira y copra musho.

—Gracias, Arto. ¿Cuánto es cobrar mucho?

—Mira, io te aiudto con el presupuesto. Y tampién tengo al hjombre de Pan Pendito. Quiere vferte ia.

El hombre de Pan Bendito es un guadiana de estas conversaciones. De pronto resurge. Compró terrenos haciéndose pasar, según Avedissian, por un paleto incauto que llevaba el dinero en bolsas de supermercado. A la vista de las bolsas y de su aspecto, la gente se convencía de que estaba haciendo un gran negocio, aunque en realidad vendía a bajo precio. Aparte de eso, nadie imaginaba Pan Bendito precisamente, una colonia del sur que producía noticias para las secciones de sucesos, aluvión, como un polo de desarrollo urbano. El caso es que el garbancero había conseguido construir urbanizaciones de medio pelo, con más apariencia que materiales, y las ajardinaba para dar empaque y para que no se viera el cartón.

—¿Irás hjoy? Ia tienes la dtirección.

—Sí.

—¿No hjas encontradto más trapaho?

—No.

—Pueno, hjoy tendtrás suerte.

Dos latigazos de cuello en la abubilla. Se queda serio, intuye.

—Tú eres la suerte, Arto —digo.

—¿Cómo está el ninio? —pregunta con la cara desviada, como si temiese otro ataque.

—Mejora. Sacará el curso.

Podría desahogarme, parece un buen momento, Avedissian quizá lo sabe. Pero si me desahogo ahora, después a lo mejor me ahogo. Está escrito. Lo que va a pasar está escrito.

—Vfete ahjora a Sacramento. No lo dehes para más tarde. ¿Qué hjay en tu camisa?

Diez y diecisiete

¿Hay tiempo? Siempre igual. Siempre pienso que a la hora del recreo de Goro no estaré en casa. Pero en cuanto se acercan las once empiezo a medir el tiempo, a contar los pasos. ¿Qué pasa si llega y no estoy? No pasa nada. A él no le pasa nada, me pasa a mí. Me pasa que no le veo. No veo si come algo para que no le duela la cabeza después, ahora por no comer en vez de por haber comido. No veo si se está derrumbando, necesita que lo sostengan, luego, le empujen. No veo si se ha dejado libros en casa, si ha perdido los cuadernos y los bolígrafos y urge dinero para ir corriendo a la papelería. No veo lo que presiento que va a hacer, un día corriente o unas pellas con *canutos* en un parque. Es como tomar el pulso a un enfermo crónico, ¿después de años cómo se sabe que es su pulso y no el de quien se lo toma? Quién es el enfermo...

Bajo por la Cava hacia Puerta Cerrada. Han desaparecido el coche color buzón, los cristales y la vigilanta, aspirados. El público ya sale y entra de los comercios, cubre la acera, al cruzarse deja serpentinas: «No está acostumbrada a luchar, se ha casado muy tarde», «si no la lavas te durará como nueva», «si resulta que quería libertad», «ah, sí, claro, a saltitos como los pardales», «le pasa por temporadas o veces», «no es que caiga mal, lo único que digo...», «no, no, aguántalo un poquito, aguanta el tema», «iban tres ciegos seguidos», «la cartera, ¿me puede abrir?», «a mí me enseñas los que tienes dentro», «¿sabes lo que te digo?, que ésa es mi prisa»... Los otros ruidos de la calle estrecha son cóncavos y resuenan a interior. Hay una base de pisadas blandas, de zapatos mullendo el tableteo de las carretillas de los repartidores, el varilleo del carro de supermercado empujado por un sintecho, el de tacones que aciertan en un yunque o se astillan en los quiebros, fallebas de balcón desenvainadas y rasguidos de gamuza en los cristales, el chiflo suave de los aspiradores, gritos de llamada que ascienden y la piada de pájaros que resbala por la canal de los tejados. Luego, en Puerta Cerrada, el ronquido con flecos del ralentí de los motores en los semáforos, la descarga neumática de las puertas de autobús, planchas de hierro que se comban en badenes y, en los entreactos, en las inspiraciones del fragor, como la vibración estanca de una cuerda o de un fusible, el ululato de los ventiladores de las máquinas de aire acondicionado y el marcapasos de un código de barras al correr por un lector.

En el bar de la puerta en esquina, sin nombre, un pasillo de cinco metros con un mostrador, ya hay aparcada una batería de alcohólicos solitarios que mira pensativamente por el ventanal, el manotazo de luz en la cara, la lágrima estanca en la pupila, la copa en penumbra, presagiando el final del día. El camarero, un muchacho gordito con un piercing en el labio, perilla como postizo, está apoyado en la puerta y da los buenos días. A veces vengo a ver un rato el fútbol de pago, es el sitio más barato del barrio y la parroquia es pachorruda. Hay mucha diferencia entre los alcohólicos solitarios y los alcohólicos que no pueden estar solos. Aquí vienen los primeros, y a la hora del fútbol hace mucho que se marcharon al reino de arañas y crisálidas del que sólo se despegan al abrir los ojos por la mañana, aunque se les ve en la barra, intentando levantar la vista al televisor o al recién llegado, pero el telón cae enseguida. Un platito de ensaladilla y una caña, noventa céntimos.

—Esto ya es verano —dice el gordito como si le pusiera contento.

Y a continuación se le ha debido de cruzar algo, porque masculla:

—Verano, me cagüen la puta...

Dentro del quiosco de la ONCE, borde de esa acera explanada, está el ciego melenudo, con los bigotes y el sombrero vaqueros encajados en una cara blanca medio abobada, la música country a todo volumen. Cabecea con la boca abierta, espasmos de ritmo. Es normal encontrarlo camino del otro chiringuito con barra y botellas, apresurado, bastón nervioso. Es un ciego expansivo. Uno piensa en ciegos reconcomidos, hurgados, pintando colores en su cabeza. A éste le van el plató y los estimulantes.

Enseguida asoma el chaflán de la calle Sacramento. Tiene tres pisos de antiguo palacio y arriba se divisa el ático y la terraza con dos cipreses enanos. Un lateral desciende por Segovia y otro va hacia la iglesia que da nombre a la otra calle, encopetada y cenicienta. En cambio, la fachada chaflán está pintada de siena cálido, un tono que atrapa la luz con dedos, una corola en medio de cementos. En los dinteles de los balcones el mármol hace dos lunas menguantes con un disco en medio, como un cielo raro o un ojo en marejada. No es el sitio al que voy, me digo. Y al mismo tiempo es el sitio de mi oportunidad. Estoy ante él y estoy distante. No camino hacia allí, sino que ya he empezado a volver.

—Nunca sé qué poner en lo de tu profesión.

—No puede ser más sencillo: jardinero.

—Pero jardineros son los que van con el mono verde o los que andan con las tijeras esas.

—Eso también lo hago yo.

—Sí, ¿eh? Yo no te he visto.

—Es que sobre todo me dedico a inventar los jardines.

—Va. ¿Y cómo quieres que yo llame a eso? ¿Inventor de jardines?

—Jardinero.

—Después no digas que no me intereso. Es que tú no te explicas.

—Tú pones jardinero.

—Pero no es eso.

—Tú ponlo. ¿No era un problema de poner?

—Entonces mola más cocinero. Se te da bien, y sólo hay que ficharte la tripa.

Toco el timbre de «ático». Me acuerdo de la carátula de Rosa Margallo López. ¿Cuándo se dará cuenta del escalo? Una voz quizá cubana pregunta: ¿Quién es? Respondo que el jardinero que envía Arto Avedissian, el semillero de la Cava Baja. Espere, dicen por el telefonillo, pero sin abrir la puerta. Dentro, a través de cristal y barrotes pintados, se ven lamparitas con forma de jacinto, un sendero de alfombra, una escalera con pasamanos dorado. La voz ha vuelto: Suba en el ascensor que hay en el fondo a la izquierda. La puerta rechina y empujo. Avanzo por el lado de fuera de la alfombra. En el portal hace casi frío. Algo de jazmín en el aire mezclado con cristasol. Junto al frontal de la escalera, metida al final, hay dos paños de acero y un botón negro. Entro y pulso un 3. El cabrestante lanza un rugido. Luego, sigue rugiendo y reverbera en un túnel de sótanos empozados, paredes con babilla y líquenes. La puerta vuelve a plegarse y se abre a un descansillo con otra puerta y otro botón. Aparece una sirvienta negra con uniforme. Dice: Entre. No hay más saludo. Enseguida me lleva por la derecha a un recibidor pequeño con un aparador, tres sillas y un cuadro con un jarrón. Dice: Espere aquí. Y también dice: Puede sentarse. Aguardo mirando el jarrón. Le han pintado unas flores que no existen o que quizá existan como las amapolas blancas, en distinto orbe. En el aparador hay una caracola. Las sillas tienen una rejilla en el respaldo y en el asiento. Se escucha el mar mientras se ven las flores inexistentes a través de la rejilla. Un lugar equivocado es un lugar así, cosas diferentes que buscan la coincidencia, como en las pesadillas en las que hay un círculo de detalles que marean, porque has cenado mucho, quizá.

Entra una mujer de unos cuarenta con una camisa blanca, unos vaqueros y unas deportivas azul claro. Es más que guapa. Como las flores del jarrón, esa mujer no existe, se la han inventado los que la han mirado en un sueño. A lo mejor también hace escuchar el mar si te acercas mucho. Pero yo estoy cogido en las rejillas. Y lo único que tengo es miedo.

Me da una mano que coge forma de cisne. Se sienta.

—La verdad es que sólo le hice un comentario de pasada a su amigo. Aún no sé qué voy a hacer con la terraza —esa voz es aquel oboe.

—Entonces será mejor que lo piense —lo curioso es que me alegra poder marcharme ya, no seguir mirándola y no seguir pensando en la oportunidad.

—Bueno, de todas formas podemos hablar.

Pero yo no quiero hablar. Quiero irme. Quiero la calle y pensar lo que voy a decirle a Goro, a su tutor, además de hacer la compra y la comida. No tengo tiempo para esperanzas, ni tiempo para tomar un respiro y escuchar oboes. Era el oboe de una película y un tipo que iba a morirse lo tocaba en una iglesia. Esther averiguó que el compositor era antiguo y se llamaba Marcelo. Una música que entró y se quedó, perdida en el laberinto. Una música para los que van a irse. Ahora yo quería irme, no seguir esperando la oportunidad.

—Usted sólo hizo un comentario de pasada —digo.

—Es lo que he dicho. Pero también tengo un problema con la terraza. Y es casi verano. No me importaría que me propusieran algo.

—Eso no es tan fácil. Usted también tiene que querer algo.

—He leído en una revista que los arquitectos de exteriores hacen primero el diseño por ordenador. ¿Usted los hace?

—No, señora.

Sigo pensando y digo:

—Tampoco soy arquitecto de exteriores.

—Ah, ¿no? ¿Y qué es usted?

—Jardinero. Un simple jardinero.

—Jardinero... ¿Qué es un simple jardinero?

Pregunta con una sonrisa de dientes que tampoco tiene nadie, que no sirven para masticar, un collar por dentro de los labios. ¿A qué viene la sonrisa?

—Uno que busca trabajo de jardinero.

La sonrisa se ha quedado algo tiesa. Yo bajo la vista a sus deportivas azules, un azul muy claro que no lleva pies, un color de cielo despejado y satén sobre una cumbre a primera hora, mientras el frescor despabila los aromas.

—Debiéramos ver la terraza —afirma muy segura.

Estoy a punto de contestar *si le parece,* pero eso sería como dar un portazo y yo prefiero que me echen.

Atravesamos un salón de varios espacios. Me fijo en una *chaise-longue* de cuero blanco con un cabezal redondo que sale al paso y en un gato de angora guiñando los ojos al sol. La terraza se orienta al trampantojo de Puerta Cerrada, un mural de balcones aprovechando una esquinada, detrás de un ciprés torcido que no deja de crecer. Pintaron también una leyenda que dice: Las cosas tienen sus lágrimas. El hombre de los cocker spaniel está ya sentado en la terraza del café italiano ante su primer jerez, todavía dueño de su apostura de caballero español, planchado y recto mientras los perritos danzan. La temperatura ha subido un poco brusca, pero se nota que la estación no ha recalentado todavía el asfalto ni la piedra. Es una temperatura aún reciente y que todavía puede esfumarse. Si no, en quince días, el fogón.

—¿Ha hecho terrazas antes?

—No, señora. Sólo jardines. Sobre todo, de chalet.

—¿Eran grandes?

—Alguno de más de veinte carros.

—¿Carros?

—Tres mil metros o por ahí.

—¿Cuenta usted en carros?

—A veces —contesto confuso, porque casi nunca cuento en carros.

—Bueno, ¿qué se le ocurre?

Hay un suelo de resina de los que imitan parqué, más resistente. Otra velocidad, otro ambiente. Falta un toldo y costados de celosía para amarrarlo. De pleno a oriente. Hasta las seis o siete de la tarde en verano será una caldera. En invierno, cambio de planes. Perfecto para la tarde y la noche. Además hay un cruce de brisas.

—¿Pesa mucho el edificio?

—¿Que si pesa? —parece que se divierte desde hace un rato, en los ojos verdeantes hay un carbúnculo, bajo la ondulación de pelo castaño—. No tengo ni idea. Lo han reformado entero no hará ni dos años, cuando lo compramos.

—Lo preguntaba porque es un edificio antiguo y los contenedores de la terraza van a pesar.

—Aquí no hay contenedores.

—Me refiero a los de plantas. Pueden pesar mucho si no se compran sintéticos o de mimbre.

—¿No decía que no había hecho terrazas?

—Son cosas de sentido común.

Se marcha hacia el ángulo con la calle Segovia, dando la espalda.

—¿Habrá mucha gente en la terraza? —pregunto.

—Veinte o veinticinco personas, máximo —dice sin volverse.

Ha venido un vértigo, un sorbido del tiempo que forma embudo, ella y yo estamos solos, la terraza está sola como un balcón al abismo de firmamentos, girando. No es ella, soy yo, un deseo, quizá una ilusión tan vieja que habría que rascar paredes de piel y de carne para encontrar su edad. Aquí solos, sin mundo...

—Hay sitio para un cenador y si quieren también para una pérgola —lo que sale es un murmullo que no ha podido escucharse.

De hecho, ella no contesta y sigue de espaldas. Cuando se vuelve, pregunta:

—¿Y cuántos carros tiene esta terraza?

—Menos de uno.

—Dígame lo que usted haría.

—Eso es un ideal. Lo importante es lo que quiere usted.

—Si me habla del ideal, puede que averigüe lo que quiero. Cuénteme el jardín ideal.

He notado ese corazón que da un solo golpe. Mi jardín ideal, cómo se le ha ocurrido, y que yo fuera a sacarlo de mi cabeza sólo porque ella lo pide. Pero el corazón ha saltado, ésa es la pura verdad. Ha adivinado que tengo un jardín ideal, no creo en casualidades. Aunque se la ve muy puesta en indagar los jardines ideales de los hombres. Otra cosa que noto es que tengo ganas de orinar. No he pasado por un baño en toda la mañana, a lo mejor por no pisar un espejo. Un gran momento para notarlo.

—Eso no tiene interés, señora —digo muy rápido a causa del pis.

—Bueno, necesito saber cómo piensa usted en estos asuntos. Sólo quiero saber si le entiendo. No pretendo que pierda el tiempo, pretendo tener una idea.

—Hay agua, piedra y eofito.

—¿Eofito?

—Lo verde —yo mismo me he extrañado de la palabra.

—Y qué más.

—No hay más en un jardín —inspiro como si así tirase de la vejiga.

—Pero tendrá un sentido...

—Se parece a música, pero funciona con todos los sentidos, los de dentro y los de fuera, uno lo pasea como si paseara su propio cuerpo, un cuerpo extendido. No sé explicarlo mejor, señora, y tampoco sé qué más decirle —me meo.

—Dios mío. Debe de ser apasionante —dice con ojos teatreros—. No tenía ni noción. ¿Y aquí podría hacerse algo así?

—Lo del agua lo veo complicado, como no sea la del riego —un tema agudizante— o en un trozo de jardín japonés.

—Ah, japonés...

Permanece a un metro escaso con las manos enlazadas en balancín y la sonrisa es ahora de labios juntos, la cara y el carbúnculo, muy pendientes. En esa proximidad cae una nubecilla de bergamota y rosal. ¿Cómo alguien tan hermoso puede estar ante alguien que se orina? Siento que el líquido ya no carga contra la escotilla, sino que refluye para contraataques. Se instala una tirantez en el bajo vientre, aproximándose al dolor. Por supuesto, no me atrevo a preguntarle por el baño.

—Una amiga me ha dicho que podría plantar begonias y prímulas —dice.

—Se achicharrarían. Aquí aguantarían azaleas, acantos, hortensias y puede que algunas petunias y rosales. Los geranios serían muy indicados, pero en Madrid tienen una peste.

—¿Entonces?

—Entonces, qué.

—Qué haría.

No alcanza a dolor severo, pero es un alambre bien hendido. Ella está muy cerca, son dos mundos, el del alambre y el del ser con las zapatillas de cielo, un cuerpo sutil, alejado por apretones de esfínter. Lo que pasa es que aprecio con mayor nitidez cada línea y recodo de esa piel, que será remota pero que rebosa jardín.

—Si usted no tiene preferencias, yo dejaría una terraza despejada y montaría primero el cerco —tendré que ser breve—. Celosías con rosales trepadores, y puede que una parra virgen de frente. Delante plantaría una línea de coníferas enanas. Luego, habrá que ir añadiendo y ya se vería, evitando las flores de primor.

—Claro. Me gusta. Bueno, no sé. ¿Podría darme un presupuesto de lo que me ha dicho?

—Podría, pero no ahora. Ahora tengo que marcharme.

—Ah, muy bien. De paso yo lo voy pensando.

Hay unos segundos en que nos quedamos mirando al otro como si la última frase estuviese equivocada.

Atravesamos hacia el salón.

—No parece usted jardinero.

—Seguramente hay poca gente que lo parezca.

—Lo digo en serio. Se parece a alguna especie de artista. ¿Escribe o pinta?

—No, señora.

—Yo diría que sí. O músico, claro.

—Tampoco. Esta mañana me he manchado la camisa, pero ha sido por accidente, no por despiste artístico.

—Ya me había fijado. Es usted gracioso. Oh, disculpe —dice mientras abre la puerta, que ahora es otra y da a un vestíbulo alfombrado y con mesitas—, me llamo Bai Yu.

—Bueno..., Ángel Santiesteban. ¿Cómo ha dicho?

—Bai Yu. Es chino. Mi padre fue cónsul en Hong Kong. Una excentricidad. Significa amapola blanca. Lo más gracioso es que es la flor del opio y que el cultivo está prohibido en medio mundo. Eso es todo lo que sé de plantas. Pero ¿a usted le interesa el trabajo?

—Bai Yu... —repito.

—Puede llamarme por el apellido, si lo prefiere. Estoy acostumbrada. Es Solares, como el agua embotellada, la que sólo sabe a agua. Usted dirá.

—Bai Yu está bien.

—Me refería al trabajo, a si le interesaría.

—Mucho.

El daño de la vejiga, ciego, mudo y sordo, cubre el tramo hasta la calle. Allí, por lo que sea, se difumina y pasa a retaguardia, como el ángel del Mar Rojo. Siento varias liberaciones. Del pis, claro, de la mujer, de la consonancia de Bai Yu, de las coincidencias. Y de volver a alguien, esa imaginería. Pero es una liberación que no dura. La mujer, por ejemplo, se irá yendo hasta quedarse, el intento de olvidarla acabará atrayéndola, diferente de la real, un sueño constante. ¿Bai Yu? Liberado también de la oportunidad que necesitaba, el gusto de echarla a perder, estar al borde del precipicio y disfrutar arrojándome. Como esas pesadillas de caída al vacío, uno sabe que se va a matar, pero que la sensación es única, el vértigo es un placer que nadie puede arrebatarte, que te vas a matar, pero que en eso consiste.

Hacia casa. Una pareja de corredores maduros, disfrazados de atletas adidas, me circunvala. Uno ha dicho que los adoquines son lo peor. Pienso en suelos de ciudad. Entre el chaflán y el semáforo es cemento con dibujo de loseta, una falsa regularidad que sacude los pies hasta la perplejidad. Es el peor. Los viejos que caminan bamboleantes, como si trabaran el pie y luego lo sacaran de un hoyo, con golpes de hombro frankenstein, es porque les ha tundido un siglo de falsa loseta. En cambio, unas zapatillas azul celeste no bajan de casa, lo lógico es encontrarlas en los áticos, subiendo por una escala al ático de más arriba y luego a otro, hasta lo empíreo. Luego, está el asfalto, una dureza porosa por la que respiran las momias también duras de las capas del suelo. Allí va el estertor de los amortiguadores y las espiraciones de la planta de los pies, resoplando contra el túmulo freático. Mientras los adoquines de la calle del Nuncio, atravesada la de Segovia, son una fábrica de manos de piedra que agarran y absorben por la sima de sus costuras. Es un suelo que apega y del que hay que despegarse, con la vista en los pies y en el cielo, puede verse el zapato entrampado y a la vez el vuelo libre de las alondras y vencejos haciendo tirabuzones en el ático de Bai Yu, que enseguida descenderá a las falsas losetas, al asfalto y los adoquines, con sus zapatillas aladas.

Once menos once

Otra vez el apretón, sólo que ahora multiorgánico, quizá el café armenio de Avedissian, la plétora de calamidades destilada en el brebaje nacional. Llego al trotecillo a los andamios y a los mecánicos, una prisa de mujer japonesa con pies embutidos. Los peldaños de la escalera embisten las esclusas. *Buena maniana, eh, jefe. Gasta luego, jefe.* Cada pisada es un ariete. En el último tramo el cuerpo hiberna, deja de respirar, de latir y de sentir, mediante un bloqueo superviviente. Lo que sube las escaleras no es más que una intención despojada de entrañas, una pura intención que flota para guardar distancias con el cuerpo. Abro la puerta y Jefe se abalanza. Una histeria de aullidos lastimeros, como si hubieran vuelto a abandonarlo por enésima pesadilla consecutiva. Me lo salto, conquisto el baño y encumbro la taza. Esta expansión no es arte, pero la satisfacción no será menor. La armonía del universo es un libre albedrío de vísceras, expongo, una proliferación sin tasa, desparramo. ¿Qué hago pensando en Bai Yu desde la taza del retrete?

Pero así es y la idea se aferra mientras lo demás se rarifica. Luego, lasitud. Todo está bien. Perfecto. Aunque por las tripas vaciadas trepa un hormigueo. ¿Me he enamorado? Parece que me río. Me veo como por una cámara. Estoy en la taza con los pantalones por las espinillas, riéndome. Sólo que la risa no se escucha, he abierto la boca como si fuera a reírme, incluso la cara se ha acomodado al gesto de la risa. Lo que pasa es que no acaba de brotar. ¿Y por qué no? Es fácil. El mejor día de la vida para enamorarse. ¿No se llama Bai Yu y no había un promontorio de amapolas blancas en el jardín ideal? ¿No puedo mirarla? Si la puedo mirar es amor. Si la puedo mirar sin tenerla es más amor aún. Ella está aquí, delante de la taza del retrete, sonríe como cuando estábamos en el ático, dice las mismas palabras una y otra vez, sólo los ojos y los labios se van haciendo un poco más grandes hasta separarse, entonces hay una Bai Yu al fondo del retrete y unos ojos y labios de Bai Yu que se echan encima, aunque a su través sigo viéndola entera.

—¿Por qué hemos tenido que venir a una cafetería? —dije, estoy diciendo.

—Prefiero que no hablemos en casa.

La mesa se desplaza. Estaba junto al ventanal, se veía la calle principal del pueblo. Ahora se coloca en el centro, hace girar en redondo la cafetería hasta que la convierte en un remolino con penachos. Ella tiene delante una tetera y yo una copa de coñac, obstáculos en la formica.

—Ya no me das pena. Estoy enamorada de otra persona. Está muy enferma y quiero vivir con ella —dice.

—¿Te has enamorado porque te da más pena que yo?

—Tengo que marcharme hoy mismo. Te pido que esperes aquí un rato, hasta que yo recoja mis cosas, y luego vuelvas a casa.

—¿Y Goro? Acabas de regalarle un perro.

—Ahora no puedo ocuparme de él —de quién.

—Pero ¿cuándo volverás? ¿Cuándo vas a verle?

—Tú puedes cuidarle. Ahora no puedo ocuparme —de quién.

—No hace ni diez días que le regalaste el perro.

—Estará bien. Tú puedes encargarte. Es de lo que tienes que ocuparte. Yo no puedo.

—Es un cachorro —de quién hablo.

—Luego crecerá y se valdrá por sí mismo, como todos.

—No basta con una persona, hay muchas cosas que hacer, hay trabajo.

—Y se acostumbrará como nos acostumbramos todos. No hay que montar tragedias donde no existen. Préstale mucha atención y trata de educarle. Yo tengo que marcharme.

—No tienes que marcharte.

—Cuando te conocí estabas desvalido. Ibas como un alma en pena por los pasillos del colegio. Eras huérfano, venías de un Seminario. No entendías nada de lo que pasaba. Ahora he encontrado a una persona que me necesita más que tú. Lo siento, pero no me das pena. Quédate con él. Yo no te lo quitaría por nada del mundo. Y a donde voy no tendré tiempo.

—Qué voy a decirle.

—Quizá lo sepa antes de que se lo digas. No quiero hacer daño, pero tengo que estar en otra parte.

—Por compasión.

—Déjame un rato para coger las cosas y luego vuelve a casa.

—No hace ni diez días que le regalaste el perro.

Ahora Bai Yu abre la puerta y yo le digo que tengo que marcharme. Que tengo que estar en otro sitio. Tendrá que ocuparse de pensar qué jardín quiere. Si un jardín para la terraza de su ático o un jardín ideal como el mío, con amapolas blancas que nunca he visto y de las que estoy enamorado. O si prefiere una parra virgen, una línea de coníferas enanas y paredes con zarcillos cuando yo me haya marchado. Acaba de sonar el timbre de esta puerta que traspasé después de la otra puerta.

Las once y cinco, como siempre

Me voy colocando el pantalón, en dirección al telefonillo.

—Hola, padre —dicen desde la calle.

—¿No dijiste que llevabas llaves?

—Se me han olvidado en el tuto.

—No las habrás perdido...

—Están en la mochila. ¿Me quieres abrir?

—Si no llego a estar, te quedarías en la calle. Y qué tal.

—¿Me abres? Échame la bronca arriba.

Le espero dando vuelta a cantinelas que se repiten como la zarzamora. La fe ciega de Goro en que estaré en casa, en muchas otras cosas, que le impide actuar con orden, prever. Mundo igual a lo que pasa por su cabeza. Podría desaparecer de vez en cuando para que aprendiera la lección. Pero no hay forma de estar seguro de que aprendiera ninguna lección. Volvería al instituto canturreando la rima de alguna canción. Que llegue hasta casa ya es un éxito. No sería la primera vez que me lo encontrara de camino, a la hora en que tendría que estar de vuelta, papando moscas y medio ido por el callejón de San Bruno o escrutando las motos que aparcan entre los alcorques del Julián de Tolosa. No hace mucho me lo topé con el que parece su colega más fijo, un chaval con pinta de indio navajo, otro guaperas perdonavidas que se llama Dani. Venían desde Puerta Cerrada por en medio de la calle, el canguro hasta los ojos, contoneándose como raperos, fantaseándose. Y eran ya las once y media. Les digo: ¿Pensando en hacer pellas? Goro: Sí, ¿no? Dani: No, señor. Volvíamos al San Isidro. Yo: ¿En dirección contraria? Goro: ¿En dirección contraria a dónde? Dani: Sólo hay que torcer en esa esquina. Yo: ¿No ibais hacia casa? Goro: Papá, casi son las once y media. Si nos entretienes, llegamos tarde. Dani: Se lo juro, señor. Yo: El qué. Dani: Que no nos fumamos la clase. Goro: ¿Estarás a la hora de comer? Yo: ¿Y cuándo no he estado? Goro: No sé. Como te veía en la calle y dices que tienes trabajo...

He dejado la puerta entreabierta. Oigo el portazo. Son portazos únicos.

—¿Te has mirado la pechera? —dice como si hubiera encontrado a la pechera en la puerta.

—La he mirado.

—¿Y te vas a cambiar para el tutor?

—Pensaba hacerlo.

—No hemos firmado las notas. Tengo una gusa que no es normal. La de Sociales me ha robado el mp3. Me voy a hacer un bocata de tres pisos. Aunque también podías hacérmelo tú mientras me subo al trono. Sin música no doy bola, habla con ella. Y si no entregamos las notas firmadas no me dan las siguientes.

Lo dice pasando de largo y de pronto está clausurado en el baño. Me pego al otro lado.

—Pero qué..., ¿de qué notas hablas? ¿Qué dices del mp3? ¿Qué pasa, que lo escuchas en clase?

—Padre, estoy jiñando. Ahora hablamos. ¿Me haces el bocata? Que después llego tarde. Busca las notas.

—¿Algo más, amo? Y no sé qué dices de las notas. No me estarás hablando de las del último trimestre, porque ésas hace meses que las firmé y te las di.

—No, no me las diste.

—Te las di. Estoy seguro.

—Busca en los cajones de tu mesa, pero antes hazme el bocata.

—¿Y cómo que te ha robado la de Sociales? Te lo habrá quitado por molestar.

—Eso es robar. No tiene derecho. Me da igual que sea profesora. Es una ladrona. ¿Vas a dejarme cagar o no?

—Ya veremos. ¿Cómo ha ido el examen?

—¿Qué examen?

—El que tenías a segunda hora.

—Me confundí. Era para la semana que viene.

—Y eso, ¿cómo puede ser?

—Lo cambió el profe y a mí se me olvidó cambiarlo en la agenda. Son cosas que pasan, padre. No le des más vueltas y márchate de ahí, que así no me sale.

Retrocedo a la cocina. Abro el frigorífico, cojo pan de molde. En los últimos tiempos le ha dado por el chopped, una especie de mortadela, pero en repugnante. Puede que los negros de los videoclips coman chopped mientras se mueven como muñecos. Goro adora a los negros. Desde pequeño siempre ha querido ser negro. Un rubio que quiere ser negro y con un TDAH tranquiliza más bien poco. Lo del hip hop empezó a llegar por ahí. Corto los bordes al pan de molde. Nada de *bocata* de tres pisos. Si le pongo tres pisos, entonces se va a quedar en la repisa del office con un mordisco. Uno normal con el triple de embutido. Si le parece escaso, protesta y luego lo devora. Sin guarniciones raras ni de las otras. Cualquier pizca creativa se convierte en un debate, en una intromisión en su hambre, en una falta de respeto al negro, porque el mundo es racista y Goro es negro. Nada explica mejor la forma en que ve el mundo, blanco y negro, todos blancos y un solo negro, el negro en estado de alerta ante el avasallamiento, los blancos todos juntos y en todas partes, cantando himnos mientras él hace hip hop. El pan de molde con los bordes ya cortados cuesta el doble que el pan de molde normal. Jefe se ha sentado detrás de mí, la mirada azabache lustrando expectativas. Empecé a quitar bordes porque pensé que le apetecería más, no sé por qué, él tampoco lo pidió. Luego tiro las sobras al perro y todos contentos por un precio normal. Jefe agradece mucho que se le tenga en cuenta en la cocina. La comida de la escudilla no la toca a menos que se le muestre que se ha cocinado previamente. Basta con subir el recipiente a la encimera, dar vueltas al pienso con un dedo y mascullar alabanzas a su menú. No puede ser tan difícil cortar los bordes, pero el precio se dispara. Es fácil ganar dinero, si cobras caro lo fácil. Habría que hacer un presupuesto a Bai Yu. Me gustaría saber lo que harán sus labios al leerlo. Un presupuesto muy alto, cobrando mucho por poco, y si sonríe es que ella también se ha enamorado.

—¿Has encontrado las notas? —recién salido del retrete—. ¿Es ése mi bocata?

—No sé de qué notas hablas. Las firmé y te las di.

—Pero ¿puedes mirar en los cajones?

—¿Y tú puedes mirar en tu mesa? Además, ¿qué es lo del mp3?

—La de Sociales, que es una puta. Y sin avisar.

—Estabas escuchándolo en clase y ella sin avisar te lo quitó. Te tendrían que haber avisado de que en clase no se puede escuchar hip hop, claro. ¿De verdad no lo pone en ningún cartel?

—¿Te estás quedando conmigo? De todas formas es un robo. No pueden quitarte lo que es tuyo. Te pueden echar de clase, pero no robarte. ¿Dónde hay una ley que diga que los profesores pueden robar? Me apuesto que lo quiere para sus hijos. Se lo tienes que contar al tutor. ¿Vas a buscar las notas o no?

—¿Qué le pasa al bocadillo?

—Nada. ¿Desde cuándo el chopped tiene manchas blancas?

—Come y calla.

—Ahora vas a contarme que es normal que tenga manchas blancas. Habrán vuelto a engañarte. Te timan siempre en el súper.

Voy hacia la sala. Muelas que mastican vienen detrás.

—No hace falta que me sigas. Dedícate a buscar en tu mesa, si es que la encuentras.

—Quiero ver si buscas de verdad.

Tiro del primer cajón.

—Un día de éstos te compras una mesa nueva, ¿va?

—Es una mesa antigua de maestro.

—Siempre dices eso. Pero sólo es una mesa vieja, padre. Tiene las patas rotas. Si quieres buscamos una esta noche por las basuras.

Hay cajones con medicinas, fotos y cuerda de pita, con papel de lija, monederos, libretas, estuches vacíos, con talonarios, tijeras, boquillas mentoladas, guantes, dibujos de cuando Goro era pequeño...

—¿Eso es mío? Déjame mirar.

Es un dibujo de primaria. Un niño con sus padres, trazados como monigotes recortables. Hay un árbol gigante en una esquina y un autobús rojo fuerte en el lado contrario. Los padres y el niño están en medio del espacio en blanco. Al dárselo a Goro he visto uno de esos sobres amarillentos y desolapados, con la arruga de un papel consumido y palabras escritas a pluma, como la carta de un abuelo, pero en la parte del remitente se lee: «El volante hecho, sellado al pediatra. Otro volante del pediatra para estudio neurológico. Entregarlo el lunes de 4 a 7».

—¿Seguro que esto es mío? Aquí pone 3.º de Primaria. Pero parece de un crío de preescolar.

Saco lo que hay dentro del sobre. Sé que no es la carta de un abuelo, pero tampoco recuerdo todo lo que voy a encontrar. Y entonces:

«Kinder. Instituto de Neonatología. Clínica infantil. Calle Honduras, 7.

Informe de Guillermo Santiesteban Román.

Fecha de ingreso: 9-III-93

Fecha de alta: 11-V-93

Antecedentes:

Madre: 31 años. Primer hijo. Parto cesárea, una circular apretada de cordón. 40 ± 1 semanas de edad gestacional.

Historia actual:

Recién nacido que ingresa procedente de la clínica La Milagrosa, con regular aspecto y vitalidad, tras haber precisado reanimación. PC: 37,5 cm, FA: 2 x 2 cm. Cefalohematoma parieto-occipital. Tórax normal. Esqueleto normal. Abdomen normal, no hepatoesplenomegalia.»

—Yo no me acuerdo de haberlo hecho. Y tú nunca me lo has enseñado. Esto no es mío. ¿Eh, padre?

«Puños cerrados con pulgares incluidos. Pies en garra. Tembloroso. Movimientos de pedaleo y chupeteo. Irritable e hipertónico con llanto constante. Peso: 3.740 grs. Talla: 52 cm. Sexo varón.

»Ingresa en incubadora con calor y O_2, y se procede al aporte parenteral de sueros, iones, DXM, antibióticos y Cimetidina, con lo que mejora su exploración. Se comienza a probar tolerancia con SNG, que es buena.

»El día 14-III-93 presenta una crisis de convulsión tónico-clónica en MID. Se deja a dieta absoluta y se procede al tratamiento con Fenobarbital. Repite convulsión en brazo y mano derechos en dos ocasiones más. Se practica punción lumbar, obteniéndose un líquido gota a gota algo xantocrómico y se envía a cultivo.»

—¿Has tenido otro hijo y no me has dicho nada? ¿Uno más pinzado todavía?

«Tarda en remitir. Pronóstico estado muy crítico. Vigilancia intensiva. Cultivo resulta estéril. En semanas sucesivas mejora su exploración y no se repiten nuevas crisis. Se procede a la retirada paulatina de sedantes y sueros. Se practica TAC cerebral, dentro de límites normales.

»Se normaliza progresivamente su exploración, sale a cuna y lo tolera bien.

»El día 11-V-93 es dado de alta con exploración clínica normal y un peso de 2.660 grs.

»Diagnóstico: Hipoxia. Aspiración pulmonar.

»Observaciones: Revisión periódica por el neurólogo infantil.

»Fdo. Dr. Pavón Iniesta.»

—¿Eh? ¿Has parido otro tarado y no me has dicho nada?

—Tú no estás tarado.

—Eso sólo lo piensas tú. Me gustaría conocerlo.

—¿A quién?

—Al otro, a mi hermano abandonado.

—Vete a mirar en tu mesa. Las notas estarán entre tus calzoncillos o metidas en algún zapato usado de pisapapeles. ¿Qué pasa con el bocadillo?

—Se me ha quitado el hambre de repente. O sea, no es que se me haya quitado el hambre, porque todavía tengo hambre, pero es que ya no me cabe nada.

—Cómete el bocadillo.

—Me parece que tengo que ir al baño otra vez.

—¿Te duele la tripa?

—Duele todas las mañanas.

No es verdad. Pero mal sueño, dolor de tripa o de cabeza son señales. Me he quedado en cuclillas ante el cajón bajo de la izquierda. Vuelvo a poner el sobre en su sitio. Pienso: He de hablar con él, será a la hora de la comida. Y ya no pienso más en ello. El sofá de tela que nos trajimos del pueblo tampoco durará mucho. Tiene un trecho desfondado, el respaldo se clava. También salvamos la mesa de centro, aunque las patas fueron roídas por Jefe cuando era cachorro. La misionera psicóloga decía: Tendrá que ser usted su padre y su madre.

Debía de haber una gran claridad en su cabeza, en su trabajo la confusión la ponen las visitas. Pero esa claridad es lo más confuso de todo, hay cosas que se dicen claras, pero eso no significa ninguna claridad. ¿Cómo se puede ser padre y madre? El cristal se quita y se pone para limpiarlo. Se llevó nuestra cama, todo lo de la cocina, las mesas, el armario con espejo, el ordenador, la televisión y lo más raro, se llevó un teclado de dos octavas que le habíamos regalado a Goro en la última Navidad. Como si además fuera fácil saber qué es padre y qué es madre. Padre: autoridad, desapego, normas, vida exterior. Madre: comprensión, ternura, apoyo, vida interior. ¿Es eso lo que quiere decir? ¿Y cómo se es las dos cosas? ¿Repartiendo el tiempo? ¿A la hora del desayuno, madre, y a la de la cena, padre? ¿Quizá fines de semana, padre, y de diario, madre? ¿Y si comete una tropelía, le castigas y le comprendes, le pegas y le besas? ¿Y qué cara se le pone al hijo cuando te acercas, si no sabe quién viene, si el padre o la madre? Se llevó el teclado de Goro. Cuando volví a casa desde la cafetería ya se lo había llevado en una camioneta, sin avisar. Qué quería llevarse llevándose el teclado del niño. Qué quería llevarse llevándoselo todo. Debí aprovechar y quemar lo que quedaba. Tampoco tenía dinero para lo que nos iba a faltar, qué más daba. Pero llegué hasta aquí salvando lo último. Me lo quedé porque no todo se lo puede llevar el viento de una barrida, a pesar de que se lo lleva de todas formas. Goro era un niño y yo era su padre y su madre. Y por qué quiso quitarnos todo. A la hora de comer será el momento. Goro, tu madre... No. Goro, yo...

Jefe mete la cabeza y hocica, cree que la gente agachada quiere jugar. ¿Y éste? ¿Éste no tendrá madre? Oigo la cisterna. Nos vamos por el pasillo. Goro llega arrastrando los pantalones de cintura baja, desflecados, con el canguro que no se ha quitado en todo el rato a pesar del calor. En invierno, si no se le vigila, es capaz de salir a la calle en camiseta. En cuanto aparece el buen tiempo, en cambio, lo encuentras forrado y durmiendo con calcetines de lana. Vive las estaciones como una cuestión mental, no como un cambio de temperatura exterior. Cuando ya se le ha persuadido de que es época de frío, el frío se ha terminado y ha empezado el verano. Entonces hay que convencerle de que se quite ropa. Para cuando se consigue, ya hay que volver a ponérsela.

—Tienes que hablar con la de Sociales. Tú ya lo sabes. Si me quitan la música, el tarro se me va mogollón. ¿Eh, padre?

—Me alucinas, chaval. A finales de curso y tú en clase tapado con los auriculares. No tenemos bastantes problemas.

—¿Quieres que apruebe o no?

—Quisiera que algún día me dieras una buena noticia.

Me mira. Ha apretado los labios, zum, una sombra ha volado por su cara. Va hacia el televisor y lo enciende.

—¿Qué hora te crees que es? Tienes que marcharte.

—Ya voy. Y no has encontrado las notas.

—Tú tampoco. Además, no se trata de aprobar.

—Ah, ¿no?

En la tele alguien está haciendo andar una cuchara por una pared, alrededor de una ventana.

—Anda, que no flipan —dice.

—Se trata de que lo hagas bien. Aprobar es el resultado de hacerlo bien.

—O sea, aprobar.

—No. Hacerlo bien.

—Yo ya lo he hecho bien y no voy a aprobar.

—¿Con el mp3 en la oreja?

—Me he portado bien todo el curso. Y ésa es una puta. Pregúntale al tutor, la odia todo el mundo, también los demás profesores.

—Tienes que marcharte.

—Ya voy.

—Pero no veo que te vayas. Ya han pasado de y veinticinco.

—Qué pesado. Espera.

Ahora la cuchara salta de la pared y se va por un camino. Al fondo de la imagen hay bloques descoloridos, entre descampados.

—Te marchas o qué.

—Ya.

Le agarro y le empujo hacia la puerta. Él resiste frenando con los pies. Giro el pomo, acertando, mientras se deja caer hacia atrás. Le planto en el rellano.

—También he discutido con la de Naturales.

—¿Qué pasa contigo? ¿Naciste para torturarme?

—Dijo que las piedras no son seres vivos —empieza a bajar la escalera con parsimonia.

—Adiós.

—Y yo le contesté que también nacen, se desarrollan y mueren. Que si la vida es eso, entonces las piedras están vivas.

—No me explico cómo.

—Nacen por el enfriamiento de la corteza, sus componentes se forman con el tiempo, y la erosión y los cambios climáticos las hacen desaparecer. Así que están vivas, colega —va llegando al otro rellano.

—Muy interesante. ¿Cuánto discutiste?

—A tope. Me tienen hasta los huevos. Sólo dicen gilipolleces.

Muévete. Llegas tarde.

—Pero ¿tengo o no tengo razón?

El ruido de escalones es el que haría un cojo apuntando con la pata de palo. Un peldaño resignado y otro rencoroso, queriendo alcanzar la calle de una vez y maldiciendo tener que salir a ella.

—No. No tienes razón —digo desde el dintel.

—Por qué no. A ver —se le oye, con interés.

—Las piedras no pueden adaptarse a lo que les pasa. Los seres vivos son los que hacen algo con lo que les pasa, son adaptables.

—Entonces hay personas que son como piedras.

—Pues entonces son piedras.

—Va... —oigo ya en el eco del portal.

Once y media

Encendí el cigarrillo y di la calada, pero lo estoy apagando. A veces sueño que fumo, pero a veces el día entero sin fumar es lo que parece el sueño. Bien, el presupuesto de Bai Yu, el tutor, la comida..., lo del constructor de Pan Bendito no será hasta la tarde. Desde que se ha ido Goro me mantengo de pie, mirando el agujero sudamérica, la mente vaga. He cerrado la puerta y me he plantado aquí. El cigarrillo era de temer. He de salir. Con salir basta. Me veo bajando las escaleras, pidiendo que las escaleras duren mucho. Si hay cielo debe de estar entre sitios, en el recorrido que media, seguro que la gente feliz es siempre la que se encuentra de camino. ¿Voy a Avedissian o al mercado? ¿Si voy al mercado, hago luego la comida o me paso primero por Avedissian? ¿Me paso primero por Avedissian, voy luego al mercado y dejo la comida para después del tutor o dejo a Avedissian para la tarde y me encargo primero de lo que urge? ¿Qué urge más, Avedissian o la comida? ¿Para qué necesito a Avedissian? Necesito a Avedissian para los presupuestos de Bai Yu. Dijo que me ayudaría. ¿Y quién quiere volver a encontrarse con Bai Yu? Pero a la vez los presupuestos de Bai Yu son muy sencillos:

hacer cuentas para no sufrir con Bai Yu, nada de ilusiones. Por lo menos, hoy, ninguna ilusión. De modo que los presupuestos de Bai Yu y Avedissian deben ser lo último que haga. Y también lo primero, porque si ni siquiera hago eso, entonces ¿qué es lo que he hecho realmente en la última oportunidad? ¿Qué es lo que estoy haciendo por Goro y por mí?

Entonces, sólo entonces resulta que he cerrado la puerta a mi espalda. Aunque sólo entonces es cuando me pregunto si hay agua en la escudilla de Jefe. Vuelvo a entrar. Me recibe como si no me hubiera visto en días o celebrara mi vuelta como una vuelta al sentido común del regreso. Es un animal que engorda con la compañía. Cada caricia o zalama le equivale a un solomillo. Nada más que con la presencia ya es como si lo entubaran a un pote de tuétano. Efectivamente, no le quedaba ni gota. Es un perro esponja. Lo que pregunto es cómo he llegado a pensar de pronto en el agua del perro. ¿Ha sido al cerrar la puerta de casa y sentir que lo de atrás se cerraba, y entonces querer abrirlo otra vez? ¿Ha sido algo automático? Porque si ha sido algo automático, entonces es para sentir miedo, porque eso ha sido independiente del perro. Abro la puerta, pongo agua, pero no hay ningún perro. No hay ningún perro, pero a pesar de todo pongo agua en la escudilla. ¿Cuántos de esos gatillos automáticos hay en una persona? ¿Qué es más doloroso, seguir poniendo el agua aunque no haya perro o darse cuenta todas las veces de que no hay perro y evitar poner el agua? Creo que hay que seguir poniendo el agua, ciegamente, seguir acariciando al perro ciegamente, sacarlo ciegamente a pasear, tanto si está como si no. ¿Dejaría la anciana de las palomas de pulverizar chuscos sólo porque no hubiera palomas? Claro que no, no pasa nada por que no haya palomas, nada de nada. Ciegamente llegas todas las mañanas al banco de las palomas, metes la mano en el argadillo, cierras el puño, lo sacas ciegamente al aire y extiendes los dedos, el cielo no deja de ser azul, ni los ailantos han volado, ni el hombre del golden deja de contestarte que su perro vive en casa, ni el suelo de arena, que coge color de madera cuando llueve y que cuartea el lomo con la solanera y lo sacude hasta piel desgranada, deja de estar bajo los pies porque las palomas no se presenten esa mañana ni a la siguiente. Sí, las cosas persisten. No hay más que cerrar los ojos y verás que todo está allí, que Goro sigue allí tiempo después...

Ahora la puerta ha vuelto a cerrarse, pero a diferencia estoy bajando las escaleras. El sonido de roble abriendo el bosque, de pronto una tormentosa descarga de palabras: Yo he pedido buenos oficiales y esto es lo que han mandado. Parece la voz del presidente, pero afeminada por la estridencia. Buenos oficiales, a mí no me importa de dónde seáis vosotros, un buen oficial es lo mismo aquí que allá. Lo encuentro en el descansillo entre el segundo y el primero, junto a las escaleras de ramal que llevan a los ventorros, donde en uno vive la pareja de ancianos que más adora a Jefe y en las que se abre uno de los huecos de ventilación. Los polacos han parado, los martillos y escoplos en brazos colgantes. El presidente gira, me enfoca con ojos achinados de los que saltan chispones. Lo primero que pienso es que ha descubierto el escalo en el buzón de la puta mala y que lo está pagando con los albañiles, pero que al tenerme cerca su intuición de perro viejo ha sospechado y sentenciado enseguida, así que ahora llega el merecido castigo.

—Ésta no es manera, no me diga —el tirolés se bambolea en el cráneo, como si lo sacudiesen.

No digo nada. Dejo que se desahogue. Tiempo habrá de confesar que fue un arrebato.

—Ya estoy harto de arrear. Cuanto más comprensivo es uno, más le torean. A las malas es como mejor entiende la gente. Si vas de buenas, acaban haciendo sopas en tu plato —los polacos no pestañean.

—Bueno, a veces... —empiezo a decir.

—Un enfoscado de más de cien años y dale que te pego al pico. Luego se les cae la pared y vea qué cara de bobos. No habrán tenido bastante con lo que le hicieron a usted. ¡Serán jenízaros!

Miro hacia el hueco de ventilación. Hay otro boquete como el del office. En el vistazo de después veo el pelo aplastado en la cabeza del presidente, una docena de hilachas costa a costa. El tirolés ha desaparecido, vuelto a aparecer en una de sus manos que amenaza con un capirotazo a los polacos. Los polacos dan un paso atrás, el tirolés se queda en el aire, enarbolando la plumilla y esperando la orden de ataque.

—Saturnino... —digo.

—Ceferino, si no le importa —dice todavía sin volverse.

—Disculpe...

Ceferino echa una mirada al desastre, vuelve a calarse el sombrero, y comienza a subir las escaleras con el resuello en sordina de sus ochenta años. Cada escalón es una prueba de voluntad. Cualquier día el eje, que oscila como un metrónomo, caerá hacia un lado y Ceferino rodará hasta el portal. Imagínatelo joven, pequeñito, sanguíneo, oyendo palabras alemanas que no entiende, trabajando de sol a sol, ahorrando y planeando desde el primer día el tirolés que va a comprarse cuando treinta años después regrese a España. Pero también piensa que no es en esa juventud, sino en la vejez donde se ha hecho fuerte, es lo que ha visto y vivido, lo logrado, el no haberse derrumbado antes lo que impide que ahora se derrumbe, que no tenga miedo y que haga retroceder de verdad a los chapuzas polacos. Porque los polacos han retrocedido en serio y no hay más que mirarles la cara y ver cómo el susto persiste. No es el no haber tenido miedo, sino el haberlo tenido y haber llegado hasta aquí lo que se lo ha quitado. Eso los polacos lo han sentido igual que yo. A veces pasa, a veces se ven cosas que son de verdad, y el resto se queda pequeño, mentiras, flaquezas.

Mientras voy llegando al portal se me ocurre que es raro salir de las casas girando en redondo, pasar varias veces a la altura de tu puerta aunque metros por debajo, en lo circular de las escaleras, un movimiento perforador que alcanza la calle, estando la calle no en la superficie, sino en la profundidad de un hoyo. Así que las calles son subterráneos con un falso cielo y falsos astros y estrellas, luz de bujías y candiles sobre la gente que cree respirar el aire libre y va de un sitio a otro como en espacio ilimitado. Es esta misma calle, esta travesía, pero los adoquines han saltado y hay lajas de cemento en las aceras rotas, mientras una luz añil se posa en las cabezas, esta travesía por donde llega el niño montado en el triciclo y con una mochila montañera a la espalda. No tiene más de cuatro años, viste babi, es un rubio ebúrneo, yendo muy sonriente. El triciclo se atasca en los baches y en las pedreras, la mochila pesa demasiado, los coches discurren peligrosamente a su lado, a una velocidad que nunca cogen en esta calle. Y además nunca he visto tantos coches. Aunque da la impresión de que él está acostumbrado y se divierte, no paro de pensar en qué clase de madre permite que un crío de esa edad vuelva solo del colegio, cargado con mochila y en triciclo. Me acerco y le digo que voy a acompañarle. Sin perder la sonrisa contesta que no y luego echa a reír fuerte como si hubieran contado un chiste. Es una risa que hipa, como la de los niños tan pequeños, con sacudidas de estómago. De todas formas me pongo a empujar el triciclo. Yo empujo y el triciclo marcha a trancas y barrancas, el niño tiene la cara vuelta y sigue riendo. Avanzamos, pero su cara ha girado tanto que pienso que en algún momento se ha sentado del revés. Cuanto más ríe, más pienso en qué madre es capaz de hacer una cosa así. Puede que no tenga madre. Es una explicación. No hay nadie esperándole en casa, cuando llegue cocinará la comida y más tarde la cena, se bañará, hará los deberes, encenderá la televisión un rato sin nadie que le mire ni sepa que está, y al final se acostará, no sé por qué supongo una cama de matrimonio. Y sin embargo parece feliz. Le pregunto dónde vive. Allí, dice. Pero no señala a ninguna parte, sólo me mira y lo dice. Estoy empapado en sudor, los coches suenan por detrás y se siente la bocanada, nos arrollarán de un momento a otro. De pronto, el niño dice: Aquí. No sé cuánto hemos avanzado. No estoy seguro de la calle. Me fijo y es nuestro portal. Me pregunto cómo es que nunca había visto a este niño, viviendo en el mismo edificio. Estamos dentro. Le digo que me encargaré del triciclo, pero ya está subiendo las escaleras a toda velocidad llevándolo en una mano y cargado con la mochila. Corro para no perderle. Sube hasta el cuarto, por un momento he pensado que se detendría en el tercero, tampoco se ha escuchado a Jefe, pero no se detiene. Ignoraba que la casa tuviera tantas alturas. Al final el niño toca el timbre de una portilla de trastero. Se oyen cerrojos. Y quien surge es la puta mala, sin maquillar, fumándose un cigarrillo y lanzando una mirada desconfiada. ¿Por qué ha traído a mi hijo?, pregunta. El niño se cuela entre sus piernas y desaparece. Mi hijo no necesita ayuda, dice. No sé qué contestar. Nos quedamos parados en la puerta un rato, sin despegar los labios. De pronto dice *gracias* y la cierra de golpe. En cambio, yo sé que volveré, que por mucho que se enfade regresaré allí enseguida, porque el niño ha tenido que dejarse la mochila y el triciclo en el portal, no ha podido cargar con ellos...

Ese sueño ha sobrevenido al pisar la calle, como si en vez de salir de un sitio estuviera entrando en otro, los lugares de la vida fueran prendas reversibles y lo de dentro y lo de fuera se intercambian. Un sueño que ha pensado de una forma diferente a la puta, la ha puesto cerca. Soy el que le ha roto el buzón.

Otro despertar, después de los demás despertares que se suceden, es esa mujer que chilla en la esquina del Julián de Tolosa, la zona donde Goro observa las motos, a unos pasos del coche con la ventanilla rota y la vigilanta, que ya se han llevado. Es un chillido doliente, de plañidera concienzuda que empieza improvisando y acaba entristecida de falsa emoción. Un hombre corretea por las calles del cruce. Son carreritas que le llevan hasta el hostal y luego al estanco, o hasta el estudio de moda y luego a la cordelería. Es un pollo sin cabeza en un corral. Todo, me lo han quitado todo, plañe la mujer, alargando los brazos como si lo reclamara a Dios, lamparones de sudor en los sobacos, el rostro mayor y sin edad, arrebatado. Hay personal que se aproxima, pero al final se queda a una distancia aprensiva. Surgen las motos de los municipales con el rabo de mono de la sirena. El hombre sin cabeza sigue corriendo, con la americana de alpaca faldeando, cerrando el círculo, hasta que ya sólo corre alrededor de la mujer. Uno de los policías pregunta. Es el hombre quien responde, porque la mujer ahora se apoya con desmayo en un capó: Le han robado el bolso a mi mujer, un canalla le ha dado un tirón y se ha ido por allí. La mujer se va escurriendo al suelo, ha dejado de chillar, alarma de síncope. El marido y los policías la sujetan. Ella dice: Ay, Dios, qué desgracia, tenía las llaves de casa. Un policía habla por radio. El otro quiere saber lo que había en el bolso. El hombre de alpaca contesta que el dinero y las tarjetas los llevaba él, pero que efectivamente en el bolso de su mujer estaban las llaves de casa. El policía pregunta: ¿Eso era todo? El hombre no dice nada y mira a su mujer con un gesto..., uno de esos gestos del envés de la cara.

He agarrado el monedero en el bolsillo del pantalón. Es una bolsita de pellejo blando con dos cremalleras, un regalo de Goro sacado de un chino de la calle de los Estudios. Hace rato que lo tengo apretado. Como contando lo que queda a través del pellejo, aunque no hace ninguna falta. Son veintinueve euros con veinte céntimos. Y es todo lo que hay. Cuando se agoten, tal vez sea yo el que ha huido con el bolso. No seré capaz de sentarme ante Avedissian y pedirle de nuevo, o ante Carna..., no olvidar la cita de la tarde, lo de los seguros sociales. Veintinueve euros y veinte céntimos todavía se dejan calcular, tanto para esto y tanto para lo otro, y para aquello y lo de más allá, en total esto puedo permitirme y en total esto es lo que sobra o no hay sobra. Veintinueve euros y veinte céntimos aún organizan el tiempo, lo que voy a hacer ahora con esta parte del dinero y lo que haré después con otra parte, ahora, después, mucho más tarde, quizá mañana, puede que al final de la semana. Y también trazan los caminos, ir primero al mercado, luego a la tintorería y lo último al quiosco, pero yendo por aquí o por allí, rodeando o buscando el tramo recto, cambiar los pasos porque has pensado algo distinto o quedarte pensando por qué primero el mercado, luego la tintorería y lo último el quiosco.

En cambio, si no tuvieras los veintinueve euros con veinte céntimos, no podrías meterte en cálculos o te meterías por nada, el tiempo sería un tiempo de celda hasta que llegase dinero, y los caminos serían socavón o casa de donde no saldrías, porque todos se meterían dentro y te enredarían en vez de salir tú a ellos. Algo de dinero en el bolsillo es algo de dignidad en el bolsillo, porque la dignidad es el derecho a calcular, el derecho al tiempo, el derecho a los planes del camino. Por supuesto, no hace falta gastarlo, sólo hace falta portarlo. Un simple euro botando en el bolsillo es la posibilidad de hacer y de no hacer, de mirar el reloj y de no mirarlo, de ir y de no ir. En cambio, nada..., ni un euro...

He pasado por delante de Avedissian sin detenerme y continuado por la Cava hasta Humilladero. No estoy seguro de qué itinerario es éste. A lo mejor era el de pasar por delante de la puerta de Avedissian sin parar, de demorar los presupuestos de Bai Yu y el orden del día, lo que sucede es que pese a todo está saliendo un orden como el de tirar dados.

Hago alto en el chaflán de la tahona, con la media luna de explanada y el castaño de Indias refugio de los sintecho. Continúa subiendo la temperatura. La terraza del bar de la carrera de San Francisco y la opuesta de San Andrés se van llenando. Hay otro grupo de pedigüeños en el pretil. En esta reserva no piden ni dan la *taba,* en plan salón de fumadores de un club o de un casino, una elegancia, pero en desesperado. El mercado de La Cebada está cruzando la carrera de San Francisco y la he cruzado. Hace mucho que no compro ahí. Es más caro que el Champion y que el Lidl, aunque depende. Las relaciones con el carnicero, el frutero o el pescadero son personales, el comercio se va haciendo con el trato y no vale ni es lo mismo un chuletón de ternera de Ávila al principio que cuando se ha intimado. Hay comida enterrada, momios secretos, canonjías, bocados predestinados y un sistema de clases en la clientela que desfila con dinero uniforme. En lo más selecto, el tendero nunca pregunta y el cliente se limita a que le entreguen lo que no ha pedido. En este nivel sólo se precisa la constancia de un bolsillo desahogado.

A ese mercado acudía antes a por los chuletones y los percebes de Goro. Ni los chuletones ni los percebes caían a menudo, pero sí lo bastante como para que me conocieran y para que el comercio valiese la pena. En adelante, ya no pudo ser.

El dinero se acabó hace semanas, con apaños hemos aguantado hasta la fecha. Puede que esos apaños traigan problemas, pero para entonces ya no importarán. Quizá hasta vengan bien. Había fondos para año y pico, puestos en lo peor. En la sierra prometieron seguir contando conmigo, al fin y al cabo nos separa media hora en trenes continuos de cercanías. ¿Qué más daba dónde viviese el jardinero? Pues parece que daba. Me llamaron dos veces, una para tapizar un trozo de jardín en el que no querían césped y la otra para poner unas borduras a un arriate, y fue la misma persona, Domínguez, el constructor pobre y rico, pobre por penas y rico en euros. Cuando he vuelto por allí, he sabido que el trabajo se lo han ido dando a parados y magrebíes que saben las cuatro cosas básicas. Creo que no es sólo porque salgan más baratos, sino porque están a la vista. O porque para mucha gente el irse es igual que el morirse, todas las distancias y despedidas son muertes, y es lo mismo haber doblado la esquina que haber salido para el otro mundo. Lo gracioso es que yo esperaba lo contrario, ir relegando el pueblo por las ofertas progresivas de la ciudad. Había leído que Madrid es la segunda ciudad con más espacio verde del mundo, detrás de una de Indonesia. ¿Cómo no ha de encontrar trabajo un jardinero en la segunda ciudad más verde del mundo? No pensé, por ejemplo, que en la segunda ciudad más verde del mundo hubiera empresas y viveros organizados, y gabinetes de paisajismo, especialistas en terrazas, porches y áticos, pergolistas, diseñadores, xerojardineros, cerradores, mantenedores, laboratorios proyectistas, decoradores, semilleros industriales, además de escuelas y revistas de jardinería que habían convertido el oficio en afición, en tiempo libre, en un terno y un kit para divertir a empleados con estrés, en fin, no se me ocurrió que un jardinero, un jardinero a la antigua, un jardinero orquesta, fuera precisamente lo que sobrara en la segunda ciudad más verde del mundo.

Me he plantado en el vestíbulo del mercado llevado por los pies, porque no me ha traído intención alguna. El lugar no ha cambiado desde la época de crío, los frontones de vidrieras sucias, la plaza con bóvedas simulando alpendes, y la vaharada de olor, primero el de la carne fresca y las osamentas serradas, enseguida el de los encurtidos que borran el rastro de la carne y al final, subiendo en capas delgadas, el de los helechos y las berzas sobre la escarcha del pescado. El olfato se embota y entonces, como en los constipados, desaparecen el gusto y el olor, queda en su lugar el tacto de la lengua y de la nariz, los pellizcos del ácido, la escamación de la sal, la esfera de lo dulce, el manto de las frutas.

He visto KÍROX en algún lado, mejor dicho, me ha parecido verlo en un sitio tan improbable que no lo he registrado, mientras seguía camino. La escalera principal desciende hacia una abacería famosa, junto al montacargas. Altramuces, ajo aliñado, kimbos, cebollitas en vinagre y el muestrario de aceitunas: manzanilla, jaén, malagueña, obregón y las campo real a cinco euros el kilo. Imagino que el dependiente me pregunta y que yo respondo: Cinco kilos de campo real y cuatro euros con veinte de surtido. He seguido hasta una casquería: mollejas de pascual y lechal, entresijos de cordero, criadillas, sesos, carrilladas, morros y zarajos. Calculando por lo que marcan los rótulos podría llevarme cuatro kilos de cualquier cascajo, o cuatro kilos en variedad. Junto a la casquería está la carnicería de los viejos tiempos. Buey, recental, ternera de Ávila..., atendida por el dueño, puede que se llamara Fermín. Hay dos gitanas pudientes que hablan muy alto, jondas. El carnicero las interrumpe para preguntar si necesitan algo más, aparte de los paquetes que se amontonan al lado de la báscula. No le contestan, discuten y menean sus ajorcas y zarcillos. Fermín me mira con resignación y manda una seña con las cejas. Una gitana dice a la otra que los parientes son antes que la amistad y que tiene que entender que no la invitara, aunque no dice a qué. Fermín les advierte, en tibio, que hay gente que aguarda, que qué más. He ido acercándome, aunque ahí no hago nada, sólo para que sientan que hacen esperar. Las zaínas miran de refilón, continúan la cháchara. Fermín agarra un machete y juguetea. Me voy al notar que vuelve la ira negra de la mañana, la de la grada de San Pedro, que gorgotea como si el cuerpo llevara una lumbre, aunque el motivo es oculto, o yo lo escondo o me tiene agarrado desde antes de despertar.

Me he ido sin haber hecho cuentas. Quizá tres cuartos de ternera blanca y un kilo de chuletillas de lechal. Un par de comidas arregladas. He dado la vuelta al montacargas. En la pescadería del otro lado, pasado el puesto de verduras, los clientes se aprietan. Hay una caja de cangrejos de río y rapes enormes con boca de ventanilla rota. Entre hombros se ve el rótulo de los percebes, leo que doce euros. Primero me digo que no es posible, aunque recapacitando, ha sucedido otras veces, siempre y cuando no sean gallegos, sino marroquíes, por ejemplo. Nadie dice que sean una maravilla, en realidad, son un chupetón de agua. Podría llevar medio kilo y serían seis euros. Hasta veintinueve con veinte, veintitrés con veinte. Aún tendría un capital sobre el que meditar. Y Goro se llevaría un alegrón. ¿Un alegrón antes o después? Goro, tu madre..., no, Goro, yo, soy yo quien ha pensado...

La luz que entra por las vidrieras es un rescoldo pobre, pero a media escalinata me he vuelto y allí está, en plena diana, KÍROX. En letras amarillas contra el frontón del fondo, a ocho o diez metros de altura. Se confunden un poco con el esmerilado turbio. No es fácil encontrarlas al primer vistazo, pero luego asusta hasta dónde el grafitero ha tenido que encaramarse, quitando que tuviera alas. Un ángel con spray. Fíjate, yo hubiera podido ser el ladrón que corrió con el bolso de la plañidera y también podría ser ese que va poniendo el mote en portales y cornisas. Un invisible con mano invisible, un ser del que nadie se ha percatado capaz de hacer cosas a la vista de todos, pero más rápido que la vista. Supongamos que es yo, tengamos la seguridad de que soy yo, bien, ahora será mejor que nadie me descubra, que siga mi senda como si no supiera nada, que prepare el próximo asalto. No olvidemos que también soy el autor del escalo al buzón de la puta. Un ser con planes, que sabe lo que quiere, pero del que nadie sabe nada. Sigamos trayecto, los hombres invisibles no vuelven la cabeza, nadie les espera, ni esperan nada, siguen propósitos que los demás ni imaginan, son jardineros sin jardines, padres sin hijos, ciudadanos sin ciudad, pasados sin futuro, alimañas con veintinueve euros y veinte céntimos en bolsillos secretos, ángeles sobre esta tierra, Ángel Santiesteban.

Hacia la calle Toledo, por la acera de la floristería y de la piscina municipal, frente al teatro con cartelones y pensionistas haciendo cola, las aceras encauzan botines. Se prolongan en unas piernas de alambre, en camisas negras de cuello flamenco, en caras picudas y de piel guarnecida, bigotes demacrados y ojos con hebillas. Tienen un sonido especial, seco y destartalado a la vez, algo duro que golpea demasiado fuerte y se descompone. Marcan la frontera del hortus dorado con el Rastro y las naciones indias de Lavapiés, el territorio que queda tan cerca y tan lejos, esos anuncios de turismo en Marruecos. Es además un ruido más bajo y adentrado que el ruido ascendente de los coches, de los vendedores de precario, de las copas del bulevar removidas por una brisa alfombrada, nueva. Los botines no son calzado para carreras, pero aportan la impresión de que pueden abandonarse para que los pies huyan.

Y ha sobrevenido ese olor que sólo puede ser una alucinación de la nariz. Es el olor a la rosca frita con azúcar de las ferias de aldea, ligeramente recauchutado por las atracciones mecánicas, como el saltamontes, la barca balancín, los coches de choque, y la pizca de pólvora. Distinto del olor a bosta del circo, del gasoil requemado de las camionetas, de los pucheros grandes, el almizcle contra el azúcar, el rancho contra la guata dulce, el alcanfor contra el almidón, en dos lados de aquella raya que separa a los quietos de los ambulantes. Lo dulce redondo colocado en un lugar y lo almizclado en el principio de una carretera que señala a todas partes, a ninguna. ¿De dónde habrá surgido en medio de los escapes, los fiambres, las prendas, los sudores? ¿Estaría dentro del cuerpo? Pero en todo caso una alegría tonta me ha atravesado en este día en que los jardines se han quitado el embozo, el sol se ha plantado en medio de la calle y la gente se lanza a comenzar cosas en vez de a concluirlas. Un día mi madre, quizá don Sebas, dijo: ¿Estás oyendo a los pájaros?, pues eso es la primavera. Estábamos despertando en la caravana nueva, puede que en el piso de acogida de don Sebas, y pensé que los pájaros viajan desde otro lugar, hay lugares lejanos de la caravana, del piso de acogida. Yo también le cuento a Goro lo de los pájaros y la primavera. Y Goro siempre contesta: Son un coñazo, padre, pero tú no te das cuenta porque a ti no te despiertan. Y yo acabo preguntándome a qué clase de cabeza despiertan los pájaros por la mañana, qué es lo que va tan mal y convierte una simple piada en una alarma hiriente. Huele a rosca frita en azúcar, han aparecido los pájaros. No puede ser que nada coincida con el esplendor.

Paso de peatones de la ronda. En la esquina de la boca de Metro hay una banda de lagartos al sol. Gente desclasificada, no sólo algunos sintecho que duermen en el vestíbulo de los cajeros automáticos, también los que no van a ningún lado, se asearon por la mañana y se han quedado ahí, secados al sol. Los versos sueltos del día. El olor a rosca de azúcar se ha volatilizado. Ni siquiera una brizna de caucho o de pólvora. Una mujer empingorotada, como de paso a un aperitivo elegante, ofrece embutido envasado que saca de un bolso de charol. Dos hombres discuten por un mechero que encontró uno de ellos. En la marquesina de los autobuses, el Ayuntamiento ha montado una instalación artística por la que se escucha la música de la ciudad, eso dice el cartel. Hay que ponerse unos cascos que cuelgan de un cajetín, lo he intentado alguna vez, pero me corta sentarme con los orejones entre viajeros que aguardan. No tendría por qué. Madrid, toda ciudad, tendrá un cuclillo y sus acordes, sardineles y fontanas contra muros, su promontorio de amapolas blancas, cerco de acacias y tapias cariadas, su jardín entero colgante. Entonces, ahora, enseguida estoy sentado en la banca de metal, estrecha y resbalosa, con los auriculares cinchados. Lo primero que se escucha es ruido de aviones. A continuación hay silencio..., y más ruido de aviones. Más silencio hasta que suena un batir de olas tan fuerte como el ruido de los aviones, pero que se apaga. Una voz dice: También hay olas en tu mente. Es cierto. Estoy viendo el mar. El único mar que pude haber visto en mi vida. Hay una carretera y delante una playa con un islote, dos lenguas de agua. El cielo es acero y el convoy del circo aparcado en una cuneta produce un silencio como el que se escucha por los auriculares. Después de un tiempo, lo que suena es la voz de mi madre, con la cara pegada a la de mi padre, aunque ninguna de las dos es una cara y no son de mi padre o de mi madre, aunque digan: Te vas a volver a Madrid para estudiar. Y luego es don Sebas, en ese mismo mar, el que dice, sentado en su sillón claveteado, pero con las olas detrás, el circo más callado que nunca, don Sebas el que habla sin parar, el que dice sin manera de descifrar las palabras y también porque hay palabras que no pueden recordarse por más empeño que haya, el que dice no sé cómo, pero con la claridad del mar que estoy viendo, que no volveré a ver el circo ni a mis padres, que esos padres y ese circo han de marcharse a otro lugar, han de seguir su destino y no regresarán. Ellos han muerto, creo que es eso lo que me está diciendo todo el rato, aunque lo que yo oigo repetir es la palabra *destino,* como si Destino fuera el nombre de una ciudad. En los auriculares la voz dice: En Destino hay olas en tu mente.

Estoy mirando el escaparate del almacén de Fiestas Paco, tras la marquesina de los autobuses, donde venden alas de ángel a trece euros, entre disfraces y bolsas de caramelos en las que puedes poner tu nombre.

Las alas están forradas de raso blanco, medirán un metro. Debajo viene un cartón donde se explica que son alas para todas las edades y tallas, y que pueden adaptarse gracias a la *estructura moldeable.* Veintinueve con veinte, menos trece, dieciséis con veinte. ¿Cómo es un día corriente para un ángel? Dedica gran cantidad de tiempo a su aspecto físico, puesto que la gente le mira mucho. Se desplaza mediante vuelos parecidos a saltos gigantes, utilizando las terrazas como camas elásticas. De vez en cuando, tras media docena de trayectos, pongamos, descansa mirando hacia oriente, que es de donde llegan los ángeles, y por ver si está llegando alguno en ese momento. En otras ocasiones, mira a poniente y se deprime con la órbita del sol. Una vez aterrizado, pliega las alas y cumple con su jornada laboral, que es igual a la de cualquiera, quizá una estafeta. El resultado suele ser un tremendo dolor de espalda, concretamente en las clavículas, cosa que le obliga, ya en casa y a la hora de dormir, a pasar la noche en vuelo suspendido, lo más alto y desplegado posible. Ésta es la razón de que los ángeles ni se casen ni tengan pareja y que hayan prescindido del sexo, puesto que no pueden yacer con nadie a causa del castigo que infligen a sus vértebras. Encontrarían solución en el fisioterapeuta, pero en el Cielo están prohibidos porque delatarían la imperfección de la obra divina en tema tan anexo, y en la Tierra lo que pasa es que desconocen aún la traumatología metaescapular.

Me digo que es hora de hacer la compra de verdad, primer plato y segundo plato, y comer y cenar. Trato de dar impulso y producir un salto gigante que me introduzca en el Champion, sin necesidad de seguir por la calle Toledo hasta la cerería, luego hasta el decomisos y luego hasta el japonés *take away,* para concluir embocado por la puerta del híper. Por raro que parezca, no termino de elevarme lo suficiente en el aire y he de ir raseando el suelo, avanzando mediante pasos.

Se ven dos colegialas de uniforme echando un pitillo, la cara pálida de mujeres hechas y deshechas, a la puerta de un bar. Más adelante se presenta un conciliábulo de chavales con las mochilas al pie, dan la impresión de haberse perdido y estar pensando la dirección a seguir. Y más allá, se avistan prófugos aislados, apátridas, merodeando por el San Isidro como si no se atrevieran a irse del todo, rebotando en la pared inmaterial de su indecisión o de su culpa, ni largándose de una vez ni entrando al fin, algo que puede durar la vida entera.

Temo encontrarme a Goro entre la muchedumbre que hace *pellas,* estirada a lo largo de la calle como el rastro de un convoy que pierde aceite o alumnos. ¿Qué hora es?

Doce y veinte pasadas

¿Y si hubiera sido la una y veinte? Hay que vigilar el tiempo de cerca. Casi nunca está en los relojes. Podría ser perfectamente la una y cuarto, aunque también las doce menos veinticinco. Puentea por las manecillas, se descuelga por la esfera y al final se cuela en algún limbo donde los minutos duran como semanas o viceversa. Por eso el tiempo va sujeto a la muñeca, escapista, gitano en un aula de gramática. Lo cierto es que se me ha ido el santo al cielo, o el ángel, y habría podido pasar algo, por ejemplo, podría haber pasado la hora de la cita con el tutor. Esa sensación de fú, el hombre que estaba aquí a esta misma hora ya no está. Se le sigue viendo, pero ya no está. Es él, no le quepa duda, pero ha cogido el Metro que lleva a la dimensión paralela. El espectro que ha quedado a la vista no es más que la estación de regreso. Basta con que se lleven ese cuerpo que ya no está aquí, para que al otro, al verdadero aunque temporalmente fuera de servicio, ya no se le vuelva a ver el pelo, eternidad mediante. No sé qué me digo.

No me hubiera gustado encontrar a Goro. Hoy, no. ¿En qué cabeza cabe que los pájaros te despierten por la mañana? Despiertan los autobuses y, ya puestos, hasta las ranas, pero desde cuándo el piar de los pájaros. A ese secreto de la mente de Goro preferiría no encontrármelo hoy. No sabría qué pensar. Él, tampoco. No sabría por qué se ha largado de clase en la peor época, con todos sus miedos y también sus esperanzas que, por escondidas que estén, tienen que andar en algún lado para que haya ese miedo. Y yo, sabiendo que él no sabía, no sabría tampoco qué decir. Creo que haríamos como si no nos hubiéramos visto, aunque nos cruzáramos por la acera. O que nos saludaríamos al pasar, con cortesía aterrada. Un *hasta luego* y de ninguna manera un *qué tal.* Hasta luego, Goro. Hasta luego, padre. Usted lo pase bien, lo mismo digo. Si los pájaros te despiertan, ¿cuál es el silencio que hay en tu cabeza?

En la cercanía del Champion se apostan los perros mendigos. Van disfrazados de marineros. El dueño de los animales, un viejo grandote y barbudo con aire de capitán de barco, pero que no se ha movido jamás de entre La Latina y Lavapiés, ha tenido a bien ausentarse y dejar un letrero que dice: Vuelvo en cinco minutos. Igual que los que atienden ventanillas. Casi siempre está el letrero. En los perros se aprecia una pachorra de funcionarios, de personal asalariado y arrepentido de tener un futuro tan previsible. Enfrente queda la escalinata de la catedral antigua, pegada al instituto pared con pared, también San Isidro, un edificio amortajado y talar, que en los pliegues acoge a congregaciones pordioseras. Los pobres de iglesia imitan a los mansos de Cristo, siervos del amo que les apea la moneda sin mirar, como si pasara una talla de Juan de Juni. Los pobres gentiles son más creativos y variados. Incluso soberbios, como si les debieras algo. Es una diferencia importante, aunque puede que sólo sea una estrategia diferente. Y el manso y el soberbio fueran el mismo, el mismo pobre. Y yo paso por los batientes del Champion, busco una cesta lo menos *cotrosa,* entera.

Por costumbre, se arranca por el piso de arriba, tomando la escalera mecánica. Subo con una teutona zancuda, bella, moderna, satinada como un póster. Está esa clase de gente y están los viejos, un contraste algo feroz que hay que ir sorteando para llegar a los estantes. Los viejos del barrio son muy viejos, se ciernen al suelo, muros mordidos de un solar en ruina, en cambio los jóvenes chisporrotean como lucernarios. Los términos medios son escasos.

Por costumbre y por sentido común, ya que las cajas están abajo. El segundo piso del Champion es el reino perenne: las conservas, los embutidos, la pasta, la bollería industrial, las bebidas, los congelados. Lo más mortal y vivo de aquí son los lácteos. Poco que comprar en esta zona. Únicamente yogur bebido, pero casi tres euros cuando juraría que hace un mes estaba a la mitad de precio. Un cuarto del kilo de percebes del mercado. Y los paquetes de yogures, casi dos. Hay manos con uñas encarnadas que prenden envases verdes o tostados, con bífidus activo, l casei inmunitas, omega 3, esteroles, LV 0,0 mientras trato de imaginar por qué han subido los precios. Vamos hacia el fondo de este corredor. Las uñas venían de unas manos y las manos venían de mujeres jóvenes. Esos dedos que salen del puño y se acercan a algo son dedos que pueden sentirse a kilómetros. El pack de natillas de cuatro unidades se dispara a dos euros ochenta. Las mujeres sacan todos sus dedos cuando compran, con los que palpan, señalan, desprenden, acarician, desde yemas y uñas sanguinas. También hay que creerse que la unidad de cuajada remonte a noventa céntimos. ¿Las familias no toman postres lácteos? Es lo primero que te arrebatan en cuanto tienes familia, los postres lácteos.

Tiene su lógica. La mayor parte del tiempo en que estás soltero es porque estás creciendo, y necesitas postres lácteos. Si fundas una familia es que ya has crecido del todo. Pero ¿qué pasa con los niños que engendras? Bueno, sus postres lácteos dependen de sus calificaciones escolares, de la capacidad de sacrificio de los padres, de su conducta y urbanidad, en fin, de las cosas que los van volviendo adultos y les quitan las ganas de crecer y de desear postres lácteos.

Además, la llegada del calor ha hecho que saquen los otros dedos, los que guardaban en los pies. Lo más desnudo de todo, con la planta a ras de tierra. A diferencia de los que salen de la mano, éstos arrastran polvo, tropiezan con obstáculos, se ensucian, endurecen, encallan. En el híper hay decenas de dedos recién desenfundados. A los de las manos les sigue la vista, pero a los nuevos les persigue todo el cuerpo con su propia tierra. Da comienzo el pasillo de las bebidas. Antes bebía alcohol y era un jardín dentro de otro jardín. Era cercar con otros arriates hasta pillar el sitio de los acordes, del agua, la piedra y el palafito, del plano del suelo y del plano del cielo, hasta quedarse completamente dentro, con las puertas cerradas o mejor dicho sin puertas. ¿Bebía mucho? Esther dijo en cierta ocasión: No sé si bebes o no bebes, no sé si es que eres así. Otra vez dijo: Preferiría saber si me necesitas. Como nunca lo supo, buscó a alguien del que lo sabía seguro, sin necesidad de preguntarlo. O puede que se lo preguntara y el otro le respondiera. Me voy con alguien que me necesita y ahora yo no puedo ocuparme, fue lo que dijo. Tenía que ocuparse de alguien y no podía ocuparse de nadie. Si yo hubiera sido un borracho de verdad, si no me hubiera quedado en mi jardín, ella se habría quedado conmigo. Cada día el alcohol es más caro, y sin embargo los jardines sin puerta son baratos, en comparación.

Salgo de la planta perenne bajando por la escalera interior. Ahora, en el nivel de la calle y de los óxidos que entran con el aire en busca de pescado, carnes, frutas, el tiempo en brisa, el reino caduco. En la pescadería hay una vieja mirando cómo la dependienta desescama una dorada. Hija, te dejas la mitad, apunta la vieja. Pues dígame usted, señora, porque hoy no ha venido la pescadera, contesta la dependienta uniformada con el niki rojo, una pequeña papada indiferente, ojos sin atención ni edad. Pero, hija, si aquí ninguno sois pescaderos, hacéis todos de todo. Se vuelve hacia mí: No saben de nada, pero sale más económico, qué vas a exigir. La dependienta la escucha, pero como si no hablaran de ella, como si nunca nadie hablara de ella en cualquier sitio en que aparezca con el niki rojo. Se pone el niki rojo y desaparece. Ocho euros la lubina, las truchas a seis. Hasta veintinueve con veinte. Todo es mucho para restar de veintinueve con veinte. Aún tengo la cantidad entera en el bolsillo, dentro del monedero pellejo de Goro. Aún lo tengo todo sin faltar nada.

Marcho hacia el refrigerador de carne. El buey nunca está de oferta. Hay carne picada de cerdo y de vacuno, y en la esquina los pollos enteros Grano de Oro. Un rato después la cesta sigue vacía y la vista deriva a la báscula autoservicio en la que un tipo joven, con el pelo ensortijado y reluciente, está colocando una bolsa con reinetas. Tiene la mano sobre la bolsa. Pero entonces una chica que llega por detrás coge esa mano y dice: Si pones la mano, pesará más. Gracias, dice él. Ya se han separado las manos, pero yo las sigo viendo una sobre otra, calientes y congeladas en el momento, puedo sentir el roce y el recuerdo de una palma sobre un dorso, la mano de la chica acercándose, y el temblor de las venas en la otra mano, el temblor de la sangre quieta que no es ningún temblor, sólo una espera inesperada, la casualidad que se posa en ti y resulta que lo deseabas, no puedes ni creerlo. Luego, el tipo joven se va y la chica deposita su propia bolsa en la báscula, igual que si no hubiera pasado nada y sin que nadie descubra que su mano se ha quedado en el dorso de mi mano, dando calor y temblor, también el frío de que se vaya y de lo que está caducando.

El de pelo ensortijado y reluciente no ha mirado atrás. La chica continúa en sus cosas con gesto de escrutinio, ahora caminando alrededor de los cajones de fruta, el pasado de hace un momento ya borrado para siempre.

Los dos han desaparecido. Delante están los pollos enteros Grano de Oro y yo no recuerdo nada de las manos de Bai Yu, aunque estoy seguro de que no me he gastado ni un céntimo de los veintinueve euros con veinte. ¿Por qué Bai Yu no tenía manos? O mejor dicho, ¿dónde estaban sus dedos? ¿Estuve esta mañana en su ático y enamorándome? De acuerdo, puso una mano cisne para saludar, pero era cisne y no mano. Sin manos ni pies ahora Bai Yu no es nadie, la atacan los óxidos y la desecha el piso caduco. Me despido de ella, vuelvo a ella al pensar en los presupuestos y en Avedissian. Pero esos presupuestos ya estaban claros: no hacerse ilusiones, ninguna ilusión en el día de hoy.

La realidad es que aquí no hay nada que comprar. Quizá quiero irme con el dinero intacto en el monedero de Goro. Un día estaba hablando con Carna, no se me olvide que por la tarde he quedado con él, sé que se me está olvidando, de lo que me había dicho Esther, de que me abandonaba porque no sabía si yo la necesitaba. Dije a Carna: No me digas que no es raro que la gente te deje por eso. Y él contestó: Más raro es por lo que la gente te quiere. Es verdad que lo raro es eso. También, lo que menos preocupa. Cuando te dicen te quiero dejas de preocuparte. Todas las preocupaciones se borran. Vuelven más tarde. Cuando la razón por la que te dejan es aquella misma por la que te habían querido y no te molestaste en preguntar. Te fuiste tan contento, y sin tus preocupaciones. Ahora querrías volver allí a preguntarlo, lo que pasa es que no se puede. Preferías pensar que ya no tenías que preocuparte. Y ahora lo único que piensas es que eso era lo único de lo que deberías haberte preocupado.

Bai Yu es también expulsada porque en este mismo instante, con la bolsa vacía y sin nada que comprar en el Champion, volvería a toda velocidad con Esther. Limpiaría la casa, pondría la mesa y haría todas las faenas para que no notara mi presencia, gracias a verlo todo tan arreglado. Estaría tan contenta..., y yo sólo pediría ver a Goro cuando llegara del instituto o cuando hiciera los deberes. Si quisiera, sería su esclavo. Incluso me encargaría de ese hombre que la necesita tanto y a quien quiere tanto. Sería su enfermero, aunque nunca me interpondría en el camino de los dos. Le cuidaría sólo cuando ella no estuviera o lo permitiese. Además, podría indicar a Goro cómo comportarse en la nueva casa con los dos desconocidos, la vida se volvería fácil para los cuatro. Ella lo acabaría agradeciendo, aunque ahora no pueda darse cuenta. Y no sería por amor, lo que es otra garantía. Yo no podría amar a Esther nunca más. Hace gracia pensar en el amor cuando uno haría cualquier cosa sólo por no perder, sólo por no perder a alguien a quien si pierdes, te irás muriendo deprisa y a la vez muy lentamente. No sabes lo deprisa y lentamente que se llega a morir por causa del dolor. El de no perder es el amor más fuerte, vuelve humo los otros.

—Usted lleva la cesta, señor.

El encargado marroquí del Champion está delante y mira hacia arriba con la cabeza baja, un poco carnero degollado y otro poco bravío.

—¿La cesta?

—Sí, sí, sí... —está señalando con una mano convulsionada.

Miro. Efectivamente, llevo la cesta del híper. Le miro a él. No entiendo.

—No llevo nada. ¿Quiere que compre algo? —le digo.

Tuerce el gesto, ladea la cabeza. La cabeza tiene forma de pepino, un gran pepino sobre un cuerpo barril. Viste una camisa blanca, que se acuchilla a la altura del ombligo y le saca la tripa, con la chapa donde pone *Raschid Encargado.*

—A dejar la cesta —le oigo.

Aunque también puede haber sido:

—Ha de dejar la cesta.

Son dos cosas diferentes. Esas ráfagas, palabras que se cazan a medias.

—No veo por qué.

Ahora pone otra cara. No es otra cara. Son otros labios. Comisuras socarronas, aunque también pueden ser corteses.

—Vamos, hombre —dice.

—¿Vamos, hombre? —digo.

Creo que hay personas curioseando. Un marroquí con las comisuras levantadas cortando el paso a un cristiano que no suelta una cesta. El marroquí es un encargado. El cristiano es un tipo que coge sus cestas.

—He venido a comprar, pero no he comprado nada todavía. ¿Vas a decirme tú cuándo tengo que comprar?

Parece dudar. Al fin y al cabo yo soy el cristiano, más cristiano que nunca. Echa un vistazo alrededor, extiende las manos. Quizá sienta el peligro. Los marroquíes no emplazan a los cristianos en calles cristianas.

—Pero hombre... —titubea.

Le entro en los ojos huidizos. Ya debe de saber que no tendrá fácil escape. Basta con esperar a que se arrepienta. Aunque dice:

—Pero, hombre, si está usted en la calle.

—En qué calle —contesto con la voz dura.

¿Hay un argot de supermercado en el que las calles son los corredores o los departamentos?

—La calle, esta calle —dice, y ahora ya se ha desconcertado por completo.

En los auriculares de la marquesina de autobuses se escuchaba un mar. En este momento no se escucha. Se escucha un ruido reductor de motores y un rumor de puertas abiertas salteado por voces en escala. Y puede que un tableteo de ondas al barrer obstáculos, recodos o árboles.

—Esta calle —digo, abriendo los ojos.

Despierto en la calle. He salido del Champion y me estoy yendo calle Toledo a alguna parte. No sé cuándo he salido. Pero es la verdad. Y también es verdad que el encargado marroquí ha salido detrás al ver que me iba. Estoy en la calle con la cesta roja y vacía. Y el marroquí enfrente, aturdido.

Acerca una mano y coge el asa sin dejar de *ficharme,* como si la acercara a una fiera mansa que podría revolverse. Después, me esquiva. Desaparece a la carrera y me obsequia la calle entera para mí, para que me siga yendo a dondequiera que fuese. Yo pienso: Todavía tengo veintinueve euros con veinte. Y lo siento como un triunfo, como si todo fuera a salir bien en el día espléndido, las copas de los plátanos henchidas al cielo, el cielo cada vez más alto y azulino, aunque el olor a rosca frita con azúcar y a pólvora se esfumó hace rato. Todavía quedan veintinueve euros con veinte, eso es lo que importa.

De modo que enfilo hacia el Lidl, adonde debería haber enfilado desde el primer instante si no fuera porque dudé con Avedissian y en el rodeo fui dando con el mercado de abastos de La Cebada y con el Champion. En el Lidl los veintinueve euros con veinte tienen un sentido grande y he de comprar una comida y una cena, concentrarme en ello. En el Lidl todo es tan barato que se regresa con los bolsillos llenos y las bolsas llenas. Rico como si nunca hubieras ido. Lo gracioso es que hace ya tiempo que sólo voy al Lidl, que el mercado de La Cebada y el Champion pasaron a la historia. ¿Por qué no he ido directamente al Lidl? Pues no he ido directamente al Lidl porque iba a pasar por el semillero y de hecho pasé, sólo que de largo. Y hasta ahora no he alcanzado la calle de la Colegiata, camino de la plaza de Tirso de Molina, donde construyen el Mercado de las Flores, empalizadas de hierro y malla, ronquido de excavadoras, rollos de tubería, brigadas con casco, como si montar un mercado de flores fuera hacer unos grandes almacenes con estaciones subterráneas y cúpulas, quizá con viveros bajo el suelo y jardines alpinos, no puede saberse. Suponía, cuando lo iniciaron, que se trataba de un simple clareo para que los floristas acudiesen con sus cepellones, ramos y macetas. Y llegué a suponer que yo podría hacer lo mismo, que ésa podría ser una solución. Aunque necesitaría mi propio huerto o vivero para que rentase. O quizá valga con saber dónde comprar las flores a buen precio y traerlas con la furgoneta. En tres meses dicen que la obra estará terminada, pero tres meses es demasiado tarde. Ya es tarde un solo día, y medio día también es tarde. He planeado preguntar en el Ayuntamiento lo que se necesita para adquirir un puesto. También se me ha ocurrido preguntar a los hombres de verde cómo han llegado a jardineros municipales. No lo he hecho, porque al preguntarlo puede que entonces no hubiera marcha atrás, nada pudiera arreglarse, claudicación al fin. Porque en cuanto se claudica, lo malo que podría pasar está pasando.

Desde el principio de Colegiata se divisa el recinto del futuro Mercado de las Flores. Por la mitad he encontrado a uno de esos indiecitos sudamericanos, originados en un mapa como el agujero del office, dándose saliva en el pelo aprovechando reflejos. Es curioso lo mucho que se peinan esos indiecitos, la cantidad que encuentras atusándose los crestones. Puede que quieran cambiar algo que empieza por el pelo, por aplastar, pulirlo para que sea otro reflejo el que se plante en los escaparates, siendo difícil averiguar lo que piensan y lo que ven cuando se miran en el espejo. Los gitanos los llaman payo-ponis, una procesionaria humilde que ha llegado al centro de la ciudad, payos bajitos discriminados por los gitanos.

Hace poco que ha arrancado el violín, con el violinista todavía oculto en el pasaje de tiendas liquidadas y vitrinas con estraza que comunica con un cine porno, por Duque de Alba. Toca muy bien, pero la música se le va desmayando hasta callar. La mayoría es clásica, pero otras son melodías conocidas interpretadas de una forma especial, buscando lo que no dicen, de ahí que acaben callando. A lo mejor, como lo que a mí me estaba pasando con la música del día, escuchada tras lo que sonaba. Lo que ahora se oye es una música que he oído en guitarra, algo más que triste, me parece que sobre alguien que murió, recuerdo la imagen del guitarrista por televisión, dedicada a un hijo, tal vez, y me resulta exagerada la coincidencia, aunque es lo que recuerdo. La voy tarareando mientras abordo el pasaje, igual que si la recordara bien o me la supiera, cosa que no es posible. No será posible, pero es lo que sucede. Un hijo que murió. Es una sordina, una melodía delgada que se desbobina, y en el violín se vuelve elástica y tirante, más vibrante, huidiza. Para esa tristeza es aún peor el violín que la guitarra, lo que significa que el violinista ha acertado de nuevo. Ahí surge. En la penumbra de mitad del pasaje, con la boca de luz del otro extremo, derrengado en el gres, el tronco empinado para apoyar el instrumento. No tendrá más de treinta, no va sucio, barba y melena tijereteadas, sólo que en el suelo, caído de cornisas, el traspié de un ángel entre terrazas.

Los yonquis expulsados de la plaza se ajergonan en los ensanches y en los portales. Se retuercen en un duermevela picoteado por insectos invisibles. Son una clase de cascotes vivos que han saltado por encima de la valla de la obra y forman su propia parva. Parece un número mayor del que se veía antes con la plaza libre, quizá por la forma de montón. Igual que parecen más altos y fuertes los cuatro plátanos que han salido ilesos del clareo, sitiados por máquinas carcoma.

El Lidl es una salida del hortus dorado. Voy y vuelvo, siempre por la misma calle. Incluso voy y vuelvo por la misma acera, la del violinista en el pasaje. Me detengo en el semáforo y cruzo ya de frente, sin apearme de la senda. En este semáforo, por delante, hay tres hombres con casco de constructores. Da la impresión de que conferencian en círculo, pero la realidad es que no dicen nada. Tienen más o menos mi edad, camisas limpias, jefes de la obra. Se sostienen la mirada como después de que alguien haya dicho algo, los demás lo estén pensando. Entonces el más grande, el del casco blanco, una especie de oso, da un paso hacia los otros y suelta: Con veinte años menos, me iba de aquí.

Las palabras se adentran en el momento, lo hacen profundo y cambian la velocidad de las cosas. Porque mientras cruzo el semáforo, todavía sigo detrás de los hombres con casco. Entonces veo al oso de nuevo, dando el paso y otra vez esas palabras. *Con veinte años menos, me iba de aquí.* Aún no he llegado al otro lado del semáforo cuando le veo dar el paso hacia mí, quedarse a nada, y decir a bocajarro: *Con veinte años menos, me iba de aquí.* Luego, la frase revienta hasta las buhardillas y los plátanos, se mezcla con el fragor de coches y de gente, y el hombre grande con casco se mueve ralentizado y avanza sin llegar a dar el paso del todo, como si preparase lo que va a decir y dirá, pero sin decirlo todavía, sólo es ese movimiento lento junto al resto de la plaza. Sólo es eso. Ese inicio del paso. Lo hace varias veces y hay otro momento en el que todo se queda quieto, quieto de verdad, esperando que diga, como si el mundo entero supiera que lo iba a decir, *con veinte años menos, me iba de aquí.* Y entonces la plaza visible se rompe en dos. Una parte se queda con el avance pausado del oso y silenciosa, y otra pronuncia todo el rato la frase en el ruido de la gente y de las máquinas.

Hay una frase y hay un hombre lento. Igual que el día de don Sebas en la silla claveteada y la palabra *Destino.* O el día de Esther en el café y *yo no puedo ocuparme.* Porque unas cosas van por un camino y por un tiempo, por ejemplo, del Champion al Lidl, pero que por debajo de ese camino van otros caminos y por debajo del tiempo más tiempos, y que una mala pisada o cálculo hace que caigas al camino y al tiempo de debajo, y luego a los que están más abajo, hasta que un solo paso resulta que te ha despeñado a lo profundo y sin embargo no has avanzado ni en el camino ni en el tiempo. No te has movido. Moverse era ilusión. ¿Quién dice que los caminos andan y que los tiempos corren? Quizá muchas veces sólo se hunden y ahí te quedas. El hombre oso vuelve a dar el paso y dice: Con veinte años menos, me iba de aquí, y yo sigo cruzando el semáforo, y es probable que lo siga cruzando el resto de mi vida, el resto de mi vida frente a don Sebas y Destino, el resto de mi vida en el café de la Colonia y *yo no puedo ocuparme.*

De modo que cuando abordo el Lidl lo primero es la luz amarilla y enseguida no sé qué hago allí. Ese amarillo no es un color, es una despedida de colores, no es mies agostada ni genista, no va a explotar en naranja zumo ni a morir al sol de los huesos, está quieto y extiende quietud. Hace cosas, pero impávido. Luz amarilla fluorescente que empolva el satén de los envases, las caras, los metalizados y los iris, un aire sudario que hace lo mismo en objetos y personas, empobrecerlos más, arrancarles la piel y la cubierta de cualquier chillido o color, avisando que de ese camino y de ese momento uno puede darse la vuelta, y que se puede regresar a los percebes a doce euros el kilo, que veintinueve euros con veinte dan para mucho más que para ir de la Cava Baja hasta el Lidl, por poner un caso, y que por muchos cálculos que haga, por mucho que de la travesía se vaya al semillero, del semillero al mercado de abastos, del mercado de abastos al Champion y del

Champion al Lidl, los veintinueve euros con veinte dan de sobra para volver a los percebes, porque podría ser que el día de hoy no fuera a ninguna parte y no tiene ningún sentido hacer trayectos en un día que será siempre, como el de don Sebas o el del café con Esther. Así que los ángeles se caen cuando no saben que van a ninguna parte. Y se quedan caídos cuando ya lo saben. Amarillos. Ni muertos ni por vivir.

Entonces no importa que esté regresando por otro camino, por la calle del otro lado del pasaje, del cine de películas porno, en dirección a los percebes del mercado de La Cebada a doce euros el kilo. Porque lo importante es que pondré los percebes delante de Goro y le diré:

—Mira qué percebes. Goro, tu madre, no, yo, yo he pensado que ahora tienes que vivir con tu madre. Tienes una madre que ya te ha faltado bastante y no puede seguir faltando. Lo lamentarías más tarde, en algún momento acabarías preguntándote quién es, por qué no la conociste, y te revolverías, te harías daño. Quizá no enseguida, pero más adelante, seguro. Ella está de acuerdo, y es lo mejor para ti.

A lo que Goro contestaría, podría contestar, no le quedaría más remedio que contestar:

—No me acuerdo de quién hablas. Me llama por teléfono una vez al año para decirme que es mi madre, pero que no podrá verme. Y la he visto sólo un día, en un bar, para que me diera un regalo de cumpleaños. El regalo era un frasco de colonia de Tommy Hilfiger, que es una colonia de pijos. Deja de inventar cosas. Para de inventar sobre madres. Ella no sabe quién soy, ni yo quién es ella. Eso no es una madre, así que no me iría a vivir con ninguna madre, ni de mayor voy a echar de menos a una madre. Para de inventar sobre el futuro, además de inventar madres.

Y entonces se enchufaría a la televisión y se metería en la cápsula de la que no hay forma de hacerle salir y de la que sale con algo que va mal, con algo que ahora sí está haciendo daño.

Nada de madres, nada de futuro. Sólo presente, sólo confianza, aquí mismo, en este instante.

—Mira qué percebes. He estado pensando, tienes que confiar en mí. ¿Te acuerdas cuando todos pensaban que no valías para estudiar y suspendías todas? ¿Te acuerdas cuando no podías estar delante de un libro ni dos minutos y tú mismo pensabas que eras tonto? Tu padre encontró un médico, ¿no es cierto? Tu padre supo lo que íbamos a hacer, ¿no es verdad? Yo te enseñé a hacer cosas que costaban esfuerzo, como sacar a Jefe todos los días, como acostarte siempre a la misma hora, aunque no te durmieras, como estudiar todos los días, aunque fuera poco. Y el año pasado aprobaste todas. Y éste también las aprobarás todas. Bueno, pues ahora tienes que seguir teniendo confianza en tu padre. Debes ir a vivir con tu madre, porque es bueno para ti, porque es bueno para que sigas creciendo. También lo otro te parecía raro y al final dio resultado. Esto es igual. Confía en mí.

Puede que Goro lo acepte y puede que no. Aunque lo más normal es que conteste, más oportuno que nunca:

—Sí, ¿no?

Pero suponiendo que lo acepte, ¿vendería yo toda su confianza en mí por algo que desconozco? ¿Qué pasaría si sale mal, que es la única manera en que se me ocurre que puede salir? Le envío con alguien que ya dijo una vez que no podía ocuparse. ¿De qué evidencia saco yo que ahora sí se ocupará? ¿De su exigencia y desprecio? ¿De que me haya dicho que hasta el martes y después se acabó lo que se daba? En todo lo que he hablado con ella, ¿dónde estaba Goro? ¿Y dónde me quedo yo diciendo esas cosas?

Sólo resta la verdad. La verdad que sólo tiene las palabras justas.

—Mira qué percebes. Ya no tengo dinero, Goro. Me he quedado sin nada. Ni siquiera tengo perspectivas de trabajo. He intentado todo lo que tenía que intentar, y nada. No hay dinero ni para comida. Hace dos meses que no pago el alquiler. Hace casi cuatro que no pago los seguros sociales. Pronto me echarán de la casa y pronto me embargará Hacienda. No podré llevarte al médico, no podré comprar siquiera tus pastillas. Tienes que ir a otra parte para seguir viviendo. Y lo que tienes es tu madre. Vas a irte mañana.

La verdad... ¿Y cuántas mentiras saca la verdad a relucir? El problema no es la verdad, el problema son las mentiras de la verdad. Porque Goro contestará, sin que pueda evitarse:

—¿Entonces no era verdad que tenías trabajo? ¿Y no me has dicho nada en este tiempo? ¿Lo dices ahora de repente? ¿Has estado disimulando que no pasaba nada? ¿Cómo has hecho para disimularlo todo el tiempo? Me has mentido. Me has mentido todo el rato y ahora de golpe tengo que irme. Tengo que irme porque me has mentido. Me voy porque sólo has sabido mentirme. Todo va bien, todo saldrá bien..., ¿no eran más que tus mentiras? Te equivocaste y no has sido capaz de decirlo, tú que hablas tanto de verdad, y de esfuerzo y de enfrentarse a las cosas y de no tener miedo. ¿Y ahora, qué? ¿Ahora qué hago yo con todo esto? ¿Me voy a casa de una madre que no conozco después de un padre mentiroso?

De modo que al final, y de todas maneras, lo único que quedará son las mentiras. ¿Por qué no empezar con ellas? Las mentiras son fáciles de decir, porque mientras se dicen es imposible que la verdad saque a relucir sus mentiras. Las mentiras son verdades mientras se dicen, por eso cuesta tan poco que las crea quien las dice:

—Mira qué percebes. Goro, necesito que vayas una temporada a vivir con tu madre. Unas personas que me deben mucho dinero se están retrasando en el pago. Y me he quedado sin blanca, pero me pagarán enseguida. Será un mes o dos, hasta que se resuelva. No significa nada, no es importante, sólo es un retraso que fastidia algo la rutina, nada más. Sé que te pido un pequeño sacrificio, pero durará poco y luego nos vendrá bien. A lo mejor no es un mes o dos, sino una semana o menos. Pero hasta que se arregle, necesito que te tomes unas vacaciones con tu madre. No sé, a lo mejor mañana está resuelto. Lo que pasa es que no puedo saberlo y tú estás en época de exámenes, y no es cuestión de jugársela. De paso, ahorramos un poco y cuando vuelvas a lo mejor hasta compramos la moto. Seguro que compramos la moto. Pero tienes que echarme una mano. Lo harás, ¿verdad?

Tanta cábala y lo único que hacía falta era mentir. Una mentira y todas las piezas encajan. Lo angustioso puede contarse con tranquilidad. Goro se convencerá. Se evita el drama. Después pasa el tiempo. Las cosas se complican, Goro. Me marcho al cobertizo de Domínguez o a Menorca con Avedissian. Voy a verle a la salida del instituto o le traigo a Menorca algún fin de semana o por vacaciones. Negaré lo que diga su madre. No me he arruinado. La situación se alargó, se complicó y ahora tardaré más en solucionarla, pero eso es todo. Con el tiempo Goro se habrá acostumbrado a la otra vida y con el tiempo pensará menos en volver conmigo.

Sólo una cosa mala hay en la mentira y es que tiene que imaginar que todo saldrá bien, que todo tiene que salir como trama. Porque si no sale así, si Goro es infeliz, si Goro suspende, si Goro sigue despreciando a su madre, entonces a la mentira se sumará la desgracia, la aflicción, y habrá ya que soportarlas juntas el resto de la vida, sin que pueda darse marcha atrás. Porque ante la desgracia que viene tras la mentira no puedes decir *te mentí* como excusa ni como salvación, ya que entonces la aflicción se convertirá en una desgracia injusta, y a la mentira y a la desgracia habrá que sumar ahora la injusticia, lo que se llama infierno, el infierno que hay al final de la pendiente de haber dicho la mentira deslizante. Lo único que se podía decir, pero lo único que no vale.

Ya ha retrocedido mucho el color amarillo del Lidl. Y también atrás, por la otra boca del pasaje, la melodía del violinista, marchitando sin parar. El hijo muerto no parando de morir.

Cruzo por la calle de los Estudios, la calle avanzadilla de los chinos, según Avedissian, y noto que el día ha cambiado. Se siente el bochorno del calor transcurrido y las puntas de sudor en la camisa. El cielo ha escalado y se camufla tras un visillo. En la esquina de la calle Toledo los lagartos se funden en cal. Detecto una prisa reciente, porque los atropello un poco. En la otra acera del semáforo hay hombros y gritos quinquis sobre cajones de fruta, más los botines.

¿Estoy tardando? Todavía he de sostener una puerta para que cruce una anciana con carro. Escaleras abajo, lindo el montacargas y ahora ya estoy ante la pescadería de los percebes a doce euros. Hay cola, seis o siete clientes. Conozco a los que despachan. El hombre de sesenta años, con un cogote besugo, dijo un día que mi mujer tenía buen ojo y que acababa de llevarse un kilo de cigalas. Lo dejé en el error. El que le acompaña es su hermano, un individuo nervioso y callado, movido a golpes de tentáculo.

Espero sabiendo que no quiero esperar, que sólo quiero comprar los percebes enseguida. Medio kilo, seis euros. Los percebes que necesito para poder hablar con Goro. Y también sé que la cita con el tutor se aprieta, que antes hay que pasar por casa para dejar los percebes y el resto de compra aún sin hacer. En cambio, la espalda de la gente de la cola es un fortín. Más que clientes, aparentan un público que ha cogido sitio desde temprano para admirar a pescaderos arrancando espinazos, tajando lomos, descabezando y barriendo vientres con el chorro a presión. Hay un momento, mientras teclea en el panel de la báscula, en que el pescadero con cogote besugo me reconoce. Entonces, digo en voz alta:

—Medio kilo de percebes, por favor.

Cabezas que giran. También se escucha un par de frases, pero no sobresalen mucho, que puedo no haber escuchado. El pescadero me escudriña y repasa de un vistazo a la clientela. Así que yo repito:

—Medio kilo de percebes, por favor.

Ahora escucho claramente. Los más próximos se inquietan y hacen hueco, de modo que aprovecho para ir adelante. El pescadero sigue atento y dice algo.

—De estos de doce euros —aclaro.

Vuelve a decir algo. Mete unos cuantos paquetes en una bolsa y la entrega. Alguien le paga. Un momento indeciso de brazos en jarra. Sale de detrás del mostrador con una hoja de envolver.

—¿Cuántos quiere? Su mujer pasó hace un rato. Se ve que se le olvidaron —informa en voz alta, dedicada especialmente a la concurrencia.

—Medio kilo.

Hace cucurucho y va colando percebes. Lo cierra. Regresa a la báscula y lo pesa. Entonces declara:

—Veinticuatro euros.

La mano había agarrado el monedero pellejo, pero permanece ahí, en el bolsillo, a pique. Tengo delante la banderola del precio y pone claramente un *1* y un *2*. El pescadero ha advertido la incertidumbre. Todavía estoy analizando la banderola cuando escucho:

—Doce, el cuarto. Lo que pone ahí.

Lo que pone ahí es un *1* y un *2,* y además esa *e* de los euros. Excepto que en la esquina por debajo de la *e* aparecen con tinta endeble, bastante escuálidos, un *1,* una barrita y un *4.* Pienso que no es justo ni lógico que los signos pequeños valgan más que los grandes, que puedan desdecirlos. El *1,* la barrita y el *4* deberían ser enormes, y el *12* de doce euros, pequeño, para que fuera como el pescadero asegura que es.

Y ahora oigo claro lo que dice el tumulto y siento pesada la mirada del pescadero. El monedero ha salido del bolsillo. Corro la cremallera y saco un billete de diez y tres de cinco. Miro las monedas que restan en el fondo, sueltas, una pobreza que tintinea oscura.

Me devuelven dos monedas de cincuenta céntimos y el cucurucho con percebes. Cuesta andar, pero voy yendo. Queda la pregunta de por qué no desandar el camino, devolver los percebes, reponer los billetes en el monedero que regaló Goro comprado en la calle de los Estudios. Todo podría volver al pasado, sólo hace falta darse la vuelta, cosa que no haré por nada del mundo.

Yendo hacia el montacargas y la escalinata sobre la que cae luz de vidrieras, una escala de Jacob, se me antoja, atontadamente. A la vez que pienso en depositar los percebes en casa antes de ir a la cita con el tutor, y que no tenemos comida, y que quizá haya que apañárselas con lo que haya en el frigorífico, más chopped, que un buen menú quizá sea medio kilo de percebes y chopped, no recuerdo huevos, tortilla de chopped, si bien podría comprarlos en alguno de los chinos, huevos que cuestan menos de cinco euros veinte, que es lo que resta, todo lo que resta hasta que Goro salga por la puerta esta tarde o esta noche a más tardar. La cita con el tutor, pasar por casa, mirar la hora, tortilla de chopped. Buena idea mirar la hora para descubrir por culpa del tiempo huido de la muñeca que es la una y treinta y dos, que llego tarde y que ya no puedo pasar por casa a depositar nada, sino que tengo que echar a correr y aun así.

Una y media pasadas

Trotaba, ya estoy trotando, el suelo brotando a los pies, el cucurucho de percebes apretado entre las manos como una torre de dados... Los botines, los lagartos en cal viva, pienso qué ocurre si llego tarde, si el tutor no está. ¿El nombre del tutor? Daniel, Jacinto, Javier... Pasa la marquesina con olas en la mente y también las alas de Fiestas Paco. En cien metros hay que averiguar si Daniel o Jacinto o Javier. Qué ocurre si no lo llamo por ningún nombre. Estoy seguro de no haberlo olvidado en ningún momento, sino de haberlo olvidado en un sitio, como al cerrar la puerta de casa y haberse quedado algo dentro, ignorando qué es, cosas que se quedan en momentos y cosas que se quedan en sitios. Por eso, al pasar delante de la tienda de decomisos siento que puedo mirar en el escaparate o preguntar dentro por el nombre olvidado, por si lo han decomisado después de hallarlo en olvido, esos objetos en malas manos, malas cabezas. Y en la curva para cruzar a la calle de los Estudios, me da que acaso pudo olvidarse en la cesta que devolví al marroquí del Champion, ¿Saíd?, ¿Ahmed?, ¿Hassan? Por qué se habrá borrado el nombre del tutor si lo he guardado todo el año, el tutor que nos ha estado ayudando todo el santo año. ¿Lo he olvidado porque ya no podrá ayudarme? Sin embargo, corro para que me ayude. Corro a toda velocidad para que no se haya ido, para que me ayude, pero con el nombre olvidado. Quizá cuando deje de correr, cuando tenga la cara delante, será fácil encontrar nombre. No hay que *enmarronarse.* Se cruza este paso de peatones, con un autobús al filo y un descapotable al contrario, frente al portal tenebrado, un helor de sombra, la reja del patio filtrando una hoja de luz, un par de figurillas perfiladas y sueltas..., igual que cuando llegaba aquí desde el piso de acogida de don Sebas, los años intermedios entre doctrino y seminarista, don Sebas que me salvó, junto a las horas extras de la portera cocinera Eulalia, no tenía dónde ir, como otros, calle del Granado, según don Sebas en el granado real que allí había podía colgarse un deseo, escrito en un cartoncito prendido de un alambre. Me escurro entre el autobús y el descapotable, dos correderas cerrándose contra su rendija, y luego con la inercia he cruzado el otro paso sin atender, para qué si de todas formas iba a cruzarlo ya.

La ventanilla y un conserje joven, no aquel divisionario pata de palo, sabueso borracho.

—Vengo a ver al tutor de 2.º E.

Espero que entonces él le ponga nombre, no se lo podía haber puesto más fácil, pero dice:

—¿Sabe encontrar la sala de profesores?

—Sí.

—Le abro la cancela.

Me acerco, chasquea y empujo, la impresión de siempre y de niño, que paso, a sagrado, a clínica, celdas de rehabilitación, la reja contra la que chocan las espaldas de los pacientes en terror, lo que nunca había sentido en el colegio de huérfanos, el hogar siempre echado de menos. Hay un chaval que recuerda a Dani y a sus indios navajos apoyado en la pared de la escalera con una pierna encogida, más pequeño de edad, más viejo de gesto. Lleva un pantalón inmaculado, como de tela de gabardina, con un rasgón de a palmo en el muslo. El pantalón está bien y el rasgón está mal. Esas prendas queridas cuando uno es pobre y tiene que elegir entre llevarlas rotas o no llevarlas, o llevar otras que dicen ya de veras que eres pobre o que nunca has tenido un pantalón como ese que llevas rasgado. También estuve en esa pared, voy pensando escaleras arriba, escaleras de piedra que tuercen en una caracola de luz amarilla, un color amarillo no del Lidl, otro, otro que cierra el aire más que el San Ildefonso o el Seminario Diocesano. Aunque es Goro el de aquí dentro. Hoy es él, ayer fui yo, no es tan claro.

Al final de la escalera, de ida o vuelta a la sala de profesores, está Martín, Darío, Vidal, hablando con una mujer negra que tiene las manos en la cara, como si recibiera un susto o una sorpresa. Damián, Valentín, Víctor me ha visto:

—Espera en la sala de profesores, enseguida estoy contigo.

Hay un vestíbulo con dos sillones de cretona y la puerta con el dorado. Adentro, la mesa de reuniones y los anaqueles, otro aroma a sagrado, a espera. No sé qué hacer con los percebes. Habría podido dejarlos en uno de los sillones de cretona, quizá nadie se los llevara. Mejor que meterlos en esta sala tiesa para que el tutor pregunte por ellos, sospeche qué hacen allí, además de descubrir que no me acuerdo de su nombre, que el padre de Goro se ha presentado con un cucurucho de percebes a no acordarse del nombre del tutor y a preguntar sobre su hijo, cuando el cucurucho y sus olvidos ya deberían haberle contestado de sobra.

A preguntar por su hijo. ¿Qué es lo que quiero preguntarle? La pregunta más fácil del mundo. Y tiene única respuesta, a diferencia del cucurucho y del olvido de un nombre que ha sido vital durante todo el año. ¿Vidal, quizá? Más vale Vidal que no acordarse en absoluto. La respuesta a la pregunta es la pregunta: ¿Será catastrófico que Goro se vaya a vivir con su madre a estas alturas del curso?

Los ventanales dan al patio claustro. Hay un corro de muchachos y muchachas sólo un poco más críos que Goro, un profesor en el centro. Les hace danzar en un sentido y en el opuesto a toque de silbato. Los alumnos chocan adrede, se ríen y enfadan. Las chicas dan gritos, sueltan alguna patada a los más brutos, que se contonean como pavos a pesar de la coz, pero si te fijas, en los ojos de los machitos hay un fruncido de dolor. Aunque sólo llorarán en casa, a escondidas, se quedarán en vela por las noches, preguntándose por qué aguantan sin pestañear las patadas de las chicas, dónde les contaron que hay que hacerlo así, pero sabiendo de todas todas que a la agresión de una chica se responde con indiferencia de varón, y sólo falta preguntar dónde les contaron qué era un varón. Esa perplejidad que da lástima, que dura.

En el vistazo, he notado los maceteros de azaleas que cuelgan de los pretiles, nuevos. Las flores rosadas tienen una presencia alicaída, aunque han brotado hace poco. Brotaron con fuerza, ya se apagan. En cambio, los de geranios, antiguos, explotan de retallos. Observo los maceteros de latón nuevo. Mientras me pregunto por qué creo que el tutor, como se llame, va a poder responder a la pregunta que le he tramado. Por qué he confiado tanto en ello, sin ninguna precaución. Hay algo en los maceteros. Lo pillo. La puerta se abre.

—Ya estoy. Si te parece, nos colocamos por aquí.

Apoya carpetas en la mesa y un sobre que reconozco. También lleva una mochila pequeña que desvía a una silla. El tutor sin nombre tiene treinta y tantos, quizá treinta y muchos o treinta y pocos, es complicado saberlo porque se trata de una de esas caras perdurables, con las pérgolas bien montadas y las varas duras. Los tutores del tutor. Un pelo negro ondulado con peinado de buen chico. Y sin embargo le temo. Es el de Música. Quizá enseña al músico Marcelo.

—¿Qué llevas ahí? —pregunta.

—Dónde.

—En el paquete ese.

Había olvidado el cucurucho y lo tengo sobre el pecho.

—Comida.

—Ponla por ahí, si quieres.

La pongo. No me acordaré del nombre, pero sí de esa cara que condesciende, como si tuviera que callar algo para poder hablar conmigo, otra doctora misionera, un mundo de gente con tu vida en su gesto. La cabeza adelantada, la sonrisa en ristre, los ojos con un cielo allí detrás encapotado.

—Qué ha pasado en la camisa...

—Qué camisa.

—La tuya. Te has mojado...

—Ah, sólo es agua.

—Bueno, tú dirás. Para variar, yo tengo poco que contarte.

El cucurucho y la camisa. Aunque él no quiere intimidar, sino romper el hielo. Lo que yo voy a decir no puedo soltarlo tan repentino.

—Estas azaleas se os están muriendo.

—Cuáles —dice como si no supiera que hay azaleas cercanas.

—Las del balcón. Han colocado mal los maceteros. Están inclinados y el agua se pierde. Además, me parece que la tierra no respira. Habría que ver si el latón tiene agujeros.

—No sabía que fueras aficionado a la jardinería.

—La verdad...

—Ya sé que eres cocinero. Goro dice que eres un artista del oficio.

—¿Él te ha contado eso?

—Lo cuenta muy orgulloso, que lo sepas.

—Si él está orgulloso...

—Dice que tu vida son los fogones. ¿Trabajas en un restaurante?

—Soy autónomo —contesto.

—Eres un cocinero autónomo.

En la casilla de los impresos de matrícula siempre pongo *autónomo.* Siempre me ha parecido que *jardinero* da a entender cosas distintas y es preferible alguna generalidad. También he hablado con este tutor otras veces y nunca se ha interesado por eso. Supongo que la profesión de los padres ha dejado de ser importante, fuera de que sea traumática para alguien. Aunque están los traumas de Goro. Podría haberse interesado. Pero no se interesaba porque lo sabía, ahora se explica. Un cocinero autónomo.

—¿Qué vais a hacer con las azaleas? —pregunto.

—Hablaré con los de mantenimiento.

—Goro cree que va a suspender el curso —digo.

No se ha inmutado, pero se percibe que le cuesta subirse al carro.

—No veo por qué. Ha aprobado la última evaluación y ahora sólo necesita un esfuerzo final. ¿Por qué piensa eso?

—Dice que se le está borrando todo. Que tiene una cabeza borradora.

—Eso es de una película.

—Qué película.

—Una que anda por ahí.

—¿Y en la película se dan de cabezazos contra la mesa, tienen insomnio, diarreas y se levantan a comer huevos fritos de madrugada?

Se ha enderezado. Enfoca el sobre, sólo un segundo. Luego, coge una carpeta y saca un cuadernillo.

—Goro ha cambiado mucho del año pasado a éste. Mira, dos suspensos en la primera evaluación y uno era en Educación Física. Ninguno en la segunda. Y he hablado con los profesores. Puede que tenga algún pequeño problema con la Química...

—Cuando dijo lo de la cabeza borradora, leía la tabla periódica.

—Goro es muy listo, Ángel. Y, sobre todo, ha cambiado.

Algo de estremecimiento cuando ha pronunciado mi nombre. ¿Obliga esto a que yo acierte el suyo?

—Entonces, ¿a qué viene la desesperación? —interrogo.

—Tiene miedo de fallar. Puede que algo de pánico. Y está muy cerca de la meta. Es normal, en su caso.

—Tú lo ves normal.

Ahora da la impresión de que presta más atención, no más atención, una atención más pulcra. Como si aterrizase tras pasillos astrales. Los padres, los alumnos, la enseñanza, el instituto, lo astral. Este padre, este alumno, este caso, la pista de aterrizaje.

—Goro es especial —dice—. Y siempre va a serlo. Hay días que en clase no dice palabra. Y otros en los que no para de intervenir. Cuando no habla tiene esa cosa, esa mirada, y ya sabes que no hay nada que rascar. No es timidez, aunque yo al principio pensaba que sólo era timidez. Tienes la sensación de que hay un pozo muy hondo. Lo conoces igual que yo.

Ha debido de leer algo en mi cara, porque continúa:

—Pero no debes asustarte...

Pienso: No debo asustarme. No debo asustarme mientras estoy asomado al pozo muy hondo. La gente se asoma a pozos muy hondos sin asustarse. Allá abajo ni siquiera se refleja tu cara, de lo hondo que está. Si quieres conocer la profundidad, tira una piedra y espera, espera. Tampoco vas a escuchar el ruido de la piedra al caer, de lo hondo que es, pero no debes asustarte.

—Las notas no son lo único importante —añade como si pasara página en mi cara—. La enseñanza es un sistema arbitrario. No sirve para medir lo especial que sea cada uno, y si me apuras tampoco mide la inteligencia. Han colocado un listón que dice: matemáticas, lengua, ciencias. El que lo supera sigue adelante. El que no, a buscarse la vida. No es más que un listón para hacer limpieza.

Nunca le había oído hablar así. Entiendo un poco el capote de detrás de los ojos, el viaje astral hasta que aterriza, su peinado de buenas intenciones incrédulas, porque las buenas intenciones si no las peinas cada mañana se quedan de punta, el pelo se asilvestra.

—Pero para Goro las notas son muy importantes —digo con voz hilo.

—Pero lo son por algo.

Y ha cogido el sobre de dentro del sobre grande, lo va abriendo. Es un viejo sobre que ha circulado por el instituto durante dos años, que orbita alrededor de Goro.

—A Goro le hicieron la Escala de Inteligencia Wechsler Revisada y el resultado no fue normal, sino muy alto —comenta mientras mueve las páginas de un informe que sé de memoria—. Todos los cocientes por encima de 120. Y, según este método, en 128 hay que empezar a hablar de superdotados. Así que no es tonto, todo lo contrario. Sin embargo, a partir de aquí diagnostican los problemas. Le sale una inadaptación general de caballo: personal, escolar y social, con somatización, aprensión, hipomotivación y disnomia, que son palabras para listos, aparte de una introversión hostiligénica muy alta, que no sé lo que es, pero que vamos a imaginar que nos hacemos una idea, aunque no creo que lo sepan ni los psicólogos.

—Yo sé lo que es —digo como si levantara el dedo en el aula.

—Me lo cuentas después. Donde Goro la caga de verdad, perdona la palabra, es en el desarrollo socio-afectivo. Si nos vamos al «juicio diagnóstico», el embrollo se resume en «dificultades en su desarrollo evolutivo, caracterizado por un trastorno por déficit de atención e impulsividad, que cursa con desajuste emocional». Naturalmente, ya se advierte aquí que con este panorama al rendimiento académico le van a temblar las cariátides.

Pienso en cariátides temblando. Pienso en que podrían haber temblado *los palos del sombrajo,* que la suplantación de una cosa por otra tendrá sentido.

—A lo que vamos. Los problemas de Goro no son académicos. Eso es el efecto. Y, ahora, en el informe de septiembre pasado —saca otro bloque de páginas del sobre, asteroide vapuleado— se habla de una mejora general, y el famoso Trastorno de Déficit de Atención por Hiperactividad, aunque en el caso de Goro sea por impulsividad, según los propios psicólogos, queda reducido a «ligero». Es decir, el chaval está creciendo, un tema bastante corriente. Podía no haber crecido, algo también corriente, pero resulta que ha crecido.

—Lo dices como si no te hubieras creído lo del TDAH —digo, porque no sé si le entiendo muy bien, tengo miedo de no entenderle, puede que también de lo contrario.

—Me creo que los problemas de Goro eran muy serios, y que con esos problemas lo demás se le venía encima por añadidura.

Ha callado de golpe. Continúa atento, pero como si esperase algo de mí. A lo mejor soy yo quien lo espera, poder hacer la pregunta que quiero hacer y que no termina de salir por la boca. A cambio, recuerdo las palabras tétricas que soltó la misionera seglar en la última consulta: Todo lo que se haga con Goro, todo lo que se vaya construyendo, se puede barrer de un manotazo. Podría llamarla también a ella y pedir consejo. ¿Queda elección? Todo va bien, dice el tutor. Ha mejorado mucho, diagnosticó la psicóloga de la sabana, aunque por ahí rondase el manotazo. ¿Castillos de naipes? ¿Torres con palillos? ¿Dibujos en el polvo? ¿Las azaleas brotando y muriendo en el mismo día? Pero yo, al fin y al cabo yo, ¿tengo elección? Qué espero que me digan y qué más da. Supongamos que espero que me digan que sería catastrófico que Goro se fuera con su madre. Quizá voy en busca de ese débil consuelo, porque es un consuelo en medio de todo que me digan que conmigo está mejor, que lo he hecho bien, que nadie hubiera podido hacerlo mejor. Pero entonces querría consolarme más que saber la verdad. Porque la verdad es que no tengo elección. No la tengo, ¿no es eso? También puede que vaya buscando lo contrario. Que me digan que ya no me necesita. Que ya puede valerse por sí mismo y arreglárselas. Entonces podría marcharse, marcharme yo también. *Todo se puede barrer de un manotazo* es lo único firme en la cabeza.

—¿Y tú? ¿Qué es lo que crees tú? —pregunta de pronto.

No contesto nada. No sé a qué se refiere. Tendrá que seguir hablando.

—Goro está mejorando, ya no le pasa nada de lo que le pasaba —continúa—. O por lo menos ya no es tan serio.

—¿Y los cabezazos?

—¿Los cabezazos?

—Los cabezazos contra la mesa.

—¿Tú nunca te has dado de cabezazos?

—No.

—¿Y qué hacías?

—¿Qué hacía cuándo?

—Cuando te pasaban esas cosas que hacen que la gente se pegue cabezazos contra algo.

—Me fijaba en cosas.

—¿Y qué hacías?

—Ya te lo he dicho. Me fijaba en cosas.

—¿Y qué veías?

—No veía nada. Sólo me fijaba en cosas y me decía: Hasta que ellas no se muevan, yo no me muevo.

—¿Y si no se movían?

—Todas las cosas se mueven.

—¿Todas?

—Todas. Y también lloran. Las cosas tienen sus lágrimas. Si te esperas lo suficiente, acaban llorando por ti.

—¿Y entonces, qué pasaba?

—No pasaba nada. Me levantaba y me iba.

Se le ha puesto ahora una de esas sonrisas que palpitan. No es que palpiten, son equilibrios en un alambre. Lo que viene a ser igual.

—A lo mejor ha llegado el momento de que te muevas tú.

—De que me mueva yo —digo como si me estuviera hablando en chino un chino de la calle de los Estudios.

—Quiero decir que Goro está cambiando y que tú deberías cambiar con él.

No digo nada. No digo nada porque siento que le falta algo por contar. Que lo que acaba de decir es muy poco para que yo lo entienda.

—Distanciarte. Que no te sienta tan encima. Que no crea que tú siempre le proteges.

—Si no lo hago yo, ¿quién lo hará?

—Nadie tiene que hacerlo. Goro tiene sus propias responsabilidades, su vida. Como tú la tuya. Quizá se da esos cabezazos porque tú estás delante. ¿No se te ha ocurrido?

—Si estuviera solo, ¿no se daría de cabezazos?

—A eso vale más que respondas tú.

—¿Acaso no se los da para que alguien pueda mirarle los chichones? ¿No necesitamos todos a alguien que nos mire los chichones?

—Puede que el problema sea acostumbrarse a que sólo nos miren los chichones.

¿A mí me miraban los chichones? Yo miro mucho a Goro. No dejo de mirarle. ¿Quién le miraría, si no? ¿Es que le miro demasiado, precisamente porque no hay nadie más y entonces puedo hacerle yo más daño que los cabezazos?

—De todas maneras hablaré con la de Química. Pero estoy seguro de que no hay nada de que preocuparse.

Hago una lista: cosas que acaban moviéndose. Por ejemplo, Esther. Mientras yo me quedaba en Colmenarejo. Don Sebas, del sillón claveteado. Para dejarme a solas un rato. Mis padres al otro mundo. Mientras yo esperaba en un colegio de huérfanos de éste. Todos los jardines. Mientras los miras desde un banco de piedra. Las palomas. Alrededor de la anciana y su argadillo. Avedissian a Menorca. Mientras yo me quedo pensando si ir con él. Los ángeles, por cornisas y terrazas. Sólo si aguantas quieto lo suficiente terminas por verlos. La propia cara. Aunque tienes que ser capaz de pararte en el espejo o dejar que te encuentre el Turuta, como esta mañana. Goro, camino de la casa de su madre. Hasta las manos muertas, sin tarea, sin tierra entre los dedos. Moviéndose esperando.

Todo eso se echa a llorar. No ellos. Ellos no lloran. Ellos ya se han ido. Lo que llora es lo que se quedó de ellos mientras tú los mirabas, porque lo cierto es que ya no están aquí. Y lo que lloran no lo lloran por ti. Tampoco tú lloras. Lo lloran por ellos, que se han quedado ahí mientras tú los miras sin moverte.

—¿Crees —pregunto de improviso, incluso para mí— que si Goro estuviese solo no se daría de cabezazos?

—Eso era lo que tenías que contestarte —responde, mientras ha empezado a llenar el sobre de nuevo, a recoger las cosas, aunque de momento sólo con el rictus.

Ya ha terminado. Podría irse. Pero permanece, serio. Como si él mismo tuviera que contestar lo que según él habré de contestarme yo.

—¿Soy yo un peligro para mi hijo? —las palabras salen pequeñas.

—No he dicho eso —sigue serio, también incierto.

Se me ocurre: ¿son sus temores o los míos? Se peina como un buen chico, probablemente ama la música, aunque nunca se sabe por qué hace cosas la gente, acostumbra a decir lo que piensa, pero también cabe que acostumbre a pensar lo que teme. ¿De dónde viene él, quién me lo dice? Por otro lado, quizá no haya nadie que no piense como teme.

—No conoces tanto a mi hijo. Tampoco me conoces a mí.

—Es verdad.

—Sé que haces todo lo que puedes. No creas que no lo agradezco.

—No te preocupes.

—Eso lo tengo bastante difícil, porque cada vez tengo más miedo, no menos.

Y empiezo a verlo todo claro. El tutor como se llame está lleno de miedo. Es alguien lleno de miedo. Lo que no significa que no tenga razón. Pero cómo se separan el miedo y las razones. Y a quién hago caso yo, si ni siquiera sé a quién escucho.

El problema es que si dices cualquier cosa a alguien que tiene miedo, aparte de que tú también lo tengas, todas esas cosas caerán en terreno propicio, darán fruto. Y al final valdrán tanto como las contrarias.

—Estoy seguro de que aprobará al final —dice.

—No te olvides de avisar de las azaleas —digo yo.

Nos incorporamos a la vez. Espero a que recoja sus bártulos, a que se cuelgue la mochila. Luego, le sigo hasta la puerta. Allí, se vuelve:

—Te dejas la comida.

No le entiendo.

—Lo que pusiste en la silla —aclara.

El cucurucho de los percebes. Voy a por él y cuando regreso me ha abierto la puerta. Siento la necesidad de dar algo, de regalarle algo. No es por lo que ha hecho o dicho, ni por sus esfuerzos con Goro. Quizá sea simplemente porque después de esa conversación voy a quedarme solo, solo con las palabras de esa conversación, y él se habrá ido como tras una larga despedida para siempre. Siento no poder darle los percebes, que necesito no únicamente para que comamos.

—Se me había olvidado cómo te llamabas y no me atrevía a preguntártelo —digo sin mucho sentido, puede que con eso le esté dando algo.

—David. No te preocupes.

—Dices mucho *no te preocupes.* Gracias por todo, David.

Sonríe, pero hacia abajo, a un lugar del suelo donde la tierra se aja y cuartea los pasos. Llegamos ante una mujer china que lanza una andanada en su idioma. Parece haber saltado de los muelles de alguno de los sillones de cretona. En las manos lleva un pañuelo de colores al que pega tirones, como si quisiera romperlo. Se toma un respiro.

—No puedo entenderla, señora. ¿Habla español? —dice David.

La respuesta es otra andanada en el idioma, sólo que más chillona, aunque la música es la misma, sube mucho y luego cae de golpe, también suena como un intercambio de ira y tristeza. Quizá lo ilustra el tira y afloja del pañuelo.

Es una mujer diminuta, en pleno fervor. Da igual que la entiendan o no. Está allí para largarlo, a lo mejor también sabe que en ningún idioma la entenderían, así que el chino es tan bueno como cualquier otro. Acaso mejor, porque es el suyo y si nadie va a entenderla, mejor que diga lo que haya que decir en la lengua de las entrañas.

Surge una muchacha, que debe de ser su hija, desde alguno de los corredores, la luz en la espalda, alta y delgada. Agarra el pañuelo de la madre, que no suelta, y mientras le habla en el idioma que no se entiende, le da arreones como para moverla de allí. Se enfrascan y suenan como pájaros que compiten por llevar el trino más lejos, aunque enseguida lo hacen tan fuerte que ya no pueden escuchar al otro, quizá ni a ellas mismas. La chica nos dice:

—La he avisado de que ninguno de ustedes es mi tutor. Pero está muy nerviosa.

—¿Y qué es lo que pasa? —pregunta David.

—Ayer me robaron un estuche con bolígrafos. No es nada, pero a ella cualquier cosa que me pase en el instituto le parece una tragedia. Quiere que haga una carrera y que no vuelva nunca a mi país.

—Dile que esas cosas son normales en las aulas.

—Ella no lo entendería.

No dice más y acaba llevándose a su madre, que sigue hablando y que no suelta el pañuelo.

David y yo nos despedimos. Vuelve a decir:

—No te preocupes.

Bajando las escaleras pienso en que para mí estaría bien ser chino, podría preguntar lo que quisiera, por ejemplo, podría haber preguntado lo que había venido a preguntar y no he preguntado. Claro, que nadie habría podido contestar mi pregunta. O sea, como ahora, lo que pasa es que ahora no he llegado a hacerla. Una manada en estampida, al trote de escalones, salida de clase. Crines salvajes a las que sigue una mochila volante, como un alma a la caza de una bestia. A ver qué cuenta el reloj.

Las dos y cuarto largas

Pienso en esperar a Goro a la salida mientras avanzo por los soportales del patio. Cuestión: ¿Soy un peligro para Goro?, que es lo que el tutor no ha respondido. Y ahora no sé si haría bien esperándole. A Goro le gusta y no le gusta. No es que le guste a medias. Es lo que he dicho, le gusta y no le gusta. Le gusta, estoy seguro. Y no le gusta, estoy seguro. Una vez confesó: A los colegas les pareces un tipo de la mafia. Un elogio, viniendo de él. A los chavales les agrada que algo suyo inspire temor al resto de habitantes de la mazmorra. Pero también se nota que quiere demorarse en los corrillos de la puerta, donde se fuma y se tima con muchachas, ese relax adulto después del trabajo y antes de la recaída a casa. El papá por allí no es más que regresión a la infancia, próxima y temida.

Así que lo estoy dudando mientras paso la cancela, ahora abierta y calzada, y el zaguán aparece con voces duras que llegan de la calle. Con la penumbra, la escena de fuera tiene iluminación de pantalla de cine. Las voces van cargadas. Los chavales que antes se desbandaban por la escalera se han estatuado al llegar al portón, incluso reculantes. Abro paso. Dos bandas de sudamericanos se retan a gritos. Los separa una zancada. Chisporroteo de palabras, *gonorrea, muñeco, fierro, culebra, madre, changón, ley...* Hieren a muerte, eso se aprecia en las caras, que son caras de hombres hechos a pesar de que son niños, doce o trece años como mucho, pero ya con esa obcecación de una sola mueca y de una sola idea cicatriz. Los ojos congelados, forrados de plástico. No menean nada del cuerpo, sólo los cuellos empujan la cabeza hacia delante con un movimiento de cisne, aunque fiero. Es una escena más bien de quietud, que no sería menos violenta si se liaran a puñetazos o a navajazos. Son críos que dan el miedo de los mayores bajo cráneos oscuros repelados, un nubarrón ciñendo el cerebro. Todo visto y no visto a través del azote de camisetas y calzones con brillos y números, un ejército deportista.

Salen dos conserjes, hombre y mujer, y les gritan: Hemos llamado a la policía. Son palabras mágicas. Los antagonistas se disuelven, la nuca alerta, por la estrella de calles y callejuelas. Saben que la policía llega en el acto, dice la mujer conserje. Y el hombre aclara que esas bandas no son del San Isidro, que se dejan caer para defender a uno de dentro o para pegarle. Seguramente hoy coincidieron por alguien.

Entonces decido no esperar a Goro, pero lo curioso es que me voy pensando en peligros, en el peligro que yo soy para él, del que no puedo defenderle. No tiene sentido quedarse para no defenderle.

Cruzo al Champion, me acuerdo de la comida. Qué pasa con los huevos, la tortilla de chopped. Podría comprarlos en el Champion, camino de casa, pero no me atrevo a entrar, he visto a Raschid, Mustafá o Selim merodeando por las cajas.

Tuerzo a la calle Segovia por la alpargatería con el letrero «Lobo». Poco más adelante está la floristería y a distancia se ve al tarado vigilando la puerta y los tiestos y cepellones del borde de la acera, a la sombra de los arbolillos. El tarado debe de medir casi dos metros de alto por otros dos de ancho y tiene la costumbre de saludar a gente que pasa, no a toda, la elige por alguna razón. Si no devuelven el saludo, se pone violento, agarra y zarandea, ha llegado a sacudir a alguno. Cuando no lo conocía tuvimos un encuentro y se interpuso la madre. ¿No ve usted cómo está?, dijo. Me fijé en la jeta porcina y los belfos, pero también en la mirada de toro bufante. Repuse: Cómo está no tiene nada que ver con esto. Me marché cavilando algo malo. Pero lo cierto es que después, cuando me lo he topado, le saludo amablemente mientras apresuro el paso. Avedissian me contó que la madre es viuda y que el tonto es su único hijo, que lo tiene en la tienda para vigilarlo y al principio para ver si aprendía la profesión, pero que sólo consigue espantar a los clientes. Es un problema, pero la viuda no puede abandonar la floristería, ni tampoco al hijo. Esas paradojas en las que se ceba la vida.

—Hola, amigo, qué tal estás. ¿Todo bien? ¿Eh? ¿Te va bien? A ver, amigo. Eh, amigo.

—Todo muy bien, amigo.

El amigo está dibujando flores amarillas y malvas en un encerado que anuncia pies de forja y fruteros de cerámica a cinco euros. Por encima, en letra desvariada, ha escrito: «La flor en la cueva si hay calor». Y en el ventanal de al lado, un cartel novedad: SE TRASPASA.

—De verdad, amigo. ¿Está todo bien? ¿Seguro que está todo bien? A mí no me mientas, ¿eh? ¿Vale, amigo?

—Todo bien, amigo. No te miento, amigo.

Pienso que para traspasar el negocio la viuda puede encontrarse con el mismo problema que para vender flores, que la gente atraviese la puerta por delante del *pinzao.* Habría sido más fácil desprenderse del hijo. Puede que lo haya pensado. El hijo es el peligro para la madre, al revés de mi peligro con Goro. ¿Y si lo que se traspasa es el monstruo?

—No me mientas, ¿vale, amigo?

Descubro a la madre mirándome desde el fondo floral. Es una floristería de la que no sale olor, ni lo hay tampoco dentro, como si todo fuera papel o plástico, aunque no lo es. La mirada de la madre no es de alerta, dado el antecedente entre el hijo y yo, sino de resignación, tal vez ya no le importa lo que pase.

—Te he dicho que no me mientas, amigo.

Ya tengo al verraco a un paso. Entonces le digo, y lo raro es que no dejo de observar a la madre y de pensar en la madre:

—Ganas me dan de arrimarte una hostia, no creas. Anda, sigue pintando flores.

Y doy media vuelta. Atento por si escucho pasos, listo para el *maqueo* con el tuercebotas. Pero no hay nada. Los locos y los tontos son como los demás. Allí donde se ven fuertes, abusan. Hasta que alguien los normaliza. Lo peor es que no sé de dónde viene el hervor de la sangre, que siento desde por la mañana. Lo peor es que no dudo de que lo tumbaría. Lo peor es que no se me ocurre ni por asomo que me pueda tumbar él a mí. Temo que eso sea la certeza de la rabia. Y la rabia, ¿de dónde? ¿No era un día para estar triste?

¿No era un día para fijarse en el pruno reventón, el único de Puerta Cerrada, frente al bar sin nombre, junto al quiosco del ciego country? ¿En el ciprés torcido, también único, que sigue creciendo contra la pared del trampantojo, que se veía desde la azotea de Bai Yu, donde están escritas las lágrimas de las cosas que yo vengo de mencionar al tutor? Ese merodeo que se apega a cosas sin importancia, sin saber qué se hace, sin apurarse por nada. En cambio, me encuentro despreciando los alibustres de California que rodean la plaza, imanes del polvo y del esputo de la ciudad, que aparentan ser árboles y sólo son arbustos, con las hojas duras verde ciénaga, las copas trasquiladas y redondas, reproducidos por todas partes como una enfermedad funginosa. Y detestando al hombre de los cocker spaniel, plantado aún en la terraza ante copas de jerez, aunque en otra mesa, quizá haya ido y vuelto, el ocioso caballero español ostentando en el escaparate.

Mejor será calcular nuestras provisiones de despensa, casi apostaría por los huevos. Tampoco podría apostar mucho. Con que hubiera un par... Restan cinco euros con veinte, ¿hasta dónde poblarían una despensa? Pero si Goro agota un bolígrafo o tiene que comprar láminas de dibujo...

Cuando Esther se marchó, también arrambló con el frigorífico, casi lo había olvidado, junto con el teclado de Goro, cómo se le pudo ocurrir. La misma tarde en que pidió que esperase en el café para dar tiempo a que hiciera su equipaje, volví a casa y ya no estaba el frigorífico. Era un regalo de sus padres, color acero, una puerta lateral de arriba abajo para el congelador. No sé cómo pudo llevárselo, ni por qué. Quizá *el que la necesitaba más que yo* carecía también de frigorífico y Esther decidió entregarlo como dote. Yo no pude comprar otro enseguida. ¿Él la estaba esperando con una furgoneta y una brigada subsahariana? ¿Habían maquinado un plan con cronómetros, huidas y misiones? Durante meses fui cada mañana y cada tarde a un supermercado Gama a buscar lo que necesitábamos para el momento. Me acostumbré a comprar así. Me acostumbré a pesar de que eso volvía más consciente la separación, la vida que había cambiado, y la soledad de los alimentos era nuestra misma soledad. Eran los peores momentos del día y lloraba sobre los yogures, el lomo embuchado y los crispies. Y sin embargo se convirtió en hábito, porque seguramente la pena es una costumbre como cualquier otra. Ahora voy al híper todo el rato, no es que me guste, es que si no voy todo el rato pienso que falta. De esa manera es difícil tener una confianza grande en lo que pueda encontrarse en la despensa. Quizá se lo llevó no porque fuera un regalo de sus padres, sino porque necesitaba llevarse algo de verdad de aquel pasado, sentir que no lo había perdido todo, quitando que era ella quien había decidido perderlo. Un frigorífico. Pero también debió de pensar en lo que nos quitaba a nosotros. Al llevarse algo suyo, también nos quitaba a nosotros, no la cosa, nos quitaba a nosotros de su vida y de su frigorífico.

La china que atiende el mostrador con la caja registradora es una muñequita con gafas a media nariz, que habla un español dulce con eco trompetero, pero que cuando se dirige a los otros chinos jóvenes que la obedecen suena como un vergajo con punta de hierro. He pedido media docena de huevos y han ido a buscarlos al fondo del cuchitril. Los huevos cuestan noventa céntimos. Quedan cuatro con treinta en el monedero pellejo de Goro. Se pueden comprar varios bolígrafos y láminas con ese dinero. Lo que no habrá es para la cena. Pero en ningún momento he pensado que éste fuera un día con cena. Nadie va a llegar a ninguna cena. No sé cómo pasará lo que tiene que pasar, pero no sucederá ninguna cena, con Goro se marchará el tiempo del mundo, al que la gente se sienta como en una mesa, con hambre y esperando su porción, ante platos que alguien ha cocinado, ocupando un sitio y rodeado de sitios ocupados, y las palabras cruzan el mantel como bocados compartidos.

Ya he salido, plantado en el semáforo de la calle Segovia que cruza hasta el callejón del Nuncio. Línea recta al bar Asquiñina, pues en el otro lado, un gallego algo caro al que antes iba a tomar una copa de albariño y en el que los clientes piden nécoras, gambas, camarones, bueyes de mar. Desde la acera del paso de peatones, con el sol concentrado en un rayo sobre la tapa del cráneo, el aire como una cortina, el día que está empezando a hervir, calentado a fuego lento desde por la mañana, el portal umbrío es un refugio espejismo contra el calor. Por un loco instante he pensado en cambiar la mitad de lo que hay en el monedero por un albariño. Dos euros. ¿Por qué no? Balance, dos con treinta. Dos bolígrafos y pico, seis láminas de dibujo. Todavía puedo decidir, tengo un montón de dinero para decidir. Más del que pensaba, porque todavía vale para un placer pequeño y luego para cubrir material escolar imprevisto. Quién puede tener más. Bien pensado, quien puede hacer frente a necesidades y placeres es porque es rico. Yo soy rico ahora. Quizá no sea rico más tarde ni nunca. Pero sí ahora. El loco instante vale lo que todos los instantes, lo que pasa es que éste se ha parado y no ha dado lugar a otro, y sigo en el instante cuando ya cruzo el paso de peatones y cuando apenas faltan pocos metros para entrar en la umbría de Asquiñina, en el paladar afrutado y fresco del albariño.

Casi estoy ahí, como si estuviera dentro. Distingo ya a la mujer levantando una copa de reflejos dorados a los labios, de perfil, una parsimonia encantada, la boca entreabriendo su ranura. Un hombre con traje claro la acompaña de esa forma devota que no se disimula. Da la espalda en contraposto, como una figura de la Sixtina, el pelo rubio, encremado, peinado hacia atrás no ayuda a suavizar ese mentón, los rasgos de hombre de pelea triunfante. Una pareja agraciada, de ricos. He visto las *bambas* celestes, el pantalón vaquero y la blusa blanca antes de alcanzar la sospecha de que pudiera ser Bai Yu. Coincide también el pelo ondulado y castaño que cae a medio cuello. Pero también me digo que hay muchas mujeres así y muchas parejas así, todas las mujeres y parejas que tienen suerte y esos momentos muertos de placidez, en los que no pasa nada, en los que hay confianza en lo de antes y en lo de después, ese tiempo que reposa en compañía de alguien con quien se está bien y hasta se le quiere, quizá por eso.

He parado a medio camino, entre la acera y la puerta por la que ya debería haber entrado, a pleno sol. ¿Por qué estoy imaginando? ¿Qué sé yo de esa pareja o de esa mujer? ¿Hay realmente momentos así? ¿Los he vivido yo?

La mujer ha dado un sorbo lento y la sensación es la de que se está bebiendo el tiempo del lugar, y cuando deja la copa el líquido apenas ha menguado, quizá apoyada sólo en los labios, para enfriar de mosto las comisuras, oler un matiz y tocarlo con la punta de la lengua. No ha ido allí a beber, sino a sorber, palpar y aspirar los minutos de paz que amontillan una gota de vino, en un metro cuadrado de umbría, en un roce de ser querido, en un borde de cristal que se junta con el labio.

Tres menos veinte

Hay hojas con envés plateado removidas por una brisa caliente. Salen de ramas color liquen y las ramas color liquen salen de un tronco ancho y muy alto, pulido, más claro que las ramas quizá porque recibe más luz. Hay otros como él. Es un bosquecillo de álamos albos, en una pradera declinante que clava en el cuerpo las puntas de la grama. Porque el cuerpo está tumbado y mira a la cima de las copas y al cielo abanicado tan pronto de verde oscuro como de plata, aunque en realidad es como si le arrojasen pinceladas de esos dos tonos a la vez, un pintor indeciso. La brisa es caliente, pero también agradable, un sofoco ligero. El ruido de las hojas, pañoleo. No es un sonido arenisco hoja a hoja, sino de ola que llega y se pierde. Es la misma brisa que ensabana las noches de lunas tórridas, pero no es de noche. Es de día y hay pinchazos de grama.

Estoy bien, aunque todavía no sé dónde, ni cuándo. Diría que estoy más que bien y que recuerdo este momento mientras transcurre. Sé que lo estoy viviendo para recordarlo, un presente del futuro. Por hacerlo quizá me estoy perdiendo algo, aunque creo que es lo contrario, que lo prolongo y lo hago más perfecto llevándolo al futuro. San Anselmo escribió que un ser que existe es más perfecto que uno que no existe. Y lo más perfecto es futuro. Así que los momentos que van a recordarse son perfectos.

Aunque me pregunto dónde estoy, cuándo, y no habrá forma de saberlo si no bajo la vista de las copas, flotando. Siempre hubo álamos albos como éstos en los jardines de las Vistillas, en los desmontes del Viaducto. Puedo tener quince o dieciséis años. O veintiuno, y que sea una de esas tardes, porque es por la tarde con seguridad, de domingo en la época del Seminario, después del cine, antes del *quies* y del lecho. No lo sé y no puedo saberlo mientras siga ahí arriba. ¿Tantas veces me tumbé en este sitio?

Sin embargo, parece una fecha especial, una fecha que se hizo recuerdo porque ya quería serlo. Puede que haya alguien más, debería bajar y girar la cabeza para averiguarlo.

Entonces Esther está ahí, tumbada igual que yo, con la misma vista en el cielo. No es el Seminario, son años después. Sé que voy a recordar que digo:

—Tengo la sensación de que ya no puede pasarme nada. Que estando aquí, ya no puede pasar nada.

—Quiero tener hijos y una casa en el campo, cerca de la sierra —dice.

—A mí me gustaría que este momento durase siempre. A lo mejor esto es todo. No me importaría.

—Podemos pedir el traslado a un colegio por Galapagar o por Navacerrada.

—Me gustan los jardines, los jardineros son gente que se tumba a ver crecer lo que han plantado. Deben de tener una buena vida. A lo mejor, es lo que voy a ser. Aprendí bastante en el huerto del Seminario, y he leído. Ven crecer lo que han plantado hasta que el jardín es perfecto. No, el jardín, no..., los ojos.

—Estoy harta de Madrid. Quiero vivir en otro sitio, descubrir cosas, no hacer siempre la misma vida. Una casa con árboles y el horizonte con montañas, cuidar de ti, de los niños que vengan.

—Me estoy acordando del cura que decía que si tienes miedo de vivir, verás diablos que te arrastran de los pelos al infierno. Pero que si estás en paz, los diablos se vuelven ángeles que te liberan de la pena. Que la forma en que mirabas era todo. Yo estoy en paz, tengo ojos.

—Claro que tienes ojos, cariño. ¿En qué pensabas?

—¿De verdad quieres tener hijos?

—¿Tú, no?

—Creo que nunca he pensado en hijos con padres.

—¿Y cómo los habías pensado?

—Creciendo por ahí, empujados de un lado a otro, como las rosas del aire.

—No conozco esas rosas.

—Se las lleva el viento y germinan donde caen. A veces se las ve en bandadas, como patos migrando. Yo tampoco las he visto, pero sí he visto niños.

—No te dan miedo, ¿verdad?

—¿Las rosas?

—No, los niños.

—Si no se los lleva el viento, no.

El pañoleo arrecia. La plata de las hojas ha entrado en tempestad. Se detiene enseguida, el cuerpo levita un poco. Y se desclavan las agujas de la grama. Vamos hacia arriba. Vuelvo la cabeza y Esther tiene las pupilas rebosadas de color, igual que los ángeles de algunos cuadros, absorbiendo la plata de las hojas y el aguamarina del cielo. Sé que recordaré esa mirada durante toda mi vida, porque es sólo mía y Esther no puede darse cuenta. Yo se la contaré algún día para explicarle cómo es ella cuando es feliz.

—¿No es perfecto? —le pregunto.

—Sí —contesta ella, flotando a mi lado.

Tres menos veinte

Yo miraba la copa de vino quizá intacta y por eso he tardado en sentir los ojos carbúnculo posados en mí. Cualquiera podía ser como Bai Yu, menos la chispa escondida. Continúo a pleno sol, pero he debido de dar algún paso, resulta que donde estoy parado es en el umbral de la umbría. Ella me ve, yo la veo. Luego, viene el otro momento en que estoy seguro de reconocerla y ella de reconocerme. Y más adelante debería llegar ese otro en que uno de los dos esboza o saluda, ¿se aproxima? Ella ha hecho un gesto como el de dos que van a encontrarse y yo he pensado como el rayo que no quiero la cercanía, que no quiero que el hombre de pelea con su pelo encremado juzgue, que ella me vea junto a él, o que los dos bien juntos me miren desde su tiempo de paz, de riqueza, de vino con labios fríos como se mira a un extraño, a uno que al primer golpe de vista se ve que llega allí con la desesperación de obtener lo que ellos tienen, han tenido, tendrán, con la desesperación de último trago mientras el desesperado imagina que es rico cuando resulta que era el último trago. Así que he dado la vuelta como rayo. ¿Me he alzado a cornisas? Es que, fíjate, estoy en la esquina de la farmacia quince o veinte metros calle Segovia abajo, en la embocadura del callejón del Nuncio, también cuando noto que los percebes que llevo en la pechera empiezan a oler a gusto, aunque no creo que estén manchando, una mancha sobre otra.

En la bodega del callejón hay sombrillas y una mayoría de guiris sentados ante paellas, chorizos en cazuela, jarras de sangría. Los ojos de Bai Yu no han doblado la esquina, no me siguen. Una bocanada de vapor cuelga delante del Tinte Argentino. Por la cristalera se distingue al matrimonio directivo, él es mayor y ella no llega a los treinta, comiendo de tarteras de aluminio, ella en el mostrador y él en una silla arrimada a la puerta, ausentados como si fuera la hora en que cada uno puede descansar del trabajo y del otro. Fuera, dos muchachas extranjeras comentan un cartel de agencia inmobiliaria que cuelga de un balcón. Al final del callejón, un obrero gordo vocifera al interior de un edificio vaciado. En segundo plano, el guarda jurado de por la mañana empuja una piedra a paditas. Y KÍROX en el mismísimo portón del Palacio del Nuncio.

Cuando inicio la cuesta de la travesía pienso que es tardísimo, que Goro estará en casa, que debería haber tomado el albariño, que Bai Yu no tenía ningún derecho a expulsarme con su carbúnculo, pero lo que más pienso es que es tarde, tarde, tarde. ¿Tarde, para qué? Aunque sé para qué es tarde, porque siento la prisa de los que no saben adónde van, pero saben que tienen que ir, esa prisa. ¿No escuché decir a alguien *ésa es mi prisa*? Pues ésta es la mía. «Goro, los percebes, verás, he decidido...» No, no era así. ¿Cómo era? Me acuerdo de haberlo tramado en el camino entre el Lidl y La Cebada, pero lo que ahora no recuerdo de ninguna manera es si llegué a una conclusión, y como no tengo la conclusión resulta que no tengo las palabras. Ya me acuerdo de algo, me acuerdo de que la mentira es lo único que vale. No, lo único que valía, pero que no servía. ¿Valía y no servía? «Goro, mira qué percebes, tu madre, mejor dicho, yo...» ¿Es que no lo he pensado? ¿Es que ha llegado el momento y yo he llegado sin pensar? Y es el momento, porque no hay demora posible. Ya pasa de la mitad del día, ha de hacer su equipaje, ha de presentarse en la otra casa y deshacerlo, ha de estudiar para mañana, cenar y acostarse entre extraños, todo lo cual hace que sea tarde, tarde, tarde. Lo malo es que yo no tengo las palabras cuando debería tenerlas, hasta las tenía, ¿no?

Puede que sea el motivo de que no se abra el portal, en el que me he clavado como alguien que ha perdido las llaves, y es verdad, porque no tengo las palabras llave para entrar en casa a decir lo que tengo que decir. ¿Y si me quito de las palabras? Subo, le sirvo los percebes, si bien los percebes no pueden ser su única comida y para eso también llevo los huevos, ya que he supuesto el chopped, y entonces percebes y tortilla de chopped, por ejemplo, eso valdrá, ¿es eso lo que había pensado? y, mientras, me deslizo a su alcoba, le hago una maleta y su mochila, las pongo en la puerta, él acaba y yo le digo que se marche corriendo, que yo no puedo decirle nada, que su madre le está esperando, que corra, que corra o se le va a ir el día sin estudiar, qué haces ahí sin moverte, ¿no me estás escuchando?, ¿no ves la maleta y la mochila?, no sé qué esperas que te diga si hasta me he molestado en hacerte el equipaje, sal por la puerta de una vez, ¿no ves que no tengo palabras?, largo, chaval, para eso están las puertas por si no te habías enterado, para separar a los que se van de los que se quedan, así que como yo soy el que se queda, tú eres el que se va. Y entonces va él y contesta:

—¿Problemas con las puertas, campeón?

Ha contestado allí, pero la voz ha sonado aquí. Y yo he respondido allí, aunque también ha sonado aquí:

—Yo no tengo problemas con las puertas.

—¿Y lo de esta mañana al salir para el tuto, qué fue, que te mareaste?

Sí, está a mi lado, los cables del mp3 colgando de la oreja, y la puerta de ahora es la puerta del portal, y yo estaba aquí parado, no allí, y él ha aparecido aquí, no allí.

—¿No debías estar ya en casa? Es bastante tarde.

—Deja que te enseñe. Sacas la llave. Presta atención, si quieres pillarlo —habla muy alto por culpa de los auriculares en su oído—. Si no sacas la llave, no hay nada que hacer. ¿Va? La metes en la cerradura y giras al lado bueno. ¿Cuál es el bueno? Pues hacia el que gira. ¿Que ves que no funciona hacia un lado? Tranqui, le das para el otro. No como esta mañana, campeón, que te atascaste en el lado que no era. Eso es. Muy bien. Y ya estamos dentro. Fácil, ¿eh, padre? La próxima vez, tú solo, que puedes.

—No te pases. Y si quieres que hablemos con normalidad desenchúfate las orejas.

—Hoy andamos de mal rollo.

—Nada de eso.

—Se nota.

—Te juro que no.

—Sí, ¿eh? Tú nunca juras. ¿De qué vas?

La fresca del portal se ha sentido con escalofrío. Se divisa a los polacos tirados en el cuarto de contadores, plan siesta. Miro de reojo el buzón de la Mala, una operación limpia.

—Gasta luego, jefe —dicen desde el cuarto de contadores.

—*Ciao* —contesta Goro.

En el primer descansillo, dice:

—No les has contestado. Así no van a arreglarnos nunca el agujero. ¿No ves como hay mal rollo? Ah, coño, la entrevista con el tutor. Te ha dicho algo y no me lo quieres decir. ¿Eh, padre? ¿Te lo estás guardando?

—No me guardo nada.

—Pues ya estás largando.

Pasamos ante la puerta de la Mala. Imagino que me ha descubierto y que sale en este momento dando voces y que se arma un escándalo con gritos y pelea, llega entonces la policía y me llevan detenido, así que no puedo estar en el piso donde tengo que hablar con el hijo.

—Padre.

—Qué pasa.

—Que cuentes. Se te va la pinza. Lo del tutor.

—¿Y no puedes esperar a que estemos en casa?

—No.

—Cree que no tienes ningún problema y que aprobarás, igual que el año pasado. Que los exámenes finales ponen nervioso a todo el mundo. Te tranquilizas y ya.

—Va. ¿Y la de Química?

—Hablará con ella. Pero tienes todas las evaluaciones aprobadas. No pasa nada.

—Y qué sabrá él. Tendrá que preguntar primero. Es un rayado, se ha pasado de escuchar sinfonías.

—Creí que era tu tutor y que había que hablar con él. La próxima vez hablo con los de mantenimiento.

—Y qué más te ha dicho.

—Te parecerá poco.

—¿Y cuánto ha durado la conversación? ¿Veinte segundos?

—Por cierto, ¿tú le has dicho que soy cocinero?

—¿No eras cocinero? Haber avisado.

—Estás muy gracioso. A lo mejor, podrías hacerte humorista.

—¿Te piden aprobar la ESO?

—Cada vez más gracioso.

—Es que no me había coscado de lo listo que soy. A lo mejor esta tarde ya no estudio para el examen de Sociales. Mola mi tutor.

Jefe nos ha olido o escuchado hace rato y ladra con esos ladridos de ansiedad que suenan a tos seca. Son ladridos como interrogaciones. Los suelta de uno en uno y, en medio, espera. Si recibe algo satisfactorio, del tipo *Jefe, ya estamos aquí,* o *ya llegamos, Jefe,* entonces echa a gimotear. En caso contrario, acaba desgañitado. Difícil saber qué es peor.

—¿Eso es lo que hay de papeo?

—El qué.

—Tortilla de altramuces.

—¿Y de dónde te lo sacas?

—Del cucurucho y los huevos.

—¿Te parece un cucurucho de altramuces?

—A lo mejor es alpiste. Tortilla de alpiste.

—¿Has perdido el olfato?

—No. Huelo el hambre a distancia. Dime de qué es el cucurucho.

—Ahora te aguantas.

—No importa. Va. Ya estoy bastante contento. Has abierto la puerta a la primera y el tutor ha dicho que voy a aprobar sin estudiar.

Jefe se ha puesto a girar en hélice y atasca el pasillo, mientras gime y resopla como si hubiera aspirado un pelo. Tiene una angustiosa manera de expresar la alegría.

—No aguanto a este perro. Es un puto tamagochi, siempre hace lo mismo. Podías haberlo educado.

—En realidad, lo adoras. Al fin y al cabo es como tú, al que tampoco he podido educar.

—Es como yo en lo guapo. En lo demás es un coñazo.

—Pero duermes con él.

—Yo no le llamo. Viene a su bola. Con lo poco que duermo y está toda la noche despertándome con sus pesadillas.

—Cuando nos vamos o cuando nos dormimos, piensa que nos hemos muerto. Le falla la memoria, como a ti.

—Qué tiene que ver la memoria.

—Permite reconocer las cosas que pasan más de una vez.

—Por eso yo no retengo la química, porque no me ha pasado nunca. Qué plasta de perro. ¿Me quieres decir qué hay en el cucurucho?

Pero ha encendido la tele y ya no espera respuesta. Desde la cocina se oye a *Los Simpson* a todo volumen. Agua a hervir. Me he ensimismado en el agua. Todo agua. Las primeras burbujas se apagan apenas brotan del fondo de la cazuela. Un asma de bichos que se ahogan. Más bichos y más. Una columna de burbujas se estira más que el resto, muere a media altura. Siguen otras. Es como si al haber más bichos también hubiera más posibilidades de que terminen salvándose. Columnas a tres cuartos de cazuela. Si expulsan aire es porque lo toman de alguna parte. No puede ser del infiernillo, a no ser que sean animales supervivientes del infierno. Que sobrevivan precisamente porque están en el infierno, una oportunidad. Mientras los ángeles se caen de las cornisas, los peces de aluminio absorben el oxígeno del fuego. El primer borbotón emerge casi en el centro. Cuando se le juntan otros, al agua le sale una chepa que respira a estertores. Entonces toda el agua parece el animal que antes sólo ocultaba pececillos fugaces, pendiendo de un hilo de gas. Uno de los Simpson grita por encima de los demás Simpson:

—¿Y aquí cuándo se come?

Ha sido el Simpson con TDAH, llegado del tuto. Busco laurel. Hay un tarro en el preciso sitio donde lo recordaba, vacío. En los especieros hay variedad, pero no laurel. Pienso: Si no encuentro laurel, entonces saldré a buscarlo. Lo buscaré hasta que lo encuentre y, si no lo encuentro, no volveré. Lo siento mucho, Goro, pero no pude regresar porque no encontré laurel en ninguna parte, por eso te mudaste a casa de tu madre. Lo comprendes, ¿verdad? Fue por el laurel. De haberlo encontrado, todavía seguirías aquí. Has de creerme.

—¿Es que tienes hambre?

—¿Y por qué voy a tener hambre? ¿Será que es la hora de comer?

Encuentro un sobre con laurel triturado, que no sirve. Echo sal en el agua y luego, los percebes. Sólo yo voy a notar la diferencia, pero son las diferencias que yo noto las que me preocupan en el día en que todos los planes eran perfectos, y resulta que no había plan o que sigo uno del que no me acuerdo. Es esto último, estoy siguiendo uno del que no me acuerdo. Pasa a veces. Lo que no quiere decir que no haya plan. Sólo quiere decir que no me acuerdo. Es más tranquilizador que estar fallando.

Dos minutos para los percebes, cuando el agua vuelva a hervir. Aquí me encontrarán. Si Bai Yu me hubiera seguido y seguido hasta el final, ahora estaría llamando a la puerta. No hay percebes para todos, le diría yo. Pero hay huevos, contestaría ella, que me ha seguido y los ha descubierto. Entraría y le daría su tortilla, pero no los percebes, en eso habíamos quedado. Y no podría decirle a Goro lo que tengo que decirle, no delante de una visita, y menos delante de una visita de la que me estoy enamorando o me he enamorado y la estoy dejando, que es la realidad. De modo que el amor era una demora de lo que era urgente, ya ves.

Llevo el escurridor a la cubeta del fregadero, a los cubiertos y la sartén sucios de la noche anterior, para los que siempre hay un mañana y ¿no los había lavado a media mañana? Trato de sacar la pila entera al rebosadero. Por el camino cae una cucharilla y cuando la busco todavía está dando volatines, una trapecista con el cuerpo escuálido en el aire, todo rostro. Abro el grifo y enjuago la cubeta mientras suelto una voz:

—Goro..., la mesa.

De momento, no hay retorno. Coloco el escurridor. Ahora voy a recoger la cucharilla. No ahora, pero iré.

—Si no quieres, no comemos —digo.

—Ya voy —suena en un allá.

Vuelvo a la cazuela y los percebes. Ya están hirviendo. Hay salpicaduras que caen en la plancha con una efervescencia. Entonces recojo la cucharilla, porque de pronto he pensado que puedo olvidarla, que Goro la verá en el suelo.

—Vale, no comemos.

—Qué pesado —se oye.

Calculo cuándo tengo que hacer la tortilla, aunque no he pensado en la tortilla en este rato. Nadie sabe si vamos a llegar a la tortilla.

—A ver, qué pongo. Eso son percebes. ¿Eh, padre? Por eso lo mantenías en secreto.

No pasa del dintel. Siempre se queda ahí como si lo de dentro fuera la parte más sagrada de un templo, muy respetuoso con la doctrina de echar una mano. Beato.

—Tú ponte lo que quieras, a mí sólo para comer.

—Ya, si me dices las cosas que vamos a comer.

Se lo digo. He pasado de refilón por su mirada quieta, mientras llevaba la cazuela de percebes al escurridor en la cubeta. Los vuelco, me he abrasado un poco. Le oigo revolver en los armaritos.

—Un par de cuencos para las cáscaras —digo, vigilando la percebada, uñas rojas, verdín, la escafandra negra, arrugada, elástica, y dentro, un músculo tirante.

—Qué cáscaras.

—Tú mismo.

Es mejor colocarles un paño por encima y esperar a que templen. Aunque esa paciencia no encaja en el reloj de hoy.

—¿Y manteles?

Ha ido y ha vuelto. Más ruido en los armaritos.

—No sé qué decirte, Goro. ¿Tú qué harías?

—Es que no sé si me vas a dejar comer delante de la tele.

—Nunca te dejo comer delante de la tele.

—Pero nunca se sabe.

Ahora lleva un rato desaparecido. Le oigo reír. Ríe para dentro, con la boca cerrada, una especie de tableteo que pasa del pecho al estómago. De guardia, seguramente, frente al televisor, con la especie de tener la mesa lista un poco ida.

Volteo percebes con la mano. Ya no sueltan vapor, pero todavía están demasiado calientes. Podría aprovechar para hacer las tortillas. Las tortillas, no. La tortilla. No tengo tanto apetito. Lo que pasa, que se quedará fría. En el frigorífico persiste un envoltorio de chopped y una milagrosa bolsa mediada de pan de molde. Noto que las manos, al coger la bolsa de pan, la espumadera, la sartén, atraviesan una gelatina, se apuran en la densidad de algo. Goro ha entrado en una fase de risas. Contemplo el pan, la sartén, la media docena de huevos, la espumadera, el pocillo de sal, el mechero, la aceitera y me parecen cosas innumerables que yo tengo que poner en relación hasta conseguir una tortilla y acaso un sándwich. Es posible. Pero no sé lo que se ha vuelto tan denso. A lo mejor es que para hacer algo se necesita la esperanza de que vuelva a hacerse. Si no es así, puede que las manos retrocedan en el tiempo, a cuando no hacían eso que iba a hacerse, que se nieguen a hacerlo por mucho que quieras. Si no voy a volver a preparar la comida de Goro, entonces nada obedece. A lo mejor no recordamos las cosas que se hicieron alguna vez, como le he dicho a Goro, y lo que se recuerda es la esperanza que tuvimos de volver a hacerlas, más que de haberlas hecho.

—¿Y eso? —otra vez en el dintel.

—La tortilla. Te haré un sándwich.

—¿Y el papeo?

—Éste es el papeo.

—¿Y así, cómo quieres que engorde?

—Yo no quiero que engordes. Si te quedas con hambre, luego te haré otra cosa.

—Qué cosa.

—He dicho luego y lo pensaré luego. Ya sabemos que tú comes mucho, pero con la vista.

—Va. No olvides que tengo que engordar. Quiero que me salgan unas buenas mollas.

—Ya tienes mollas.

—Pero no buenas. Soy el más delgado de mi clase. Y además se me notan los pezones. Verás como alguno me confunde con una tía. Se te está quemando el aceite. ¿Echamos un calmante?

—¿Te parece que estoy para juegos?

—Tienes miedo a mis puños, es normal. A Dani le dormí la otra tarde los dos brazos, le pillé el nervio a la primera. Venga, echamos uno sólo, y te dejo pegar primero. Un calmante, padre, ¿eh?

—¿Cuánto te apuestas a que en la mesa falta algo?

—¿Cuánto te apuestas a que no? Anda, ¿cuánto te apuestas?

—No me apuesto nada. Lo que tú digas.

—No, tú has dicho que apostabas y tienes que apostar.

—Y ahora digo que no apuesto.

—¿Dos euros?

—No.

—Entonces eres un falso. Dices que desconfías, pero resulta que no desconfías. Menuda educación me das. Venga, apuesta. No me digas que no tienes dinero.

—Tengo dinero.

—Dos euros, padre. ¿Es que la confianza de tu hijo no vale dos euros?

—Menos chantaje, chaval, que no soy lerdo.

—Es que esta semana no me has dado paga.

—Siempre te la doy el viernes.

—Es que yo hablo del viernes pasado.

No le miro, porque el huevo se requema.

—Tú tampoco me la has pedido.

—No.

—Vale. Dos euros de apuesta. Por cierto, si pierdes, ¿con qué respondes?

—Pues sigo sin pedirte la paga. Y te perdono el calmante.

He sacado la tortilla a un plato con dos rebanadas de pan. Había demasiado aceite, la tortilla ha salido inflada. Hay para dos sándwiches, pero prefiero doblarla y que entre en uno.

Vuelvo a los percebes. Y a por una fuente. Cuando llegamos a la mesa, Goro señala los platos, la botella de agua, los vasos, las servilletas, los tenedores, los manteles. Es verdad que no falta nada. Saco el monedero y le doy los dos euros. Cuatro con treinta menos dos, dos con treinta. Hago cálculos, pero ya no queda ninguna operación que cuadre con esa penuria.

—¿No éramos pobres? —dice Goro mientras chupa su primer percebe.

—A qué viene ahora eso.

—Por los percebes. Son caros.

—Son de oferta.

—Pero sólo pudiste enterarte de la oferta si ibas a buscarlos.

—Iba a la pescadería.

—¿Y no había otro pescado de oferta?

—Los vi y los compré. Ya está.

—¿Y por qué los compraste?

—No lo sé. Estaban allí. Sé que te gustan.

—¿No sabes por qué compraste los percebes?

—Porque te gustan, ya te lo he dicho.

—Pero primero has contestado que no lo sabes.

—Estaban delante de mí, era una oferta, te gustan, ¿qué más hay que explicar?

—Si somos pobres, no debiste mirarlos.

—No somos tan pobres.

La mirada pardo meteoro como la del día del puf, esa circunferencia, por la que se sabe que ha reconocido algo, que ese algo es temor. Y está aquí de nuevo, como aquel día de la primera vez, y a la que yo contesté en silencio: No voy a traicionarte, yo no te fallaré. Ahora no es el tabaco, ni la flaqueza para cargar con el puf, ahora ha sido simplemente que he dicho *no somos tan pobres,* y de haberlo dicho por culpa de los percebes. Lo que iba a decirle concuerda y no concuerda con *no te fallaré.* Concuerda y no concuerda con *no somos tan pobres.* Los percebes eran buenos para hablar, ahora quizá son lo peor que ha podido pasar.

—Sí, somos pobres.

—No.

—No hace falta que me mientas.

—Yo no te miento.

—Todavía no has probado los percebes.

Cojo uno para evitar esa lupa que me comprende y me ahuyenta, rara, querida, dolorosa. Arranco la uña y muerdo. Debería estar contento por esos ojos que de pronto saltan a la vida y entienden, que se quedan conmigo a diferencia de casi siempre, pero lo que siento es igual que el sabor del percebe masticado, un agua estanca con un látigo.

—Están buenos. No parecen de oferta. Dani hace un mes que no va por el tuto.

—¿Dani, tu amigo?

—Cuál iba a ser, si te lo estoy contando yo.

—¿Y los exámenes?

—No ha hecho ninguno. De todas formas, había suspendido siete en la última evaluación.

—Entonces, repetirá.

—Ha encontrado un trabajo y saca ochocientos euros al mes.

—Tiene que estudiar. Y no me creo que a su edad le paguen esa cantidad de dinero.

—Es una pasta. A lo mejor se va a vivir solo. Trabaja de peón de albañil, en una obra. Ya no quiere estudiar. Para qué hay que estudiar, si no tienes un euro nunca. Es una ful, padre.

—Una *ful* es ponerse a trabajar a los quince años y quedarse toda la vida poniendo ladrillos y aguantando a un capataz analfabeto. Además, es obligatorio estudiar hasta los dieciséis.

—Si no tienes dinero ni lo tienen en tu casa, lo que tienes que hacer es ponerte a trabajar.

—Y sus padres qué dicen.

—A sus padres les da igual.

—Qué padres son ésos.

—Padres. Hay padres de muchas clases, padre. Y madres...

Ha bajado la vista a un percebe con el que se ha enzarzado. Goro no les arranca la cabeza con los dientes. Los rompe con los dedos, tira de lo de dentro y se lo lleva a la boca. Con la comida siempre ha sido escrupuloso. En cambio, sobrevive cómodamente entre la suciedad y el desorden de su cuarto y de sus aperos.

—No es tu caso.

Levanta la cara y echa esa sonrisa de medio lado en la que descubre el canino que se le está montando en el incisivo.

—No del todo, ¿eh, padre?

No es su costumbre aludir a esa herida que se ha preocupado de esconder, tanto que es imposible averiguar si sangra. ¿Y si ha aprendido a vivir con ello y el que no ha aprendido soy yo? ¿O si sencillamente estuviera creciendo y no me he dado cuenta? ¿Cómo de mayor es Goro? ¿Tiene ocho o catorce años? ¿Lo sé yo? ¿Los hijos crecen o se quedan en el sitio en que empezamos a quererles o a notar que nos han despojado de la vida de individuos, esa que pasa a depender de la de otro, cuando cualquier miedo propio es siempre pobre si lo comparas con el que sientes por el vástago? Puede que ya no necesite una madre, puede incluso que ya no necesite siquiera la historia de la madre que le abandonó. Sería como preguntarle a un olmo de veinte metros por la poda de hace treinta años, por mucho que sangre ese árbol. Pero si no fuera un olmo y resultase un fresno...

—¿A este perro le gustan los percebes?

—No creo.

—Entonces, ¿qué hace aquí?

Jefe está sentado sobre las patas traseras, el hocico apoyado en los muslos de Goro y el gesto de súplica a lo alto, lo normal cuando espera que le den comida. Y lo normal es también que se arrime a quien habitualmente se la da. Si Jefe se queda ahí es porque sabe que de Goro siempre saca algo, a lo mejor no le falla la memoria.

—Es una cosa rara. Lo quieres y lo odias —digo.

—Sólo lo odio, aunque también lo quiera.

—Ya te he dicho que es raro.

—Si tú desaparecieses, yo no me quedaría viviendo con él.

Tampoco estoy seguro de si todavía asocia con que fue el regalo de su madre por aquel cumpleaños, justo antes de abandonarnos. Fue lo más cruel, más que llevarse el frigorífico que regalaron sus padres o el teclado. Dejó un ser vivo que necesitaba atención, mientras ella nos quitaba la suya, nos obligaba a recordarla con el animal. Nos obligaba a recordar la que nos quitaban con la que nosotros teníamos que dar. Al principio, Goro no se separaba del cachorro, corrían por la casa como locos, jugaban todo el tiempo, lo sacaba al cerro a que persiguiera conejos, lo alimentaba. Luego, Jefe se hizo grande y las cosas cambiaron. El perro tendría dos años, catorce en términos humanos, y Goro, once. Así que el perro era mayor que Goro, un asunto que al chiquillo le interesaba especialmente. Preguntaba muchas veces, era igual cuántas se le hubiera respondido, siempre lo olvidaba, a cuántos años de una persona equivalían los de un perro. Quizá se dio cuenta de que ya no tenía que cuidar del perro o incluso de que el perro tendría que cuidarle a él, según la lógica de la edad. Y tal vez, según otra lógica más secreta y creciente, la de quién cuida a quién y por qué. La de quién se va de los cuidados y por qué. Porque el tiempo en que Goro cuidó al cachorro también fue el tiempo en que no necesitó preguntar por su madre, o sencillamente en que no preguntó.

No he contestado nada a lo de si yo desapareciese, pero él no suelta el cabo:

—Me dedicaría a vivir la vida, padre. Que les dieran al tuto y al chucho. Pasaría de todo.

—¿De verdad, lo abandonarías?

No contesta en el acto. Ramonea despacio la carne de percebe, prendida entre dedos.

—Yo no he dicho que lo abandonase por las buenas. He dicho si tú desaparecieses. No te has fijado.

—Me he fijado. Es de lo que estábamos hablando.

—Lo del chucho era lo de menos.

Me callo. Jefe ha dejado de apoyar el hocico, se retira a una distancia desde la que puede hacerse más visible, ya que el contacto no le ha dado resultado. Lanza un par de jadeos de aviso de que se encuentra en una posición nueva.

—Vale. Lo quiero y lo odio. Pero porque estamos los tres. ¿Tú seguirías con el perro si yo faltara?

—Naturalmente.

—¿Lo sacarías tres veces al día, lo llevarías a que le pusieran vacunas, lo lavarías y jugarías con él, si yo faltara?

—Quizá lo sacaría sólo dos veces —contesto.

—¿Lo ves? Eso es lo que digo. No es lo mismo ahora que si las vidas cambian. Tú lo sacarías dos veces y yo dejaría de estudiar y de ir al tuto. Viviría la vida, porque ya no es lo mismo.

—Esto es un disparate de conversación.

—No creas, padre. Es que los planes varían. ¿Se puede saber por qué no comes? Me los estoy comiendo yo todos.

Es cierto. Casi ha acabado la fuente, lo que pasa es que yo tengo aún esa agua estancada en el paladar con un látigo.

—Comí algo antes.

—¿Cuándo?

—¿Cómo que cuándo? Hace un rato.

—¿Antes o después de ver al tutor?

—¿Y eso qué importa?

—Tú responde.

—Después.

—Ah, claro, que la conversación duró veinte segundos. Si hubiera durado más, no te habría dado tiempo. ¿Y qué comiste, que te quitó tanto el hambre?

—¿Vas a ser policía?

—¿Te piden que hayas aprobado la ESO? Venga, di lo que comiste.

—Un montado de lomo. El lomo era de un cerdo y el pan estaba hecho de trigo. Qué tal.

—Muy bien, padre. ¿Y a qué bar fuiste?

—Pero de qué vas...

—Me intereso por ti. Es que estoy progresando mentalmente. Y ahora que progreso, tú te pones borde. Si quieres me callo.

—Fui a Asquiñina, qué te parece.

—No sé cuál es.

—El gallego de Puerta Cerrada, el que tiene una terraza con jardineras.

—No sé cuál es, pero si tiene jardineras es porque es caro.

—Sí sabes cuál es. Cómo no vas a acordarte. El que tiene nécoras y percebes en el escaparate.

—¿No ves como era caro? ¿Y qué hacías comiendo un montado de lomo en un sitio caro?

—Cuesta igual que en todas partes.

—¿Hacemos otra apuesta?

—Vale, es un poco más caro.

—Cuánto.

—Corta el rollo, chaval. ¿Te voy trayendo el sándwich?

—Va.

Al llegar a la cocina se escucha un suspiro, ruidoso, juraría que ajeno. Busco alrededor por si alguien se hubiera colado, un polaco trepando desde el patio, por ejemplo, y aunque la ventana está cerrada, de todas formas sigo buscando a alguien que suspire de esa manera. Abro la ventana. Los obreros no están a la vista. En el piso de enfrente hay un gato en el alféizar que se queda observando con desconfianza. Es uno de esos gatos como el de Bai Yu, con mucho pelo naranja, siempre y cuando no sea el mismo, que me ha seguido hasta aquí, enviado por la dueña. Estaría bien que ahora llegase un mensajero del exterior, alguien con noticias, algo que desatascara la realidad, como en las películas, y a lo mejor por eso la gente va tanto al cine. Noto que me he *colgado* un poco de la mirada del gato, que son bichos que no la apartan. Metiéndose en sus ojos, uno empieza a sentir que también cuelga del alféizar, pero es un vértigo dulce, aunque vértigo al fin y al cabo. El que ha suspirado no es el gato, casi podría asegurarlo.

Cuando llevo el sándwich a Goro, dice:

—¿Puedo comerme el sándwich viendo la tele?

—¿Es que siempre consigues lo que quieres a fuerza de dar la *taba*?

—Sí —contesta.

—Pues esta vez, no.

—Tú dices que ya has comido. ¿Para qué tengo que quedarme en la mesa? Eso no tiene sentido. Tú quieres que comamos juntos, pero si tú no comes, entonces ya no estamos comiendo juntos. Qué más te da.

—De acuerdo. Pero tienes que confesar en voz alta que no lo has conseguido por pesado, sino porque me ha convencido tu argumento.

—Va. He conseguido comer delante de la tele no porque haya sido un pesado con mi padre, sino porque le he convencido en la discusión.

—No ha habido discusión.

—Es que no me acuerdo de lo último que has dicho.

—He dicho argumento.

—¿Y entonces qué tengo que decir?

—Que me has convencido con tu argumento.

—Va. Sino porque le he convencido con mis argumentos.

—¿Qué argumentos? Era sólo uno.

—Con mi argumento, que era sólo uno. ¿Va?

Enciende el aparato y se tira en el puf, con el plato y el sándwich. Yo sigo en la mesa, pensando en por qué le he dejado irse al puf a ver la tele.

Es una serie norteamericana que se llama *O.C.*, la historia de un chico de barrio marginal que hizo cosas de delincuente, pero que no quiere ser delincuente, y que es adoptado por una familia bien que le protege y confía en su rehabilitación, aunque a la madre se la nota remisa. Su hermano de adopción también le aprecia mucho. El chico tiene buen corazón, pero se mete en líos debido a sus arrebatos de clase baja y a su sentido de la honestidad, da la impresión.

—¿No pillaste la movida que ha habido en la puerta del tuto? —pregunta con la boca llena.

—Qué movida.

—La de los osvaldos que se pegaban. Tuvo que venir la policía, me han contado.

—Los *osvaldos*... Sí, lo vi.

—¿Y no me has dicho nada?

—Y qué querías que te dijera.

—Siempre que yo te he contado una movida de ésas, tú te has preocupado y empiezas con lo de tú no te metas, los que se pegan son los que no tienen nada que perder, esa placa.

Quizá debería levantarme y marcharme al salón, sentarme y mirar el alero del Nuncio, otro espacio distinto donde no estar tan quieto ni a tiro. Pero permanezco frente a la tele como si estuviera atento a la tele, aceptando el peligro. El padre adoptivo de la serie resulta que es un poco hippy, a pesar de que su mujer es rica. El delincuente juvenil ha comenzado a enamorarse de una vecina pija que tiene un novio surfero. La chica le ve con buenos ojos y el surfero con malos.

—¿Te has fijado en las pintadas? —pregunta ahora.

—Qué pintadas.

—Las de uno que pone KÍROX por todas partes.

—Me he fijado.

—A mí me parece raro.

—Un grafitero como otro cualquiera —digo.

—Como cualquiera, no. Ha colocado una a la salida de nuestra casa, luego otra en el Colegio de San Ildefonso y Dani me ha dicho que hay otra más arriba del mercado de La Cebada.

—Bueno.

—Te repito, en casa, en el colegio en el que tú estudiaste y en el mercado donde haces la compra.

—Hace tiempo que no hago la compra en La Cebada.

—Pero la hacías y vas mucho por allí, hoy mismo. Además, en el Champion no se puede pintar.

—¿Y adónde quieres ir a parar? ¿Que alguien me persigue o que me está mandando un mensaje?

—¿Te parece normal?

—Me parece casualidad.

—Los grafiteros hacen las cosas por algo, no escogen cualquier sitio, escogen sitios para que los vea alguno al que conocen.

—Muy bien.

—¿No te interesa este tema?

—No demasiado.

—Muy bien, padre. Así que no te interesa. Es interesante que no te interese.

—No entiendo por qué.

—Porque si no te interesa que alguien esté pintando los muros para que tú lo veas, entonces es sospechoso.

—Ya me dirás qué es lo sospechoso.

—Tú.

Se vuelve con los carrillos inflados. Goro mastica muy despacio y de vez en cuando hace bolos con la comida en la boca, como cuando era pequeño. No tan pequeño, ha hecho bolos hasta ayer mismo, como quien dice. Siempre tiene mucha hambre, siempre le cuesta mucho comer. Los carrillos inflados y una mueca tonta de complicidad que hace que le asome la comida.

—Mastica y traga —digo.

—Pero no contestas, ¿eh, padre?

—No sabía que tuviera que contestar a nada.

—Eres sospechoso.

—Sí, soy sospechoso de que no me interese la conversación.

—Así que pintando las paredes para marcar el territorio.

Parece pasarlo en grande con la idea. La mueca sigue en el sitio y por supuesto no hay ninguna intención de tragar lo que lleva en la boca.

—¿Me ves saliendo por la noche con un spray a poner Kírox por las paredes? No te lo crees ni tú.

—Lo de Kírox puede ser para disimular.

—No sé lo que disimula Kírox.

—Eso sólo lo sabrías tú. No irías a poner tu nombre y apellidos.

—No sé qué decirte.

—No mola.

Jefe parece haber detectado una oportunidad en el apetito lento de Goro, que además ha arrancado y apartado los bordes del pan de molde a un lado del plato. El perro disimula la intención avanzando hacia el puf con el culo en el suelo, como todavía sentado sólo que cada instante un poco más cerca del amo del bolo en la boca.

—Lo que pasa es que hoy no quieres hablar de nada —dice volviendo la cara al televisor, comenzando a masticar mientras espía por el rabillo el movimiento camuflado de Jefe.

—Y tú hoy quieres hablar de todo. Lo normal es que estemos sentados aquí tres cuartos de hora y que yo me dedique a sacarte las palabras con sacacorchos. Luego, te tiras en el puf y te quedas entubado a la caja tonta.

—Lo de entubado me gusta. ¿Es lo de los enfermos?

—Cada seis meses te pega una parlanchina y entonces se te ocurre que yo no digo nada. Ponte en mi lugar los otros ciento ochenta días. Bueno, con que te pusieras en mi lugar uno, me daría por contento.

—Va. Pero hoy no quieres hablar de nada.

—Sí quiero hablar.

—¿De verdad?

—Sí.

—Pues entonces apago el televisor. ¿No es eso lo que prefieres cuando vamos a hablar?

Ha apretado el mando y la pantalla se funde. Gira sobre el puf con las piernas en alto y quedamos frente a frente. Y otra vez la pupila meteoro. El que nunca habla, hoy habla. La mirada de una vez en su vida, hoy ya dos veces.

—Va. Di.

El televisor está apagado y las sílabas de Goro retumban en la casa. Viene la imagen del gato en el alféizar. En este momento puede estar en el vacío o arrinconado sobre un cojín. Se oye ruido de piquetas en el patio, aunque hace tiempo que los polacos dejaron de picar. Queda la brecha junto a la ventana, la mano de aire que entra por ese agujero sudamérica, pero no siento el aire, es hora de que vengan a arreglarlo. El gato iría dándose contra los andamios. Goro está fijo, el plato balanceado entre las piernas con bordes de pan de molde, esperando con sus meteoros a que yo diga lo que he venido aquí a decir. Lo que ya no puedo demorar más, lo que él necesita saber para no seguir un minuto más con la situación falsa, con el dinero falso, con el trabajo falso, con la madre falsa. Es el momento, no valen disculpas ni retraso. Es ahora, lo que nunca llegaría es ahora. Ve y di. Ahora.

—He descerrajado el buzón de la Mala —digo.

—¿El qué?

—Le salté la cerradura y también le machaqué el sitio del nombre. Lo he destrozado a conciencia.

—No me lo creo. Y tampoco me he dado cuenta al entrar. Quiero ir a verlo —Goro es una caricatura boquiabierta.

—No vas a ninguna parte. Cuando esa loca se entere la va a montar. Y no quiero que te encuentre merodeando.

—Qué fuerte.

—Lo hice sin pensar. Y ahora me arrepiento.

—Pero con qué lo hiciste.

—Llevaba un destornillador en el bolsillo. Luego se juntaron el destornillador y los buzones nuevos, y ya está. No sé lo que pasó por mi cabeza.

—Qué fuerte.

—Ya he dicho que me arrepiento. Son locuras. Pero ahora no sé si decírselo y cargármela, o dejar que arme un tiberio y que se las ingenie para saber quién lo hizo.

—Qué fuerte. Pero tú no digas nada. ¿Qué vas a decir? Que palme buzón. No se van a enterar. ¿Qué te crees, que va a llamar a la policía? ¿Había cartas?

—No.

—Si no las coges, no es delito. Es un buzón roto, nada más. Y decías que no había mal rollo. Qué fuerte. Quiero verlo.

—Quietecito.

—¿Y no te vieron los polacos?

—No.

—No sabrán que fuiste tú. No tienes pinta. Bueno, a veces. Depende. Tú di que fuiste cura.

Se da la vuelta, enchufa, y se queda otra vez frente al televisor, el plato colgando, pero el silencio y la quietud del cuerpo son de que algo le está cogiendo forma en el cerebro. Yo atiendo también a la pantalla, aunque ya no estoy viendo nada. Entonces dice:

—Imagínate que apruebo. Imagínate que las apruebo todas y que es el segundo año seguido que no me queda ninguna. Pero este año vale más que el otro, porque el otro repetía. A lo mejor, ya nunca vuelve a quedarme ninguna. ¿Tú te lo imaginas, padre? Acabo la ESO, acabo el bachillerato, acabo la universidad, aprobando todos los cursos.

—Lo conseguirás.

—No. Yo quiero que te lo imagines, que te lo imagines ahora. ¿Puedes o no?

—Sí.

—Todo habría salido bien, ¿eh? Todo habría ido bien. ¿Quieres que te devuelva el dinero?

—¿Qué dinero?

—El de la apuesta que has palmado.

—No.

—De verdad, si quieres te lo devuelvo.

—No quiero que me lo devuelvas.

—¿Te imaginas? Todas aprobadas. Todo el verano para dormir. Eso es lo que pienso hacer todo el tiempo, dormir. En serio, ¿no quieres el dinero?

—No. Y no te has tomado la pastilla.

—Ahora me la tomo.

—¿Te importa que te cambie el turno del perro? Prefiero sacarlo yo ahora.

—Va. Así echo una sobada antes de que llegue la profe. Tienes que pagarle, padre.

—Tú no te preocupes por eso.

—No me preocupo, pero tienes que pagarle.

—Entonces, al perro lo saco yo ahora. Pero por la noche lo sacas tú. Luego, no me vengas con rollos.

—Va. Y sacas dinero para la profe. Y antes te cambias la camisa.

—Y tú te tomas la pastilla.

—¿Has ido todo el día con la mancha?

Cuatro menos diez

El destornillador está en un cajón de chismes, debajo de la cubertería. Es corto, de punta plana, fácil de ocultar en el bolsillo. Lo único, que hay que hacerlo ya, antes de que Goro vuelva a pasar por el buzón. Tiene que ver el gran destrozo mentira, y yo salir airoso del *di, va.* ¿Hay peligro de que queden huellas dactilares? Planeo guantes de látex, repasar después la herramienta con un trapo, deshacerme de ella en un río. Pero no me ha temblado la mano al cogerla. No tiemblo nada. Es lo bueno de que todo vaya a peor.

Llamo a Jefe, le pongo la correa después de un par de remolinos porque sabe que nos vamos, y atravieso ante Goro recto, con prisa.

—No irás a echarte el cigarrito, ¿eh, padre?

Desde el pasillo, a la puerta, le oigo:

—¿Y para cuándo la camisa?

En la escalera hay silencio, pero no se descifra su clase. Sin polacos a la vista. A veces desaparecen a las tres de la tarde, cargados en una furgoneta itinerante al turno de otra obra. Jefe, atado y al paso. Lo que significa tirones y que los tirones me pongan más tenso. Sin querer, presto atención a los sonidos de detrás de las puertas, vajillas, rumores, televisores, pero tampoco hay nada. Pienso en un teatro y público callado, a la espera de la función en el momento en que apagan las luces. Ojos de lechuza, muchos, mirando desde el mimbrado de butacas. Entonces reparo en mi propio ruido de pies. Es un talón que no se puede camuflar, un repique toc, toc, arrebato, convocando a la vecindad. Los talones son lo más pesado, inevitable del cuerpo, serían el alma, ese peso del que nadie puede deshacerse, lo delator, lo que escapa al morir. En los recodos, muy cerrados, donde más hay que sujetarle, Jefe levanta una mirada de extrañeza algo loca, hacia atrás, órbita en blanco. Creo que se ha dado cuenta de que la situación no es corriente y ni siquiera suelta los gemidos de aproximación a la calle, aunque lleva la boca con un jadeo mudo y el rabo abanica sordamente. En algún sitio ha quebrado algo, una botella de plástico o una burbuja de embalar. Estoy en el rellano de arriba de la Mala, parado. Busco el silencio completo de antes, quitando los talones. Pero me encuentro con un picoteo que entra por el patio de manzana, parecido a un pájaro carpintero, donde no hay pájaros carpinteros. Se le añade enseguida un goteo de grifos o tal vez prendas tendidas que sueltan la última agua en baldosas allá abajo. Y un arrullo de palomas que entra y se va. También, el escape de aire en un aparato de presión. Las revoluciones de un torno que reduce. Un zumbido largo que es imposible saber si entra o sale de la cabeza, que lo desenrolla y lo estira, y acaba de conectarla con una punta de hilo de cobre. El paseo de zapatillas en un pasillo alfombrado, abrigado con un frufrú de bata o satén. Una mano barriendo las migas de un mantel. El despego de comisuras en una boca que va a hablar, y que no lo hace. Una espalda que resbala por un tapizado de cuero. El crujido de un pecho al comprimirse, mío.

Entonces todo ha ido rápido y fatal. Un salto hasta el buzón, como si el perro y yo hubiéramos caído por el hueco de la escalera, nos irguiera el propio suelo, el destornillador alzado como un puñal, entrando en la rendija, topando con la lengüeta de la cerradura, un golpe seco contra la base del mango, y la tapa del buzón se desploma y se desnuca al vacío. Pero yo no he conseguido escuchar nada. Tiene que haber sido un ruido fuerte, pero no lo he escuchado. Un acto de sueño, en el aire encascotado de la conciencia dormida, ojos de lechuza en la oscuridad de butacas o el gato del alféizar observando tranquilamente su vértigo.

Luego, al despejar, la sensación de que se ha cerrado la puerta de una temperatura, se ha abierto otra. El destornillador vuelve al bolsillo y me digo que ha sido un plan perfecto. Un plan perfecto que se ha hecho. Es todo lo que importa. Y Goro está a muchos pisos de distancia, tan lejano como si viviéramos en días distintos, la misma casa y ciudad, pero con la imposibilidad de encontrarnos en un tiempo.

—Caballero, no se quede ahí detenido.

Echo a andar, aunque no sé de dónde ha llegado la orden. Luego, levanto la vista temiendo no encontrar a nadie que la haya dado, y hay dos hombres con casco colocando un cartel amarillo que dice: ANDAMIO CON ALARMA ELECTRÓNICA ANTIACCESO. BASTIÓN. También, un número de teléfono. Las alarmas para qué en un andamio. Para que nadie suba y se haga daño al caer, pienso. Por los ladrones, que dicen que lo escalan. ¿Suena después una sirena? Para que los ladrones no suban y se hagan daño al caer. Así que los ladrones al ver que se preocupan por ellos ya no escalan ni asaltan los pisos. Una alarma compasiva en vez de una alarma amenazante. Y los ladrones, en vez de neutralizarla, la respetan y hacen que corra la voz de que no se suba a ese andamio y se asalten los pisos. A la vida le basta con un poco de compasión, que es otro plan perfecto, como han descubierto en Bastión. Como descubrió Esther.

Iba cavilando bien y en paz, pero ahora un mareo de la cabeza que pega un retroceso, absorbida, he chocado con una esquina del palacio del Nuncio como esta mañana con las de casa y durante segundos la calle se ha estrechado y oscilado, las verjas del edificio de la derecha se han acercado peligrosamente en ristre y la fachada episcopal se ha vencido en una mueca de derrumbe. Me he quedado quieto, sintiendo el tironeo de la correa de Jefe en la muñeca, que ya ha orinado en sus altares y quiere continuar. Un grito para que se entere, el grito golpea la sangre hacia la cabeza, prende fuego en la frente y las sienes, nivela las bordas y se va dejando un cosquilleo en el estómago, una mano dormida.

En los primeros pasos, vuelve lo del buzón, digo en voz alta: Eso lo he hecho bien. Bien, muy bien. Y ahora ando bien, muy bien. La paz del cobarde, puede ser, un paréntesis entre lo que había que hacer y lo que habrá que hacer, de acuerdo, pero mientras tanto lo del buzón estuvo bien hecho, se planeó y se consumó, y ahora ando bien, muy bien por este paréntesis pacífico de cobarde. Aun así pienso que Goro hizo algo, algo que quizá, al final de todo, no deje ningún paréntesis, sea otra cosa, tal vez un monstruo, el monstruo de los paréntesis. Pero no sé qué hizo Goro y pensar en esa conversación es otro mareo. Al final todos los gatos acaban cayendo, por eso necesitan tantas vidas.

En el Pretil de Santisteban, el onomástico si le añades la letra, se me ocurre que el perro se conforme con una vuelta de manzana. Ya ha salido por la mañana y saldrá por la noche, un par de meaditas y contento en un día de precario. A la izquierda asciende la cuesta, y enfrente se ofrece la escalinata de San Pedro el Viejo y de Jesús el Pobre, vacía de mendigos a esta hora, que han tirado de pestillo para el almuerzo. Podríamos seguir hasta Anglona y luego a las Vistillas, la felicidad de Jefe. Pero la tentación de regresar por el pretil es fuerte. El ruido de un motor forzado sube por la costanilla de la iglesia, se escucha como si hubieran deshollinado los oídos, aquí cerca, cada biela, junta y correa, y esa pulcritud provoca un instante de temor, de temor grande. No al vehículo, sino a la forma de escuchar, un poco alucinada, extraterrestre, hubieran desalojado edificios y resistencias del aire para que alcance como una flecha diamante. Si al final el camión de Mahou no hubiera asomado por la esquina de la torre mudéjar, no habría sido extraño. Porque yo andaba esperando un mensaje del más allá. El Turuta me ha visto y viene, mientras yo empiezo la marcha en esa dirección, como si su aparición me hubiese encaminado.

—Eh, Ángel. Páter. Mira, que después me he acordado de una cosa, y luego tengo que contarte otra.

He saludado con la barbilla, lo cierto es que se ha vuelto a perder su nombre y sólo me viene «Turuta». ¿Elías? El día en que se esfuman nombres, no el de Bai Yu.

—Me he estado acordando de lo que tuviste con los suboficiales, la noche aquella.

—Con suboficiales...

—Espera, debió de ser dos o tres días después del golpe de Tejero. Venían de madrugada, nos levantaban y nos llevaban a la furrielería, y allí se marcaban un interrogatorio sobre la monarquía y la Constitución. Había bastante cague en la gente. Y cuando te tocó a ti les mandaste a que se metieran los galones por el orto. ¿Eh, Páter?

—Ah, ya...

—Y a voces. Se despertó toda la compañía.

—¿Daba voces a los suboficiales?

—A ver, Ángel, claro. No digas que no te acuerdas.

—No demasiado.

—Vamos, Páter. No creo que hayas tenido muchas noches como ésa. Serían las tres de la mañana. Y vinieron a por ti, igual que la noche antes y la otra habían venido a por otros. Todos decían que lo mejor era confesarse apolítico. ¿Te acuerdas por lo menos de que nos llevaban a interrogar?

—Vagamente.

—¿Cómo que vagamente? De esas cosas uno no se acuerda vagamente. Son sí o no.

—Ha pasado tiempo.

—Dormías encima de mí, de eso te acordarás, por lo menos. Y el que vino a buscarte fue el furriel. Al furriel le ofreces una hostia y el furriel se trae a dos sargentos. Entonces te apeas de la cama y les llamas a gritos fascistas y chusqueros. Alguien enciende la luz en el barracón. Llega el oficial de guardia. Y vas tú, te vuelves a la piltra y te duermes en mitad del tinglado. ¿Ahora, ya?

—Un poco.

—Pero si era por lo que te llamaban Páter, porque muchos pensaban que no se atrevieron contigo porque eras cura. ¿Por qué te llamaban Páter, si no?

—Ya te dije que nunca fui cura.

—Te tienes que acordar. Eras un héroe, tío.

—Vale. No me acuerdo.

—Pues es difícil de creer.

—No digo que no.

—Es imposible que se olvide una cosa así.

—La explicación es que no la hice yo.

—Te juro que sí.

—No la hice yo. Si hubiera sido un héroe, me acordaría.

La cara de tizón del Turuta contrae su malla de arrugas, como si fueran a salirle nudos. Aguantamos en esa distancia en que ni nos vamos cada uno por su lado ni seguimos juntos.

—Ibas a contarme otra cosa —cambio de tercio.

—No sé si te convendrá —contesta aún pasmado—. En San Martín están buscando gente para los parques naturales, desbrozarlos y clarearlos, por lo de los incendios y el verano. Sólo son un par de meses o tres, pero no pagan mal. Y un primo de mi mujer es concejal. Te saca del aprieto si no tienes nada ahora mismo.

—Te lo agradezco.

—¿Digo tu nombre?

Estoy con los presupuestos de Bai Yu, y estoy yendo a lo de Pan Bendito adonde nunca acabo de ir, también estoy yendo con Avedissian a Menorca, y pensando en un puesto en el Mercado de las Flores, todas las cosas que son futuro y más nada, cuando no estoy todavía saliendo de este día, da igual las ventanas que se abran. Es eso lo que pasa, que no quiero mirar por ninguna ventana, que no creo en paisajes mientras antes no me mueva, algo se mueva. Quieto, como de pequeño, esperando a que las cosas se muevan.

—Qué dices, Páter. A lo mejor, sale.

—Claro, te lo agradezco.

Después, suelto la correa de Jefe en la verja del jardín de Anglona. Necesito sentarme a oscuras con la tapia, el belvedere, los ailantos y las pérgolas. Cuando tome el respiro lo llevaré a las Vistillas, porque la idea de volver a casa, la idea que tenía un segundo antes de encontrar al Turuta, me parece la aberración de todas las ideas.

Jefe sale al trote plaza arriba, cruzándola como si supiera adónde va, el efecto de verse libre. La luz empieza a ponerse oblicua de poniente, entrando por las celosías y repintando el siena del antiguo palacio, al otro costado. Dentro, hay pepitas doradas en el aire. Esta vez he ido derivando por los arriates de mahonias hasta el plátano, y de ahí hasta el banco del kaki y del almendro, en el rincón derecho que se suspende sobre la calle Segovia. Hace efecto. Por mucho que te dejes caer o llevar, en el jardín siempre hay un sitio, una manera despreocupada de llevar el paso y de hacer que cese, porque por más que te muevas todo dice quedarse, no ir más lejos. Y una vez se detiene ese errar, el jardín mueve alrededor los pétalos caídos de las hortensias, la flor del nenúfar en el agua, las ramas vencidas de la higuera, los tallos de las hydrangeas, levanta el fulgor de la grama, la brisa traza espumillones en las copas de los frutales, mientras los árboles grandes afilan la punta cielo y las sombras se redibujan en el sardinel o en el albero. Desde el banco se escucha el silencio de dentro como si pasara fuera. Y una pizca de rosa pellizca la nariz.

En el banco del rincón alterno hay un tipo con pinta de filatélico, y un niño de seis o siete años. Están quietecitos y rectos, como en un ambulatorio. Sin hablar, como si el padre hubiera llevado al muchacho hasta allí para enseñarle algo, se le hubiera olvidado lo que iba a enseñarle, y al muchacho también se le hubiera olvidado preguntarlo. Jefe se presenta en la puerta, detecta y vuelve a marcharse a la carrera. El Turuta con su historia del héroe. ¿Quién sería el tipo confundido en el recuerdo? ¿Por qué el tiempo le ha hecho desear que fuera yo? La otra posibilidad es que yo lo haya borrado por completo. Un destralazo en la memoria y ese cacho se fue al río. Al río de lo que se va y se fue. Pongámonos a imaginar que soy un héroe que se ha olvidado de que es héroe. ¿Y eso cómo se hace? Puede que a fuerza de cobardías ulteriores. Sí, va, como diría Goro, yo era un héroe. La mayor prueba es que ahora soy lo contrario. El pusilánime del hortus dorado. Como lo más fácil del mundo es caer en lo contrario, porque evolucionar y cambiar por grados es una mierda de cuento chino, ahí está la prueba de que he sido un héroe. Fui un héroe, porque ahora soy un cagón. Qué más pruebas quieres. Veamos, se pasa de soltero a casado, de cura a ateo, de hijo a huérfano, de tener futuro a ser pasado, de empleado modelo a prejubilado, de amante a adversario, de jardinero a cocinero, de padre a traidor y, por tanto, de héroe a cagón. Probado.

Es fácil sentirse héroe. Es fácil sentirse bien. Basta con hacer como si fueras héroe o te sintieras bien. Aquí en el banco de granito está sentado un héroe granítico. De hace tiempo, bien es verdad, pero en este momento igual que el de entonces. Que me traigan sargentos. Que se atrevan con el Páter. Que viene el cura, chusqueros.

—Oiga. Usted, el del perro.

El que ha llamado es el filatélico. Jefe acaba de aparecer saltando por el boj. Llega y se tumba a los pies con la lengua afuera.

—¿Me dice a mí?

—¿No es suyo el perro?

No le contesto. Seguro que seguirá hablando.

—¿Es que no sabe leer?

A veces, cuando Jefe desiste y se queda a la sombra del amo es porque algo le ha asustado, generalmente otro perro, pero también los niños muy pequeños. Por el ángulo que deja la puerta del jardín, no se vislumbra ningún peligro.

—A lo mejor es usted analfabeto. ¿No ha leído el cartel? —sigue diciendo.

El cartel de la ordenanza municipal con su número, donde dice que en los jardines públicos no se admiten perros. Un latón clavado en un parterre, la silueta de un chucho con el símbolo de prohibido aparcar de los vehículos.

—Mira, hijo, ésta es la chusma que lo fastidia todo. No respetan nada.

La cara del muchacho no se ha inmutado, la del padre esboza una sonrisa mal puesta, de macho inseguro, que vale tanto para la valentía excesiva como para la cobardía disfrazada. El niño nos tiene clavados los ojos, como si no le importara lo que grita el padre, sino lo que vamos a hacer nosotros. Cojo la correa del perro y me levanto.

—Hay que ser un poco respetuoso, ¿no le parece? —remacha.

Pienso en la ira rara que lleva explotando desde por la mañana, desde lo del limosnero hasta el tonto de la floristería, en el Turuta y los héroes, en el alfeñique con el crío gritando «analfabeto», y en que ahora sólo hay que salir de este jardín. No hay vergüenza, ni rabia, ni miedo, ni inquietud, ni confusión, ni compasión, ni desdén, ni asco, ni determinación, ni ternura, ni tristeza, ni derrota, ni humillación, ni cansancio, ni resignación, ni contrición, ni culpa, ni castigo, ni aceptación, ni resentimiento, ni iluminación, ni piedad, ni perdón, ni martirio, ni fragilidad, ni valor, ni prisa, ni melancolía, ni justificación, ni esperanza, ni fe, ni desesperación, ni crédito, ni consuelo, ni duelo, ni reloj.

Sólo trabar al perro y largarse con la cara del niño grabada, impasible y siguiéndonos con pupilas blancas de estatua.

En la plaza no aparece el peligro del que Jefe podría haberse zafado. Puede que no lo hubiera y haya sido un arrebato de amor, que los tiene. En la calle del Toro hay una ventana con letras recortadas y pegadas: NO A LA GUERRA. Están ahí por lo menos desde que vinimos, aunque deslucidas y cuarteadas como de diez o quince años. Son letras de fiesta, de Feliz Cumpleaños o Feliz Navidad, en rojo purpurina. Yo podría poner: «Hay quinientas especies de rododendro». También valdría para durar años.

Hay una mujer con una muleta y media pierna enyesada en la plaza del Alamillo. Da la impresión de que habla con alguien de la cuesta de Alfonso VI, escondido en la esquina. Se la escucha claro, pero no demasiado alto. Dice: «Si no quieres vivir conmigo, no vivas, pero decídete de una vez. Estoy cansada y ahora además coja. Aprovecha y vete. Aclárate por ahí con quien tú quieras, no te digo. ¿Es que yo te encierro en casa? Pero si lo que quieres es vivir en una pensión, para eso yo no sirvo». Suelto a Jefe, que cambia de acera y se endereza solo hacia la Morería y luego hacia el Viaducto, donde suele esperar. En la cuesta de Alfonso VI no se ve a nadie, pero la mujer no corta la cháchara soliloquio.

Jefe se ha echado a mear en sacos de cemento delante de un obrero negro. El negro no le dice nada, ni pone cara de disgusto. Le pego un grito y sale disparado, perdiéndose de vista. Al cruzarme con el obrero me disculpo, pero él no levanta la vista del saco bautizado, como si estuviera buscando algo más.

Por la Morería se siente a los coches bajo la arcada del Viaducto, es un ruido húmedo y oscuro, con olor a neumático y verdín. Hay camareras con camisetas de fiesta moviendo los cubos de la basura amontonados en las aceras, los locales vacíos de los bares nocturnos desprendiendo sofocones de lejía y desinfectante, también un aire ácaro de moqueta y de recoveco podrido, más una base de alcohol vertido en las tarimas y en la plancha reluciente de las barras. Caras alimonadas y ojos soterrados en el personal que se prepara para el trajín de clientela dentro de unas horas, algo cegados por la luz y efidios.

Olvidando la escalinata que baja a la carretera, se flanquea una ladera de hierba y alibustres, y se atraviesa el pasaje de una bóveda, pero Jefe no está ahí. A veces, espera al otro lado, como si jugara al misterio de verme aparecer. O peor, está royendo algún chusco suelto de la tribu sintecho, asentada en los contrafuertes de los pilares.

En el pasaje surge siempre el reluz de ese charco perenne, sea invierno o verano, que lo cruza como un riachuelo, aunque es agua estanca. Un destilado de humedad y bajantes, pero también un lagar de vino muerto, de desagüe íntimo de los ocho o diez propietarios de jergones, mantas pardas y embalajes que hicieron hogar. A esta hora hay una pareja de colchones con durmientes, mientras que el resto de piltras está apoyado contra las pilastras y techa las pertenencias remetidas en cajas y bolsas de basura y de supermercado. Pero hay una mesita de noche destartalada, un jarrón de plástico, una jofaina, el marco de aluminio de una ventana, una silla de enea coja, hasta un televisor, que se dejan ver en lo arrumbado. El mobiliario del amparo..., desdicho por los cascotes de botellas que escarchan un suelo de guijo y cemento.

Jefe no aparece. Al pasar bajo la bóveda se teme la tufarada, pero luego no hay nada. Ni el alcohol, ni el orín, ni el agua estanca, ni el moho apresado en los jergones, ni la ciénaga de los cuerpos sueltan la mínima huella en la nariz. Es como si lo barrieran y lo fregasen a conciencia varias veces al día y, aunque no llega a oler a limpio, tampoco huele a detrito. Cae, eso sí, una oscuridad estorada que hace de refugio de la luz endurecida. Quizá sientan lo mismo quienes viven aquí. Quizá ya estoy viviendo aquí y lo entiendo. Ya ha ocurrido todo. Y ya soy uno que se atusa el pelo en el reflejo del charco.

La mano dormida del estómago es sólo un recuerdo, pero es el cuerpo el que recuerda. Ya no asusta. Más bien es algo dulce. Y el pasaje también resulta algo dulce, el paréntesis de la paz de verdad. Elevado en un viaje de esferas que parten a otro universo con personas dentro. Se van las naves.

Me quedo un poco en ese lugar turbio, que no huele y que cruza un río, con señales de hogar y de mudanza, que tiene eco de llamada, una boca negra diciendo tu nombre en el canto del precipicio.

Y al seguir camino, en el arco de salida, la tarde brilla como contra una pletina, un espejo cegador, levanta las acacias de tres puntas del fondo del sendero como sombras gigantes y esfuma las laderas con rododendros de flores blancas y rojas, borra el ciprés un poco despeñado en mitad de la pradera, la sabina aromática emboscada más allá, la alameda del soto, los borra y sustituye por un paseo de sequoias hasta el cielo, el suelo mullido de hierba, los troncos cobrizos y una palpitación blanda en la corteza, un sitio en el que no he estado nunca, que quizá es imposible que exista, como durante tiempo pensé que no existían las amapolas blancas, pero dolorosamente acogedor, sí, duele y acoge, es una senda sin final o con un final que no se divisa.

Por donde llega la sombra escuálida de mi hijo, es una sombra pero es él, con Jefe a su lado. Vienen a un paso lento y también como si no pisaran el sendero tan mullido. Pero Jefe no es una sombra, es una lumbre de pelo dorado, que fulge y funde su contorno, todo ojos y hocico negro. A qué se presentan. Las figuras se acercan, pero empequeñecen. Estoy seguro de que están viniendo, pero también menguan. Como llegando para irse. Como cualquier despedida en la que quien está aquí, en realidad ya se ha ido, ya está transmutando ante la vista.

Ahora se detienen y giran un poco. No sé si para dar la vuelta o por un error en el trayecto. Quizá iban a otro sitio y acaban de darse cuenta. De hecho, era bastante extraño que vinieran hacia mí. Se volverán, como es lógico. Pero no se vuelven. Están firmemente quietos. El contraste entre la hierba casi esmeralda y los troncos cada vez más colorados, con las figuras más cercanas y al mismo tiempo pequeñas, detenidas a medio paseo, fulgura con algo de daño. Entonces la mano de Goro se alza y agita un aire de partículas de azogue, aunque denso, igual que si tuviera que empujarlo para poder mover la mano. Qué hace con la mano. No se distingue, tanta sombra y aura. Quizá si cerrase los ojos. Lo que pasa es que no puedo cerrarlos. Tengo que ver. Aunque puede que los esté cerrando abiertos para ver.

La mano se ha quedado a la altura del pecho, pero separada. Es nítido. No sé cómo no lo entendí antes, con lo claro que es el gesto. Con lo claro que es todo. Es un abanico que mete el aire en su pecho. Pero no abanica, es sólo que me está diciendo: Ven. Ven, padre. Ven con nosotros. Nos vamos, tú vienes con nosotros. No pierdas tiempo. Ven. Ven, porque nos estamos yendo.

Pero yo no puedo ir. No puedo despegarme del sitio. Y quizá no quiero. Prefiero ver cómo se van. Sé que no hago bien, sé que tendría que ir. Aunque no iré. No quiero seguir mirando a mi hijo y entonces empiezo a mirar a Jefe, que ya se ha dado la vuelta por completo, y que mira con la cabeza echada hacia atrás, en un reojo de súplica o de incredulidad, esas órbitas en blanco.

Después, veo que vuelven a andar, pero no para irse, sino en mi busca, cansados de esperar. Los troncos parecen de hematites y la hierba es cristalina. Cuando ya está delante, Goro sigue siendo una sombra. Siendo Goro con toda seguridad, sólo distingo el cable del mp3 cayendo de la oreja.

—Lo que tú quieras —dice—. Pero por lo menos llévate al perro a casa.

Me da la correa y yo me pongo a desandar con Jefe el camino por la Morería, luego, por la plaza del Alamillo, luego, por el jardín de Anglona, luego, por Jesús el Pobre, luego, estoy subiendo por nuestra travesía, aunque sin abandonar el paseo de sequoias hasta el final, lo que pasa es que no he encontrado el final y ésa es la razón de que siga en su busca, con Jefe tirando de la correa.

Cinco menos veinte

No hay final, pero se acaba. Se acaba con Virginia diciendo:

—No hagas caso a Goro. Ya me pagarás cuando puedas.

—Puedo pagarte —respondo mientras observo que hablamos en el pasillo de casa, la puerta del salón ha sido cerrada, porque probablemente Goro ya está trabajando en su mesa de borriquetas, junto al balcón, y la luz que llega a nosotros es una luz zurcida, como la que entra en una hora de siesta más adelante en el verano feroz.

—Bueno, vale. Lo importante es Goro. Se desespera, pero ya se le pasará. Tiene exámenes finales y a ningún estudiante le gustan. No hay que hacerle mucho caso.

—De verdad que puedo pagarte.

Se queda callada, cruza los brazos y aprieta los labios por dentro, aunque se nota fuera. Ha cumplido veintitrés años, pero su cuerpo de vara sabe lo que hay que hacer. Me pongo a mirar la cara de anfibio dulce, porque no sé qué decir y ella no quiere decir nada. Jefe se ha puesto en medio y mira intuitivamente a Virginia, olfatea su dominio de la situación.

—Ahora hay que pensar en Goro —dice a la postre—. Lleva un cuarto de hora con la frente apoyada en el libro, pero pienso esperar hasta que la levante. Si no te importa, hoy no me iré hasta que hayamos hecho todo. ¿Puedo ir a coger un vaso de agua?

—¿Le has preguntado si se ha tomado la pastilla?

—Se la ha tomado. Pero las pastillas esas no van a hacer las cosas por él. Ojalá, por lo menos, que él no piense que las hacen.

Virginia va a la cocina. Es verdad lo de las pastillas. Si Goro cree que son ellas las que hacen que apruebe, puede que se asuste cuando no le funcionan sólo porque llega el turno de su esfuerzo. Ha pasado su responsabilidad al Rubifen y entonces el Rubifen ya no es bueno, sino lo peor que puede pasarle a Goro. Virginia apareció el curso pasado, por un anuncio pinchado en el Champion. Y tal vez sepa más de Goro que yo, sepa más del Goro de hoy que lo que yo pueda saber a fuerza de sumar Goros de ayer, miedos y naufragios.

Hay un dilema entre la misionera psicóloga y el temor de Virginia y mi propia sospecha. ¿Y si en este justo momento las pastillas fueran lo contraindicado? ¿De verdad las necesita o lo que necesita para sostenerse es no necesitarlas? ¿Y si también le quitas al padre? Quizá volase ligero.

Virginia regresa con un vaso de agua.

Y enseguida estoy bajando escaleras. Se junta lo de su madre y lo de hablarle de las pastillas, pero eso es imposible para un único día. Los polacos han desaparecido. Las escaleras se elongan. ¿Cuántas veces las he subido y bajado ya? ¿Se suman las escaleras que uno anda en el día como se suma el pasado de la gente, de los hijos o el propio hasta volverse cansado, peldaños fatigosos cada vez que uno quiere entrar y salir de casa? A lo mejor, por una suma así, he llegado a lo de las pastillas. Tengo la sensación de llevar mucho tiempo calculando lo que a Goro le falta y lo que le sobra, la madre, el dinero, el tutor, las pastillas, los amigos, la confianza, el padre... Unas cuentas que también se elongan.

Alguien ha recolocado la tapa del buzón de la Mala con trozos de cinta aislante. Sólo puede haber sido ella. O quizá el presidente con tirolés. Aunque así es más llamativo el desastre, igual que es más llamativo el parche de un tuerto que la falta del ojo. Aún llevo el destornillador en el bolsillo. Repaso el buzón y la tapa vuelve a caer, con las cintas rajadas.

Los del andamio y la alarma Bastión siguen en el sitio, dale que te pego al cartel, como si fuera lo más complicado de todo. Es seguro que la luz de esta tarde brilla inesperada, como si en la misma jornada estuviera mudando la estación. Hay demasiada plata en el aire, como uno se imagina el fulgor en el Ártico o en Siberia, los pulmones abiertos del cielo sobre planicies. Podría ser ya el verano o su fin. La temperatura no es más alta, sólo una naturaleza resoplando, todo vive y respira con un aliento que llega a todas partes, un colmado de olores y colores y escanciados en el día de la tristeza más grande que toda esa naturaleza, que sin embargo la domina hasta el punto que la tristeza parece, sí, más grande, pero la naturaleza más fuerte. Es raro el sentimiento.

Hay clientes saliendo del Julián de Tolosa y haciendo corro de despedida, algún puro en la boca, trajes orondos y entallados. A esta hora la Cava es una torrentera de comensales hartos, yendo a los taxis de Puerta Cerrada o de Humilladero. La mayoría de establecimientos son restaurantes caros, de puertas biseladas con los pendones de las tarjetas de crédito, atravesadas por los negociantes, los directivos, los vendedores de postín, donde salpica algún mitrado y algún político en comandita. Más allá del trajeo y del porte, lo que de verdad llama la atención en esa gente es la piel, de púrpura o de olivino, a elegir. El color de quienes arrastran el exceso o el color de quienes se lo tragan como un sapo.

Y las suelas han rechinado sobre cristales. Es el lugar del coche asaltado y de la vigilanta. Han barrido, pero han quedado esquirlas invisibles. Así que otra vez llevo pisando cristales desde por la mañana.

Entre los sacos del escaparate diviso al semillero, el resplandor de la bombilla de la trastienda, enmarcándole. Está sentado ante el mostrador de caoba, ensimismado.

—Hjola, soldtadto. Vfienes a tiempo. Esto es Ararat. Oh, Ararat...

Hay un vaso estrecho frente a Avedissian, con un líquido cobrizo y una vena dorada. Relumbra igual que una píxide alzada.

—Te invfito.

—No sé qué es —digo, pero no es por aprensión, sino porque el estómago ha dado un aviso de vacío y advierte de la falta de colchón.

—Coniac armenio, el mehjor.

Ha sacado otro vaso igual y una botella de cuello flauta. El tic de Avedissian parece dormido, todo está tranquilo en la estancia. Una de esas calmas repentinas que hacen el mismo ruido que un accidente. Levantamos los vasos y en vez de brindis se ve una eucaristía.

—¿Fuiste a la muher de la terraza?

—Tengo que llevarle un presupuesto.

—Entonces, todto fue pien.

—Sólo hemos empezado a hablar. Ya veremos lo que pasa con el presupuesto.

—Io te aiudo. Vfenga.

—Ahora, no. He venido a por la dirección de Pan Bendito, que he debido de perder.

Avedissian hace un sonido con la garganta y con el vaso a la altura de los ojos, una especie de *hum,* pero largo.

—Ia pensapa que no te interesapa.

—Probar no cuesta nada.

La caída del coñac en el estómago, una garrapata resbalando por una pared lisa.

—¿Qué dtices?

—Que no cuesta nada probar.

—Dtijo del coñac.

—Parece bueno.

—¿Pueno? Tú no entiendtes de coniac. Es inmehoraple.

—Y es martes. ¿Te estás entonando para una noche loca?

—Oh, no. Sólo es Ararat.

—¿Es que tiene poco alcohol?

—Nadta de eso.

Da la impresión de que se ha quedado a mitad de frase. Tiene la mirada algo variable.

—Hjoy puedtes vfenir hasta tardte. Tenjo invfentario. ¿Vfale?

—Vale. Pero para qué quieres que venga.

—Ay, soldtadto. Para el presupuesto de la muher. La terraza, hjompre.

—Claro.

—Y para dtiscutir Menorca.

—Buena idea.

—Tal vfez vfenjas.

—Vendré.

—Hjaplo de Menorca. Miraremos las fotojrafías.

Se ha servido otro trago. Ahora ya asombra que el tic no aparezca. ¿El Ararat lo duerme? La abubilla que lanza picotazos al lomo se va convirtiendo en un galápago despatarrado, con una cabecita que sale para olisquear. Avedissian ha ido derramándose sobre el mapa de ríos de la caoba.

—¿Tú sapes por qué me vfoy a Menorca?

—Para escapar de los chinos.

Ríe, una risa de niño al que han pillado. Ahora sí ha vuelto el tic.

—No, soldtadto. No es por eso.

—Me lo vas a contar.

—No te lo vfoy a contar porque no lo sé.

—¿No sabes por qué te vas?

—Nadie sape. ¿Tú sapes? ¿Sé io cómo yejé hjasta Espania, por qué monté este nejocio, por qué compré la casa en Menorca?

Bebe el vaso de un golpe, posa el vaso y la mano queda flácida en él.

—Esta maniana encontré la pailarina.

—¿La pailarina?

—Esas zapatiias de muher, ia sapes. Io tuvfe esposa un tiempo. No lo sapías, ¿eh? Pueno, mushas cosas no las sapemos uno del otro. Cometas que se cruzan, eso somos, ¿eh, soldtadto? Pues esta maniana andaba io puscando en el trastero un redenio que tuvfe para pescar, porque vfoy a pescar en Menorca, y la pailarina saltó. Io no la encontré, eia saltó. Una pailarina azul que mi muher se ponía en casa. Se ponía las dtos, claro. Pero io no sé por qué hjai ahjora una. Tampoco sapía que estapa. Saltó como un tijre. El recuerdto es un tijre..., con todtas las jarras.

—Así que estuviste casado.

—Pensapas que no. Es lógico, con este cueio, el síndtrome malvfado. Pero sí estuvfe.

—Y qué pasó, si quieres decirlo.

—Sólo cáncer. Y la mala suerte. La suerte, te dijo siempre, es todto. Tuvfo un pulto en el pesho. Fuimos al dtoctor. El dtoctor era tonto. Diho que seguro era un quiste. Cuatro meses después era tardte. Eso pasó en Londtres y yo me vfine. La suerte me traho. Si la vfida la hjace la suerte, ¿por qué hjacemos nadta?

—Lo siento de veras.

—Hjay peores suertes, peores. ¿Conoces al hjompre de enfrente, al de la cordtelería? ¿Y te acuerdtas de aquel panadtero que hjace dtos anios se tiró por el Vfiadtucto, que dehó una pandeha con tartas en la caie y luejo se tiró? Pues te acordtarás que el panadtero no se mató. No se mató porque caió sobre una muher que sí mató. Era la muher del cordtelero. Y ahjora el suicidta está en la cárcel. Uno que se quiere matar acapa en la cárcel y así otro acapa vfiudo.

Avedissian vuelve a reírse, se detiene enseguida, uno de los picotazos.

—No es jracioso.

Pero luego dice:

—Sí, sí es jracioso. Es jracioso que io me vfiniera a Espania porque en Londtres hupiera un médico tonto, y ahjora quiera ir a Menorca porque vfienen los shinos. Es jracioso que el cordtelero vfiudo sija en la cordtelería y el suicidta en la cárcel sin suicidtarse. Entonces, ¿por qué hjacemos lo que hjacemos? A lo mehor no nos importa que tenja sentidto.

—O a lo mejor somos independientes de la suerte.

—Indtependtientes de la suerte. Puena idtea. ¿Quieres un poco más? Io sí.

Me parece que se está emborrachando. Un par de veces le he visto borracho, es una curda melancólica, digamos una armenia. Apuro el vaso a pesar de que está sentando como un tiro. Quizá me encuentro bien con Avedissian en este momento y por eso le acompaño. Y lo malo siempre parece que va a rendirse a lo bueno, el coñac dejará de ser la garrapata porque lo demás está bien. ¿Qué es lo que está bien?

—Sírveme otro poco —digo, y se le ilumina la cara.

Pero el local parece más nocturno y ahora la bombilla de la trasera no produce un resplandor, sino luz precisa.

—Conocí a un hjompre en Highgate, era vfecino, que cuando murió la muher se ponía los zapatos de eia para andar por la caie.

—¿Calzaban el mismo número?

—No sé. Sé que él ipa con sus zapatos, unos taconcitos, zapatos rohos. Andapa dtesdte casa al cementerio, para visitarla. Hhay un cementerio mui ponito en Highgate.

—¿Allí es donde está el cementerio romántico?

—¿Lo conoces?

—Nunca he estado, ni tú lo mencionaste. Pero me habría hecho ilusión saber que vivías cerca de ese cementerio.

—¿Por qué?

—Por la casualidad. Siempre que pienso en un jardín romántico, pienso en ese cementerio.

—Vaia. Y nunca hjas estadto. ¿Y por qué por la casualidtadt?

—La casualidad, ya sabes.

—Ah, eso es que hja ocurridto aljo. ¿Hja ocurridto aljo?

—Todavía no. A lo mejor encuentro empleo. ¿Qué pasó con ese hombre?

—Io pensé que se ponía los zapatos y andapa al cementerio porque quería sentir lo que su muher hjapía sentido al irse. El tránsito de esta vfida, sus zapatos. De todtas formas, poco después ia ipa con los zapatos a cualquier parte, al supermercadto, a la City, al parque de Kenwood.

—Qué cosas...

—Lo malo es que dtespués tampién se puso sus vfestidtos. Y a lo último se compró una peluca.

—¿Era un transformista?

—No, hjompre. Vfamos, no creo. Un dtía me lo encontré cuandto salía del tiub y le prejunté qué tal. Me contestó: Hjoy los zapatos me están matandto y esta faldta no compina musho. Io le dihe: Hjompre, quizá depieras usar tu ropa. Él contestó: La hje tiradto todta para que eia no la vfea cuandto vfuelvfe.

—¿Esperaba que ella volviese?

—No, no esperapa que vfolvfiese. Eia ia vfolvfía. Eia era él. O al revfés. Él era eia. ¿No lo entiendtes?

—Él se convertía en ella y cuando «ella» volvía a casa, como él no estaba, no quería que sintiese la pena de que él no estuviese. Igual que la pena que sentía él de que ella no estuviera.

—Claro, él era eia. Era él quien hjapía muerto.

—Una manera de resucitarla..., y cómo concluyó la historia.

—Nadta. Dtiheron que tenía Alzheimer. Un Alzheimer especial, porque al final no recordtapa nadta de lo suio, pero lo recordtapa todto como su muher. Los hjihos vfinieron y se lo ievfaron. No vfolvfí a vferle. Y tú pepes mui dtespacio. ¿No te justa el Ararat?

—Está bueno, pero voy despacio porque hoy he comido poco.

—Dtices que hjoi no hja ocurridto nadta.

—Que yo sepa, no.

Hace rato que el aroma de manzanilla y mentol del local es menos fuerte que el del coñac, que ha subido de la garganta a la nariz.

—La pailarina que salta, el cordtelero que sije con sus cordteles, el hjompre que se convfirtió en la esposa muerta...

—Sí, has contado muchas historias, Arto.

Otro trago, y adiós vaso. Se endereza, apoya los brazos en el mostrador.

—Fíhate en lo que dtecías...

—Qué decía.

—Que a lo mehor somos indtependtientes de la suerte.

—Ah, sí.

—Pues si somos indtependtientes de la suerte, entonces el sentidto es nuestro. No lo tiene el mundto, ni los hjechos. Lo iepamos nosotros y es para nosotros. Da ijual lo que pase.

—Intento seguirte, no creas.

—¿Qué más da lo que ocurra? El sentidto está adtendtro de nosotros, como el alma. Es el alma que Dtios nos hja dtadto, aunque io no creo en Dtios, pero ahjí sí creo. Si uno hja perdtidto las cosas y sije hjaciendo cosas, es porque nos quedta el sentidto del alma. Eso es un ser hjumano. Pero si sólo conoces tu desjracia, entonces eres sólo un desjraciadto, no un ser hjumano. El ser hjumano ievfa aparte el sentidto del alma.

—Muy bien, Arto.

—Oh, ríes.

—No, no río.

—Piensa entonces en el cordtelero, en el hjompre de Highgate, en mí...

—En mi jardín no hay tanta gente.

—Claro, io no conozco tu hardtín. Iépame un dtía a tu hardtín, soldtadto.

La oscuridad con una bombilla, el alcohol sobre la manzanilla y el mentol, estas palabras que se abrochan en el pecho, el cuerpo pesado de penumbra, de coñac, todo anuncia que el día sucumbe, que se acabará deprisa si alguien no hace algo. Y sin embargo, queda mucho día. Queda una barbaridad de día y más si se piensa en lo que hay que hacer aún, en lo que aún no ha empezado. Lo normal sería ir derivando hacia la cama, dormir y esperar otra amanecida. Pero la realidad es que son las cinco de la tarde y habrá que vivir lo que resta, tanto si uno está dispuesto como si no. Las horas son gendarmes, llevamos reloj de presos.

Ahora viene la prisa. La verdad es que no la tengo, pero ojalá la tenga, me incorpore. Habría que salir de aquí.

—La dirección de Pan Bendito...

—En esta tarheta... Tienes Metro. Vfete en Metro. Prejunta aií, creo que es fácil.

—Pues allá voy.

—A lo mehor te hja apurrido la convfersación.

—Al revés. Me ha sentado estupendamente. Igual que tu coñac.

—Tú no sapes mentir. Esa camisa tiene la mansha.

—Es agua.

—¿Todtavfía es ajua?

Cuando doy la espalda a Avedissian, la calle se recorta con otro fogonazo como el del pasaje del Viaducto, en el marco del escaparate del semillero, entre los sacos y los cartelitos hundidos en el grano. Pero al salir, la calle se apaga un poco. Quedan, deambulantes y medio pesarosos, algunos manducones de sobremesa larga, pasados de digestivos, que vuelven y no vuelven a su oficina. Son quebrantahuesos que dejan a la espalda un novillo rebañado.

Esta mañana la Cava era una calle filarmónica, con los ruidos frescos de los pájaros, los balcones y los transeúntes, pero ahora el color membrillo y siena viejo de las fachadas se levanta a los lados como el paseo de sequoias jaspeado por donde, desde el final de la calle, podrían aparecer otra vez Goro y Jefe.

El coñac en el estómago es una aceña. No revuelve demasiado, sólo se nota. La cabeza va bien, lo único, que al cuerpo le ha brotado una clámide destemplada, de minúsculas gotas frías que enrarecen el calor que puede percibirse afuera, y que a esta hora parece un ave posada, las alas extendidas. No, estoy bien. Tanto, que me apetece un cigarrillo, que no llevo encima. Cosa curiosa, sólo recuerdo el que fumé esta mañana. No ha habido más. Y lo lógico hubiera sido que hoy cayese media o una cajetilla. *Qué va a ser de mí si a ti te pasa algo.* Pero qué más da, ya. ¿No daría igual? Aunque también el tabaco es lo que da igual, una droga que da igual. Fumar sólo sirve para fumar y matar el mono, no ayuda a nada, no cambia nada. Es mentira que relaje o que excite o que concentre, sólo sirve para que te veas fumando. A lo mejor ésa es la verdadera adicción: que te veas fumando, o sea, que te veas. Y a lo mejor por eso no he fumado en todo el día, no sólo porque diera igual, sino para no verme, no verme aquí haciendo lo que hago, el cigarrillo autorreflectante, yéndome de lo que tengo que hacer, perdido de cualquier plan, imaginando oportunidades. Lista de cosas que son como los cigarrillos, que dan igual, pero donde aparece tu cara: los planes perfectos, los tiempos muertos, la conversación con uno mismo, la rutina, Bai Yu, el local de Avedissian, la madre de Goro, el mal de Goro, la pena...

Se cruza una caja de tomates raf a seis treinta el kilo, junto a otra de judías verdes a tres ochenta. Lo de dentro es la frutería exquisita del barrio, con los fruteros de bata azul y las calabazas de concurso. Y así pienso de pronto en el dinero que llevo en el bolsillo, incompatible con los tomates raf y las judías verdes, y noto que me expulsan de la frutería, me van echando a Puerta Cerrada. Dos con treinta. El billete de Metro cuesta un euro, de manera que cuando vuelva de Pan Bendito llevaré treinta céntimos en el monedero pellejo de Goro. ¿Por qué estoy yendo a Puerta Cerrada? Tendría que haber torcido hacia la calle de Toledo, en cambio, he continuado. Un rodeo o un despiste de saber que cuando vuelva de Pan Bendito habrá treinta céntimos contados en el bolsillo. A la vuelta muchas cosas estarán tocando a su fin. ¿Y a qué hora será eso? He quedado con Carna a las siete y media.

Cinco y veinticinco

Delante del bar sin nombre que hace chaflán, a medio camino del quiosco del ciego, hay una piña de gente. Pero no parece que suceda nada. Sólo están ahí quietos, esos brazos alicaídos y esas cabezas que se ladean como si intentasen mirar por una cerradura. También el sonido de algún murmullo como el de radio desintonizada. Mientras, las cosas parecen aceleradas por fuera de la escena, los peatones y los coches, los pájaros buscando rama y hasta los rayos de sol, tempestad.

Se distingue al ciego, el sombrero y los bigotes de vaquero de película, impávido. Mira hacia el quiosco, pero muy tieso, más alto que otras veces, el bastón plegado y empuñado a la altura del muslo, retrato de un mariscal de campo. De hecho, da la impresión de que está en pose y que los demás le hacen de menina o lo retratan. Entre ellos, el camarero rellenito con la perilla disfraz, que por la mañana estaba contento y descontento con el verano, y que ahora es el que más mira por la cerradura invisible.

Me acerco con cierta precaución, como si hubieran embromado la escena y nada más entrar en contacto surgiese la mofa.

Cuando ya me he colocado con los demás, nada cambia, ni se averigua nada. Es como haberme añadido a un corro que consiste en que la gente se vaya añadiendo al corro. Luego, se sumará otro individuo y así hasta que la gente o los del corro se cansen, y al final se dispersen por la misma razón por la que se han juntado.

El camarero contradictorio acaba diciendo:

—No sabemos qué hacer. No quiere entrar en el quiosco.

—¿No quiere? —pregunto, sin entender.

—Salió del bar y se quedó parado aquí, tal como está. Al cabo de un rato, ya nos preocupamos.

—¿Mucho rato?

—Lleva así más de media hora. Hemos llamado al Samur. ¿Y qué nos han dicho? Que le empujemos un poco a ver si funciona. Yo he sido el que más le ha empujado, pero no ha hecho efecto. Y tampoco habla. Es como si se hubiera quedado de piedra.

—¿No quiere entrar en el quiosco?

—Ni tampoco recular. Yo creo que le ha dado un yeyo, y como no vengan a llevárselo, aquí echa raíces.

Al ciego sólo le he visto moverse del bar al quiosco. A veces también lo trae una mujer en coche y no se despiden. Pero entre la portezuela del coche, la del bar y la del quiosco estarían sus trayectos. Y los trayectos pequeños se vuelven cada vez más pequeños. Hasta que uno se inmoviliza. Como una cosa natural y lógica, un enanismo de la distancia. Y yo voy a Pan Bendito, a salir del hortus dorado tras mucho tiempo.

Me he marchado, me marcho por la acera de los alibustres de California, porque he quedado con Carna a las siete y media y entonces tengo prisa. Goro habrá levantado ya la cabeza del libro, quizá porque ha escuchado la puerta al salir, la puerta por la que he salido. Del ciego he saltado a las acacias cuando llueve y a ese charco de cobre que dejan en el alcorque de granito de la ciudad, como si sangraran, puede que las sequoias sean árboles sangrantes pero de sangre seca. Y el Ararat, otra sangre. El ciego parado y soltando sangre, seca o no.

El tarado no está delante de la floristería, así que me alegro, ahora no sería capaz de enfrentarlo, casi no puedo ni imaginar por qué pasó lo que pasó al mediodía, ni tampoco lo que pasó con el hombre que me llamó analfabeto en Anglona. Es como si me hubiera vuelto cobarde a partir de un gozne, la ira de la mañana fuera apenas el ardid de una cobardía.

En la tienda Lobo han colgado un cartel que dice: CORDONES ANCHOS DE COLORES. El establecimiento rebosa, es difícil saber si por los cordones anchos de colores, tampoco sé cuándo colgaron el cartel. El coñac sigue vivo en el estómago. Goro con la cabeza en el libro, Avedissian se va a Menorca, el ciego se ha quedado de piedra, los cordones anchos de colores llenan las tiendas, yo voy a Pan Bendito, los alcorques de las acacias se ensangrentan cuando llueve...

Otro cambio frente al Champion, otro dengue. ¿Y si saliera el encargado magrebí, ya repuesto y peleón? Saldría corriendo. Quiero decir, yo. Pero lo que ahora corre de verdad viene en dirección contraria. Es una tribu batusi, avanzadilla, con las capas al viento, aunque no a la espalda sino colgando de la mano. Corren mirando hacia atrás y frenando de golpe, a trancas, sin que se aprecie el motivo. Tres o cuatro han pasado a toda velocidad, sorteando como pumas a los peatones. Son negros de veintipocos con varias manos de betún, lustrados con ganas, las dentaduras iluminadas, bambas nuevas. Es una carrera silenciosa, jaleada por algún grito de mujer que avisa como una sirena, aunque ahogado y algo incierto, como suele ser el sonido de alarma en las ciudades, donde en mitad del ruido es la sordina y lo indescifrado lo que advierte de que algo está pasando.

Hay una calma de segundos y, pronto, otro remolino. Ahí llegan. Y ahí frenan. Algunos llevan la manta en una mano y una bolsa de deporte en la otra. Otros han hecho un hatillo y lo transportan por delante, como agarrando un testigo de contrabandista. En las caras de los muchachos negros hay tranquilidad y atención. Miran hacia atrás o miran hacia delante, nunca a los lados, en su mundo de direcciones alternativas. A lo mejor por eso da la impresión de que ahora pueden irse, pero también de que volverán. Lo que hay más allá, lo que les hace irse es algo tan natural y tan violento como la crecida de un río o la aparición de una fiera. El río volverá al cauce y la fiera pasará de largo, tarde o temprano.

Vuelve la carrera y acaban por desaparecer, levantando en la tarde de junio un polvo invisible, una electricidad que circula entre los cuerpos y que los comunica, como si todos los que pasaban por esta calle por casualidad se hubieran reunido por alguna razón, igual que el ciego, parado, hizo reunirse a los que creían que sólo pasaban por allí.

Una pareja de policías municipales jóvenes cruza tranquilamente por Fiestas Paco hablando sobre algo que les divierte, un poco críos, indiferentes a la estampida que han provocado.

Una *yoncarra,* que acostumbra a merodear por la boca del Metro, mayor y desdentada, pantalones pitillo y cazadora de cuero, se les echa encima aleteando como las grullas:

—¿Passa, passma? ¿Al alcalde no le mola el top manta? Cabronazos. Vive y deja vivir. Dejad a los negritos en paz, que para eso han venido en patera. A vosotros os echaba yo al mar. Viva el top manta, maderos.

Los municipales hacen como que no la ven, pero cesan en la conversación. Se han envarado, ya no son dos chavales haciendo un turno, sino dos uniformes almidonados, la autoridad en persona.

La zumbada continúa pinchándoles, hasta que uno de ellos le suelta:

—Vamos a llevarte por delante, mamarracho.

Lo ha dicho el uniforme, el uniforme pegado a la cara de chaval, una gran dureza.

En la escalera de la boca del Metro se establecen algunos vagabundos alibustres, con litronas de Coca-Cola y cartones de vino, pidiendo cigarrillos o céntimos a los transeúntes. Hay un muchacho de veintitantos, con barba larga, abrigo de invierno, al que se ve mucho y que tiene la mirada despierta de alguien que podría escapar del remolino. También hay un tipo con aspecto de leñador y lentes dorados al que a veces rodea un grupo de alumnos del instituto, para escuchar andanzas. Goro habló un día de él y dijo que era un hombre sabio, porque no trabajaba. En el último trecho, un anciano repeinado y con un blazer descolorido limpia con una brocha las juntas de los peldaños como el que barre su casa.

El pasadizo es un túnel blanco y bajo que después de más túneles lleva al remoto Pan Bendito, mientras Goro intenta levantar la frente del libro, Avedissian levantar la píxide de coñac armenio, el ciego levantar el pie, los negros del top manta levantarse del suelo cinco manzanas allá, los municipales levantarse a la *yoncarra,* y en cambio aquí es todo para abajo y distante. Esta mañana se llegó hasta Tirso de Molina, hasta el Lidl y eso ya estaba bastante lejos, en el límite. Pero ahora es como tener que despedirse, fuera un gran viaje dejando todo atrás, la espalda con el aire frío del adiós, a punto de dar la vuelta por pensar que estoy abandonando a Goro con la frente en el libro, por miedo a no volver.

Quizá nunca haya ido tan lejos en estos años, tampoco me he dado cuenta de que no salía del hortus dorado.

Aparecen pasajeros que desenfundan móviles, niños con mochila que tiran de los padres o de cuidadoras inmigrantes, muchachas que ventean la blusa sudada, se deslizan zapatos sobre baldosas y después, el primer soplido de aire químico, ese cóctel de la profundidad hecho por el acero, los cables, el anhídrido, las bielas...

Tras los batientes está el plano que señala la línea 5 hasta la estación de Oporto, la Circular hasta Plaza Elíptica y la línea 11 hasta Pan Bendito. No son muchas estaciones, pero en comparación sí son muchos transbordos. Y eso hace que Pan Bendito se distancie un poco más.

En la cola de la taquilla con el euro en la mano, quedarán uno con treinta, hay un bloqueo. Pasa algo con una muchacha vestida con la sudadera azul eléctrico y verde eléctrico de los vigilantes de aparcamiento. Queda un hombre por medio y no lo entiendo bien. La taquillera es una morena inflada, cuarenta y pocos, con el pelo escarolado, de esos amorfos ni siquiera gordos, sólo carnes colgajo. Está hablando, pero mira para abajo. Y al mover las manos recuerda a esas personas en trance que mantienen una discusión con alguien imaginario, pero convencidas de que hay cosas que decir en ese momento, de que se las tienen que decir al ausente.

El hombre de delante pregunta qué sucede, y nadie le contesta. Se va de la cola a las máquinas automáticas. Ahora las palabras de la muchacha están claras, implorantes:

—Pero yo tengo que ir a mi casa. Y ése es todo mi dinero.

—No puedo hacer nada —dice la fofa, párpados corridos, hablando con su fantasma—. Me he confundido con la zona del abono y no puedo darle el billete ni devolverle el dinero. Le faltan doce euros, si me da los doce euros, entonces le doy este abono.

—Pero si es usted la que se ha confundido...

—Ya, eso se lo he dicho yo.

—Y qué hago...

Gira la cabeza hacia los batientes, como si fuera a huir, y reconozco esa cara, el cansancio compasivo, la pequeñez..., en la vigilanta de por la mañana, la del coche asaltado, los cristales en el suelo. No se vuelve y no llega a ver al que está detrás.

—Y es que además yo no tengo los doce euros, no tengo nada... Y tengo que ir a Carabanchel, tengo que ir a mi casa, ¿no me comprende?

—Saque un billete sencillo y mañana vuelva y ya estará arreglado.

—No tengo ni un euro, le he dado todo mi dinero... Deme usted el sencillo, por lo menos.

—Yo no puedo hacer eso, fíjese si tuviera que hacerlo con todos —es increíble que no alce los ojos ni un segundo.

—Pero ¿a usted qué le pasa? Se ha equivocado usted. ¿Qué tiene que ver con hacerlo con todos?

—Señorita, consiga un euro, no veo que sea para tanto.

—Devuélvame mi dinero, por favor —y es casi un llanto.

La niña compasiva llorando frente a la fofa, frente a la funcionaria con trabajo de por vida, la compasión imposible. Arrancarla del asiento, tras hacer estallar la ventanilla, como estalló la del coche que la muchacha pequeña se quedó guardando, y hacer que se coma todos los cristales para que no quede ninguno en el suelo, no haya que pisarlos. Y a la vez el miedo reciente. La boca está sellada contra las palabras que deberían salir. A lo mejor, miedo también a este viaje, con Goro detrás con la frente en el libro, todavía.

La chiquilla se ha emplazado. Sólo una mano se alarga y apoya en el mostrador, luego, se suelta como los náufragos de la tabla cuando las fuerzas ceden, a la deriva infinita. No la recordaba tan corta de estatura, ni tan poquita cosa, dan ganas de cogerla de esa mano que se ha soltado y llevarla escaleras adentro hacia los vagones directos a Carabanchel. Nadie a quien llamar, ninguna confianza en conseguir un euro, atascada, y lo peor, no poder llorar ni desesperarse del todo, gritar, enloquecer, pegar, porque seguro que conoce esos resultados y de lo poco que valen, alguien que hubiera aprendido que la desesperación loca es sólo un juego para los que confían en conseguir lo que quieren y que no sirve para quien no lo consigue nunca. Alguien que no se fía de la locura ni de nada, que tiene que estar alerta para llegar de Carabanchel a su trabajo y de su trabajo a Carabanchel, y en Carabanchel no hay nadie, y en el trabajo, coches de ricos a los que pulverizan ventanillas y que ella se queda celando, *a los que tienen se les dará y a los que no tienen, aun lo que tienen, se les quitará...*

—Yo te doy el euro —digo.

La muchacha mira al que acaba de hablar, pero sin verle.

—No, muchas gracias. ¿Cómo voy a cogerle un euro? —y se da media vuelta.

La cola se ha hecho grande. Ella no se aparta, tampoco habla. Voces, por detrás. Sé que no se aparta porque quiera insistir o rebelarse, sino porque le han hendido un revés injusto y absurdo en algo tan sencillo como pagar el abono de transporte. Tenía el dinero, el dinero exacto, pero no le dan su billete y no puede ir a ninguna parte, y todo eso por nada, todo eso mientras ella lo ha hecho todo bien. Hay calamidades y luego están las que vienen solas, esas pequeñas, únicamente para cebarse. ¿Quién puede no llevar un euro de más en la cartera? ¿Cuánta gente en esta cola, incluso entre los vagabundos de la boca del Metro, no lleva un euro en el bolsillo? Ella, nadie más que ella. Que lo ha hecho todo bien, que ha echado bien las cuentas, y que lo hace siempre así para poner límite a la calamidad. Lo que pasa es que luego están ésas, las pequeñas calamidades, las que vienen solas, con las que no se puede contar ni echar cuentas.

—Tiene que irse de la ventanilla —dice la fofa, levantando la vista por vez primera.

—Coge el euro —digo yo.

—No me obligues —de pronto, el tuteo de la funcionaria, el despoje de la dignidad del infractor, del pobre— a llamar a los de seguridad.

—Coge el euro —repito.

La muchacha, sin volverse por completo, coloca una mano limosnera. Es sólo un momento que graba aquella mano extendida de piel sacra, los montecillos blandos y las arrugas de encaje.

—Se lo agradezco mucho —murmura.

Toma el billete que la fofa arroja por la ranura y se marcha escrutándolo, como si desconfiara. Pillo el mío y ando hacia los tornos. Ella acaba de pasar la barrera y da la impresión de que remolonea, como si esperase. Puede que espere al que le prestó el euro, el sentimiento de que todavía le debe una explicación o al menos alguna compañía. Pero continúa sin echar la vista atrás.

En la primera escalera hay quizá ocho peldaños entre los dos. El rodamiento suena como el rasguido de un ensobrado, al final haciendo un resoplo que no llega a silbar, como en los labios de un niño que lo intenta. Si ella hiciera un gesto o yo notara una señal, creo que me acercaría. A lo mejor le gustaría que de todas formas me acercara. Ya aceptó el euro, puede que no se atreva además a pedir que me acerque.

Y qué haría yo yendo. Un tipo mayor aproximándose porque le ha prestado un euro. Ella tiene su vergüenza, cada cual, la suya. Un euro no es bastante, aunque ella no sabe lo que es ese euro ni de qué vida sale. Entonces me acercaría y se lo contaría, de modo que ya podríamos lanzarnos los dos a llorar. Los tristes no se juntan, pero los tristes sin escapatoria, menos. La gente se junta para contagiarse, lo que no se sabe es qué se contagian dos que están en las mismas.

Se rebasa un esquinazo y segundo tramo de escalera. De pronto, está a cuatro o cinco peldaños. Eso vale ya para una aproximación casual, para esos peldaños instintivos que se bajan sin querer cuando uno desciende por una escalera mecánica. Todo el mundo lo hace. Lo que pasa es que si no se quiere de verdad o se ignora para qué, qué hace uno luego encima del otro, allí pareado, peor aún en el silencio de haber caído por casualidad y no por motivos. Es como cuando te despides de alguien, que le dices hasta la próxima semana y lo encuentras un cuarto de hora más tarde en el bar de al lado. A nadie le gusta ese trago.

Al pie de la escalera, se aposta una cantante con guitarra, talludita y quizá hippy, un par de flores en el pelo y un vestido camisón, medio marengo o únicamente viejo. Canta: Ven, ven aquí, cobija tu pena en mi hombro una vez más, y ven, si todo va mal, si sientes que algo se rompe dentro de ti, sí, ven aquí, dame tus manos vacías, las juntaré con las mías...

La hippy sale al encuentro de la muchacha, que le hace un regate de huida, sorda a la pena que la otra canta lo cierto es que poniendo un empeño desgarrado, como si de verdad fuera con ella, con lo que le esté pasando, y se hubiera enmascarado de cantante de Metro sólo para desentrañarse.

También la esquivo deprisa, porque pienso lo mismo que la muchacha vigilanta, que todas las canciones son la misma y que todas sirven para cualquier cosa, que uno aprovecha para colocar ahí sus ganas de llorar o de brincar. Esa canción serviría para nosotros, y también para una desgracia de amor, y para un consuelo cualquiera, y para una enfermedad o por haberte cogido un *ciego* que te mueres. También es que hay una linde de la vida en que más allá ya están cantadas todas las canciones, y no resistes que se sigan cantando.

La rapidez mayor de la muchacha ha abierto hueco, torciendo por el pasillo de la derecha. Ha cogido marcha de repente y vuela hacia el andén, quizá porque ha estado aguardando y no ha llegado nadie, sólo la hippy con la canción a la tapia de los oídos.

Otro recodo, y la ascensión de escalinata. Enseguida se escucha el fragor de un tren tupiendo la estación, el chirrido de los frenos, el gemido de las vías, todo compuesto como un largo aviso. Si escuchas bien, resulta un *ay* quejoso y suspirante escondido en el estrépito.

Se abren las compuertas de los vagones y ella se mete. Entro por una a la izquierda al mismo vagón. Me ha parecido que no debía entrar con ella, igual que antes me ha parecido que no debía acercarme.

No se ven asientos libres. Hay mujeres con escolares de uniforme y mochilas con ruedines. El azul eléctrico y el verde eléctrico saltan al fondo. Me sujeto a la barra. El tren arranca. Al otro lado, tres marroquíes hablan en voz muy alta, unas bolsas de deporte entre los pies. El vagón va lleno. Las caras de los que viajan sentados tienen un cansancio reconcentrado, como si mirasen un paisaje en miniatura. Hace un calor de sauna, sin aire acondicionado. El sudor forma sobaqueras, diademas en la frente, bigotitos. Aunque nadie protesta, la temperatura de una gran resignación de cuerpos que pueden soportar todo, ni un suspiro. Quizá porque vamos hacia barrios del sur, de gente que arde, ya ha ardido en suficientes calderas como para incomodarse por un rato de parrilla, ahora que les devuelven a casa.

La cara de la vigilanta ha quedado libre. Lleva la nuca apoyada en la contrapuerta, mira al frente con ojos bovinos, encontrando al fin un punto de reposo. Es la cara de alguien ante un prado fresco, arboledas.

Parada en Puerta de Toledo. Bajan más de los que suben. Por las compuertas no ha entrado una brizna de aire. Entre los que llegan hay una mendiga vestida con una chaqueta de chándal brillante, una falda larga de flores, calcetines gordos, en los huesos, una criatura en los brazos envuelta en yute. Mientras se aproxima desde una puerta más allá se escucha un bisbiseo y quizá se distingue la punta encarnada y afilada de la lengua. El cuello serpentea. Dice: «Señor, soy una jovencita con una niña pequeñita, que no tiene para comer. Señor, por favor, le pido una ayudita pequeña».

También a las mujeres las llama «señor». Y todos esos diminutivos, jovencita, pequeñita, ayudita... Pronuncia la jaculatoria y encoge, encoge hasta la criatura envuelta en yute, extrañamente reventona y sonrosada, un fruto glorioso en brazos de la mujer en los huesos.

El montaje es burdo, pero el sitio en el que toca a las almas cansadas de los barrios del sur ha sido mil veces comprobado. No funcionaría unas pocas estaciones atrás, ante gente más segura y despierta, aún con fuerza para interpretar las cosas, deseosa de interpretarlas, que se pasa el día interpretando para poderse decir a sí misma lo que interpreta y contarlo después. Y para quedarse al margen de las compasiones, porque para sentir compasión también hay que sentir fatiga, estar de regreso, querer llegar pronto al descanso.

La mano de la mendiga apuña monedas que van a una faltriquera bajo la chaqueta. Es un gesto de tahúr, visto y no visto.

Ha pasado por delante y ahora ronda por la zona de la vigilanta. Se ha parado frente a ella, insiste. Antes contemplaba un prado fresco y ahora la han puesto ante un recién nacido, mientras escucha la letanía de «señor», «pequeñita», «ayudita»...

Y entonces la vigilanta ha girado lentamente la cara, como si tuviese mi atención cogida de un bramante, y ha ido dibujando despacio una sonrisa, una sonrisa que la ha desfigurado, que ha contrahecho el rostro limpio y compasivo en una mueca que no se entiende, como si me llamara y al mismo tiempo advirtiese de que no puedo ir con ella, que no sé nada de lo que pasa por su cabeza.

Al desviar la vista aparece un periódico gratuito extendido en unas manos. En los rectángulos de papel asoma la mueca de la muchacha. Puede que al no saber nada de su sonrisa, fuera simplemente la suya, ni retorcida ni especial. A lo mejor hasta era transparente y decía: Fíjate, tú que has tenido que prestarme un euro, a quién viene a pedir la limosnera. Lo cierto es también que la risa y el llanto, la sonrisa y la pena, son lo diferente de las caras, que así sacan el demonio que llevan, ni bueno ni malo, nada más que el demonio de cada uno... ¿Hoy he reído o llorado? ¿Alguien me ha visto?

Y mientras el pensamiento traquetea, rechinando en las vías, cruzado por gañidos de cable, más el silbato que separa la oscuridad de los túneles de las estaciones alumbradas, en el periódico gratuito que no estaba leyendo hay letras en tinta simpática que dicen: «Ellas son expertas en levantarse con el pie izquierdo», «Huelga de hambre en plenos festejos de Alonso», «En Inglaterra ya hacen billetes a los ex futbolistas»... Encadeno las frases como si la que sigue pudiera aclarar la que precede, aunque al final no hay forma de comprender. Y sin embargo continúo en la lectura hasta su ofuscación, una resbalera de frases donde las palabras son reconocibles, pero sin manera de atarlas, de que signifiquen algo. «Hoy me he levantado para decirle a mi hijo que tiene que marcharse con su madre. Luego, no lo he hecho. Luego, he buscado trabajo. En este momento estoy buscando trabajo. Persigo la última oportunidad. Aunque he prestado un euro a una vigilanta compasiva, me he gastado otro en el billete y ahora no tengo dinero para volver. Si me presento para el trabajo, regresaré andando. La diferencia entre un euro para el billete y mis treinta céntimos restantes es de setenta céntimos de euro. La vigilanta consiguió su euro. Yo sólo tendría que conseguir setenta céntimos. Ella pudo. Tendría que llamar a la madre y decirle que llevo todo el día pensando en ello y ya puestos que me preste un euro. Con treinta céntimos se puede llamar a la madre. Me presentaré al trabajo, llamaré a la madre, pediré mi euro. También podría llamar al hijo con los treinta céntimos y decirle: Oye, Goro, tienes que irte, vete ya, ¿no me estarás esperando sabiendo que tengo que regresar andando? Aunque cuando quise hablarle en los percebes, estoy seguro de que hizo trampa. No puedo recordar cuál. Pero muchas veces, recordando aparece lo que pasó, así como muchas otras lo normal es que no pase nada mientras está pasando lo que después hay que recordar para saber. ¿Qué hizo Goro cuando yo iba a contárselo para que no se lo contara? Podría haberle dicho a la vigilanta que necesitaba el euro para volver. Claro que eso significaría que yo sabía ya en ese momento que me quedaba sin dinero para volver, cuando lo cierto es que en el momento en que se lo daba no estaba pasando que yo me quedara sin dinero para volver, sólo se lo estaba dando. Hay mucha tontería en todo esto, ya que bastará con que le pida setenta céntimos al hombre de Pan Bendito, el que engañó a los paisanos con bolsas de supermercado llenas de dinero y que cuando creían timarle, él timaba. Si bien pedirle setenta céntimos será extraño. En cambio no lo sería pedirle un adelanto, dependiendo de que me ofrezca el trabajo. Lo que ignoro es si resultará más fácil pedirle setenta céntimos cuando no me dé el trabajo o pedirle un adelanto cuando nos pongamos de acuerdo. Por eso he pensado que llamar a la madre de Goro tiene un sentido, y hasta un doble sentido, siempre y cuando el doble sentido no sea una total falta de sentido...» Sí, puede que al fin y al cabo los titulares de este periódico gratuito, «En Inglaterra ya hacen billetes a los ex futbolistas», «Huelga de hambre en plenos festejos de Alonso», «Ellas son expertas en levantarse con el pie izquierdo», lo que quieran decir es precisamente lo que he estado pensando, porque todas las frases, incluso las que no se entienden, significan algo.

El periódico acaba de irse por las compuertas abiertas. Es la estación de Marqués de Vadillo. En el lado de la vigilanta, la vigilanta ha vuelto a caer en su visión, la cabeza contra el cristal. Pero en la contraesquina se ha dejado caer también la mendiga con el niño, aunque con el aura cambiada, cuando se supone que debía saltar de vagón y continuar con los diminutivos en boca de serpiente. Como si le hubiera entrado una paz repentina, redondeando la carne, los ojos a lo alto, como una Piedad palestrina. Puede que se esté tomando un descanso o que haya llegado la hora del cierre. Jornada rematada, el cuerpo pidiendo relax. Y también parece regresar a su edad, porque ahora no se le echan más de veinte años y antes podía ser una mujer de cuarenta. Está mutando. El temor de la serpiente con sus golpes de cuello, la mendicidad acosadora, el siseo envenenado se transforman en una cría con un crío en brazos, en una cría que además anda por ahí con la faltriquera repleta de monedas, en la que seguramente hay muchas veces setenta céntimos. La mirada se desliza sin querer hacia ese bulto bajo la chaqueta brillante de chándal, es difícil que pase inadvertido en ese cuerpo con gesto de Piedad, saqueable, indefenso. Sólo hay que acercarse y tirar de él. ¿Cuánto habrá? ¿Veinte euros, treinta? Yo podría volver a casa, comprar cena.

Cena... Si vuelvo a casa necesitaré entrar con cena por la puerta. En cambio, si no vuelvo, no habrá necesidad ninguna de cena. Puedo quedarme días en el Metro o puedo salir en Pan Bendito y seguir caminando hacia el sur, por ejemplo para esperar a Avedissian en Menorca, allí nos juntamos y celebramos la casualidad. Hasta este momento no había pensado en la cena. Necesito mucho más de setenta céntimos si quiero volver a casa, si quiero entrar por la puerta. Lo otro es llamar a la madre, decirle: «No puedo volver, tenía pensado volver pero no puedo, así que lo mejor es que vayas directamente a recoger a Goro y ya le cuentas tú lo que haga falta o te parezca, ¿no te importa?».

¿Puede quedarse la mendiga en el vagón donde ha estado pidiendo y dejar de ser mendiga? Más lógico sería haberse ido a otro y empezar allí su nuevo tiempo de persona corriente, sin nadie que la recordase. Si le hubiera dado dinero, le pediría que me lo devolviera. Se supone que un mendigo es mendigo todo el día, que no puede parar de pedir por lo mucho que lo necesita, que sabe que mañana necesitará más. Pero si cesa, es porque ya ha conseguido lo que busca y porque el día de mañana no le asusta. Eso entonces no es un mendigo, es un profesional especializado en una actividad solicitada, en auge. Dentro de poco se irá adormilando como las caras de los empleados en los asientos, cada vez más aceitunadas y embotadas, expulsando el cansancio a través de vesículas que se forman bajo los ojos, en labios, mejillas.

Hace rato que el tren se ha ralentizado. Lleva un paso de tartana, como el del circo. Con la lentitud, el bochorno arrecia. Pero, como antes, a nadie parece molestarle. Quizá porque están acostumbrados a que el vagón atraviese el centro urbano a toda velocidad y a que aminore cuando cruza el río, como si los caminos se empedraran y socavaran en cuanto se despide la verdadera ciudad, fósforo y mecha. El paso de tartana del tren como el del circo, más tarde, aquella caravana nueva con la que a lo mejor mis padres trataban de no rendirse, quizá ya rendidos, y a mí me enviaban al colegio de huérfanos, también para no rendirse. Ahora no recuerdo las palabras, estoy seguro de que esta mañana las recordaba. ¿Qué dijeron? ¿Esto no es para ti? ¿Tienes que ser alguien? ¿Ellos no eran nadie? ¿O fui yo quien lo dijo? Y ahora esta marcha de tren lento.

Y ahora también, aparecidos, dos tipos muy grandes, rubios y rapados, con pantalones militares y riñoneras, marcando a la mendiga y a la vigilanta. Y es que el tren está saliendo de Urgel. Había recalado tan despacio que quizá por eso no he sentido la parada. Pero ahora que se está yendo, pienso que me apeo en Oporto, que allí cojo la 6 hasta Plaza Elíptica. Y creo que Oporto es la siguiente, aunque no podría asegurarlo. Eso importa menos que las dudas sobre Oporto. ¿Era en ésa el transbordo? ¿No era Carabanchel? No. Carabanchel era la vigilanta. ¿Cuándo supe que Carabanchel era la vigilanta? ¿Cuando hablé con ella esta mañana? ¿Cuando la escuché en la ventanilla? Carabanchel suena mucho y, sin embargo, es Oporto lo que más suena.

La especie de guerrilleros habla fuerte en un idioma medio soviético. Pueden hablar tan fuerte como quieran, porque tienen esa libertad de la mujer china del instituto de Goro, desesperada por los bolígrafos que robaban a su hija, esa libertad de no ser entendidos para lamentar o blasfemar o tramar. En cambio, los demás, los indígenas, aunque no se nos entienda, todo lo que decimos se escucha como para ser entendido, de modo que la atención que nos prestan es la misma que corta las alas. Deberíamos poder hablar a otros sin que nadie presumiera de que nos entiende o de que no nos entiende, público colocado ahí sólo para que podamos decir nuestras palabras libres en nuestro idioma incomprensible.

Los soviéticos charlan en una postura de buitre bicéfalo, cada perfil hacia un lado, guardando los flancos. Llevan camisetas caqui, brazos tatuados. No paran de hablar, un hablar acelerado que, juntado a la pose bicéfala, suena a instrucciones para una acción inminente.

Enseguida cortan y se dejan caer en el rincón de las mujeres, apretados entre ellas, cuando hay más sitio. Enfrente queda un negro viejo, descomunal, con barba corta y cana, un gorro en la coronilla, que mira al techo. Hay un ululato que se escucha desde hace poco, una tuba en un túnel, qué sé yo, que al principio podía escapar de algún mecanismo del convoy o del paso por algún tramo especial y que ya es seguro que tiene que ver con el movimiento de labios del negro viejo descomunal, cantando como los viejos negros descomunales del cine, un negro viejo descomunal trasplantado al vagón desde la ribera de un río navegable, con carros, alazanes y choperas, un río incomparable con el que hemos cruzado por debajo. El río de la muerte se cruza por arriba, pero ¿adónde se va en el río que se cruza por debajo?

Un cuadro: los soviéticos, la vigilanta y la mendiga incrustados en una mitad de rincón, y el negro haciendo sonar esa tuba y su túnel en el resto de la plataforma. El vagón se ha ido despoblando. Ya no hay mochilas con ruedines ni ajetreo, y los pasajeros han avejentado. Incluso los que ya estaban antes se han hecho mayores, el bochorno y la lentitud pudrieran la atmósfera, inyectándola en la piel. Al tiempo que va venciendo las caras un sueño que ya no es desfallecimiento, ni reposo profundo, sino tránsito a vida vegetal endurecida.

Puede que por eso haya resaltado la mirada viva y fugaz de un soviético al vientre de la mendiga y después al compinche, y en la que se ha entendido, a diferencia de cuando hablaban, todo lo que se decían. Ahora vuelven la cabeza como estafermos y sondean el resto del vagón. Son vistazos que se abren igual que paraguas, para enseguida cerrarse y quedar apuntándome. El que está junto a la vigilanta hace un gesto de barbilla, qué quieres y qué miras es lo que significa el gesto. Las compuertas del vagón han batido, tal vez. Pero nadie ha cruzado el campo de visión. Persisten esos rostros grandes de cráneo raso y ojos de botón, el retrato de la determinación, de la imposible marcha atrás. Hasta que el compinche no me guiña el ojo, y siento que el guiño es una captura, no desvío la vista y la poso en el negro, luego en la estación yéndose, y al final en el dobladillo deshilachado de unos pantalones de cuadros que trepan hasta un forro polar y la cabeza de un hombre de sesenta años, piel sarmiento. Y hasta unos ojos grises y tranquilos, algo linces.

Tal vez un marinero o montañero curtido hasta la médula, esa gente a la que ya le ha pasado todo y que parece que se ha sentado a esperar, no a esperar una cosa concreta, sólo a esperar, la vida ya no es más que la espera.

Las manos descansan abiertas sobre los muslos. El borde de las uñas está negro, un negro retinto, no sucio, como si hubieran pasado por una tina de teñido, aunque las manos largas y huesudas están pulcras, como lo demás. Lleva en bandolera una cartuchera de Viajes Marsans, y las bolsas Kentucky Fried Chicken apoyadas en el suelo, llenas a reventar y atadas con cuerda, son también suyas.

Un hombre que espera con el equipaje listo, al que le dieron apresuradamente la orden de partida y después el viaje se demoró en la eternidad. Podría confundirse con uno de esos vagabundos hacendosos si uno no se fijara en la gravedad del cuerpo, en la completa falta de nervio. Los sintecho mantienen siempre una punta de inquietud, por tranquilos que parezcan, como mínimo en las manos. Aquí no hay nada, aunque sí se sospecha, bajo el corte duro de la carne y los linces grises, el latido de una fuerza contra la carcasa, una potencia callada. Por un lado, el hombre inspira protección, por otro, da miedo.

El tren se detiene, detenido. Vista Alegre, qué es Vista Alegre. ¿Puerta de Toledo-Acacias-Pirámides-Marqués de Vadillo-Urgel-Vista Alegre-Oporto? No creo haber sabido antes de ninguna estación Vista Alegre. Sé que en Vista Alegre hay una plaza de toros... Puede que la siguiente parada lo aclare todo o puedo bajarme ahora, comprobar si estoy yendo demasiado lejos. El tren arranca.

Del territorio de la vigilanta, la mendiga y los soviéticos ha desaparecido el negro, y da la impresión de que nunca hubiera estado, igual que su canción. En el aire aparece una nota de ginebra, como si las miradas de los soviéticos a la mendiga, y la mirada recientemente atenta de la vigilanta a los soviéticos, estuvieran oliendo. El tren retoma velocidad, túnel abajo.

Al volver a la cara sarmiento, resulta que se ha girado hacia ellos, la atención lince. Y al seguirla, descubro que uno de los soviéticos ha cambiado de sitio y se ha colocado al otro costado de la mendiga. Ahora queda entre los dos gorilas, enlatada, y ya no guarda el gesto de la Piedad, sino que mira al frente y a ninguna parte, preguntándose algo inesperado, necesitando los ojos.

Entonces he pensado, pienso de verdad: Van a quitarme el dinero. No he pensado: Van a robar a la mendiga. Pues lo que temo es que se fuguen con el dinero de la cena de Goro, el dinero para que yo vuelva a entrar en casa después de visitar al hombre de Pan Bendito. Y además no siento que vayan a hacerlo, sino que lo están haciendo en este mismo momento, y por eso me sorprende que nadie se dé cuenta, y por eso muevo la cabeza a todos lados como el que pide ayuda y se sorprende de que lo que está pasando pueda pasar en un vagón de Metro con público, a plena luz. Así que retorno al marinero o montañero, el único que imagino que puede hacer algo, pero resulta que sigue mirando a donde no ocurre nada y no mira cómo desvalijan mi dinero, el dinero de la cena de Goro y del regreso. Y es algo peor que el que te roben, es como si te desnudaran y violaran, te quitan lo tuyo, cualquiera que sea su valor, y porque te lo quitan, te lo quitan todo para siempre. Y aún es peor que la vergüenza de que te desnuden pase tan desapercibida, que cuantos miran y debieran ayudar consideren que es normal el hecho de que te ocurra a ti. Entonces no es sólo que te roben los ladrones, es que la víctima ha estado bien elegida según se ve en los que asisten impasibles. ¿Cómo es que nadie hace nada para evitar que roben el dinero que guardo en la faltriquera de la mendiga? ¿Por qué el lince mira hacia allí como si allí fuera a suceder lo que únicamente está sucediendo aquí?

Y allí, en la mendiga, guardaba lo que tenía, iba a tener. Y luego, pasa que el marinero o montañero se levanta sin quitar ojo a los soviéticos, sube la cremallera del polar, ajusta la bandolera de Viajes Marsans y calienta los dedos de uñas retintas con abrir y cerrar de manos antes de agarrar las bolsas de Kentucky Fried Chicken con una sola. Enseguida se planta, se ha plantado ante los soviéticos, no he podido ver su cara, pero ellos no han levantado la barbilla ni guiñado el ojo como hicieron conmigo, por el contrario cabecean como potros con el primer bocado y se sueltan de la mendiga yéndose hacia la puerta. Con él no se han atrevido, me digo con un extraño contento. Les ha vencido con la sola presencia. Los soviéticos supieron a quién tenían enfrente.

Es cuando las puertas se han abierto de golpe y una oleada de vigilanta, soviéticos y marinero o montañero empuja hacia ellas mientras la mendiga no se mueve y sigue con ojos de preguntarse algo que anonada.

La vigilanta deja otra mueca, quizá despedida. Y a continuación desfilan bajo el letrero de la estación, el letrero que dice «Carabanchel». Y yo me repito «Carabanchel» y me digo: ¿No era aquí? Así que estoy en el andén, he saltado al andén entre las compuertas que se cerraban.

En los carteles ha de figurar el transbordo con la línea 6. Es un 6 con fondo gris. Pero al menos de momento no hay fondos grises, ni seises, ni siquiera carteles de transbordo. Los pasajeros apeados caminan un poco y tuercen. Alguno de ellos habrá de transbordar, a veces sucede que la indicación se pospone a un vestíbulo, a un cruce de pasillos. Pienso: Aparte de todo, he olvidado la faltriquera de la mendiga en el vagón. ¿Volvería? Entonces atraviesa la cabeza un pitido que suena a tren, pero que sólo puede haber sonado de adentro. Lo que trae es un sabor imposible, dulce y amargo, arenoso y dúctil, redondo y expandido.

En el pasillo cuelga un bastidor con el anuncio de una función de teatro. Un hombre con cabeza de chivo extiende su capa, bajo la capa hay criaturas y personas que parecen desorientadas. Como caídas en un hechizo del chivo.

Lo que sigue es un corredor largo y alto, con paredes enrejadas como celosías, color negro. Hay bastante perspectiva y mucha luz. Los soviéticos se han dado prisa y ya van destacados. La vigilanta y el marinero o montañero con las bolsas marchan bastante detrás, ella un poco por delante. Un hombre mayor con sonotone pasa al trotecillo. No se ven indicadores. El marinero o montañero está a punto de dar caza a la vigilanta. No sé por qué he pensado en caza, *enviaré a muchos pescadores y los pescarán, enviaré a muchos cazadores y los cazarán...* Y es que el marinero o montañero, el hombre lince, el hombre que sólo tenía ya que esperar y que mantuvo la mirada de los soviéticos hasta que los soviéticos se desarmaron, se empareja con la vigilanta, se inclina hacia ella y lanza en su oreja un bufido animal, una estridencia que cruza el corredor de arriba abajo y que paraliza las caras un momento, azotadas. A continuación el loco sale corriendo y se le ve ahuyentarse y desaparecer por la otra punta con las bolsas flotando. La vigilanta se ha limitado a una leve esquiva, quizá la menos asustada de todos, y ha seguido caminando sin mirar a izquierda ni a derecha, sin esa pregunta que suele lanzarse alrededor y que espera contestación de los testigos ante lo incomprensible.

Y quizá soy yo el más asustado, el que más necesita respuesta a la pregunta recién surgida, puede que por el bufido del loco que se ha mezclado con ese sabor de la boca y con el pitido de adentro: ¿Qué pinto en Carabanchel?

Puerta de Toledo-Acacias-Pirámides-Marqués de Vadillo-Urgel-Oporto, en Oporto conexión con la línea 6 hasta Plaza Elíptica, y allí la 11 a Pan Bendito. La nitidez escandalosa en la mente, que ahora, como en otro despertar, puede trazar sencillamente en la memoria las líneas en un plano de Metro. ¿Antes soñaba?

Entonces se trata de volver sobre los pasos a un lugar llamado Oporto y allí, el transbordo de verdad, el trayecto de verdad, el destino de verdad.

Dirección Alameda de Osuna. No sé qué es Alameda de Osuna, pero sé que no es Casa de Campo. Lo pone en el cartel: La Latina. Y en dos paradas, Oporto. En Oporto, me repito y repito, la Circular hasta Plaza Elíptica y en Plaza Elíptica, la 11 hasta Pan Bendito. Así que torcer y torcer está bien. Hasta el andén opuesto. Y el hombre de Pan Bendito me prestará para la vuelta, lo más elemental del mundo. Y si todo marcha bien, un poco más para la cena de Goro, sin decirle que es para la cena de Goro, como es natural. ¿Para qué, entonces? ¿Para qué le digo que es el otro dinero? Soy amigo de Avedissian, algo entenderá. Y aún tengo tiempo de pensar cómo se pide ese dinero.

Escaleras descendentes. Un hombre ha perdido algo, se entorbellina. Una anciana le dice a otra: Tú lo que has querido es matarme. Y alguien muy atrás se ha echado a tocar una armónica en la que sólo suenan notas agudas, ejes de carro. Es el sonido que he estado escuchando desde que entré en el Metro, no igual que ése, salido de ése, da igual al revés, pero se nota que es el ruido de un mismo viaje, un viaje que he hecho hasta Carabanchel y del que todavía no he salido, por debajo de ríos, de una larga tierra que se horadaba.

Lo primero que se presenta por el arco de bajada al andén es un niño jugando en un banco de hierro. Está haciendo ruido, el de algo metálico contra lo metálico del banco. No tendrá más de seis años, parece muy concentrado en su juego y no hay ningún adulto a la vista. Lleva una cazadora que brilla como la de la mendiga y los pantalones vaqueros están desflecados, como los del loco. El ruido es rodante, pero a diferencia del tren tintinea más que chirría.

Sé que es una moneda antes de acercarme. Luego, me acerco y ya antes sé que es una moneda de un euro. La empuja por un listón del banco, sin que caiga por los huecos. Cómo lo consigue. Cuando la moneda se aleja estira el cuerpo como goma, alarga el brazo, y la atrapa de nuevo. Vuelve a lanzarla y otra vez recorre el camino exacto. Tanto me pregunto cómo lo consigue que tardo en preguntarme dónde están su padre o su madre o quien le cuide, contando además con que aquello es una estación. El chiquillo levanta la cabeza y dice:

—¿Es que quieres jugar conmigo?

—Yo no sé jugar a eso —contesto.

—Qué raro que no sepas jugar, porque se aprende.

—Pero no he aprendido —le digo.

—Qué raro, siendo tan mayor.

—No es raro, porque no se aprenden todas las cosas.

—No lo sabía —dice, mientras vuelve a su juego.

—A lo mejor puedes darme tu moneda para que aprenda.

La moneda está de pronto en su mano. El puño, cerrado.

—¿Has visto? La moneda cabe en mi mano —dice.

—Desde luego.

—A lo mejor en la tuya no cabe. Y eso es porque a lo mejor la moneda es mía.

—Todas las monedas son iguales.

—¿Tú crees entonces que todas las monedas caben en cualquier mano, aunque no sean suyas?

Una mujer aparece dando gritos por un teléfono móvil, sale de un callejón, me extraña la cobertura del aparato o tal vez habla sola. Va hacia el crío, diciendo con una voz que se queda ronca: Si quieres a tu hijo, ven a buscarlo, cabrón, ya no soy tu esclava. Extiende la mano libre al muchacho y lanza una mirada. Lo arrastra. Ahora dice, gritando tanto que se le escapa un soplido de flauta: Nos has destrozado la vida, hijo de puta, pero ni te imaginas lo que te queda por sufrir.

El chaval se va mirando atrás y enseñando la moneda que coge con la punta de los dedos, una sonrisa semejante a la que deformaba a la vigilanta cuando se aproximó la mendiga. Desaparecen y desde el pasillo siguen llegando los gritos roncos y flautas, tanto dolor del que se escabullen notas, pero no música. El euro también se ha ido, aunque creo haber supuesto que ya no lo necesitaba, no recuerdo por qué.

Al cabo sólo resuenan las notas de flauta, primero alejándose, y un poco después, en los andenes vacíos, comienzan a componer acordes de himnos o quizá baladas. Aunque no es una flauta sino muchas, y no sólo son flautas, también hay címbalos, aunque en sordina, y panderetas que cascabelean, sin percutir. Suena al ruido de una comitiva, gente que viene o va de un carnaval, o de una romería, también la entrada de un circo en un pueblo.

Cada vez más fuerte, y cada vez es más claro que se aproxima un circo. No llega por donde se fueron la mujer y el niño, sino por algún pasillo del fondo, han ido cambiando de rumbo, dando un pequeño rodeo que los trae por el acceso opuesto. En vez de esperar, doy pasos hacia allí, un poco apresurado por encontrar a los payasos que preceden a las flautas, seguidos de las bailarinas y los prestímanos con las panderetas, los trapecistas con los címbalos, el domador haciendo restallar el látigo sobre una pantera atada con una cadena de plata, y cerrando la comitiva un hombre y una mujer con capas de terciopelo rojo, estrellas doradas. Ella adorna la cabellera con una diadema de cristales de colores, y lleva un papagayo enorme posado en un hombro. Sé que ese papagayo se llama Magnus, igual que sé que el hombre de al lado, todavía musculoso, moreno y con un pendiente que contrasta con la cara, se desgarró una pierna en un salto y nunca más ha subido al trapecio.

Sólo pueden ser ellos. Llego, he llegado al término del andén. Están tan cerca que es estrépito, daño. Y la emoción de volver a encontrarles revuelve el estómago, casi arcada. Ver a mi madre y ver a mi padre, justo ahora que no tengo dinero para volver, ni para la cena de Goro, poder pedírselo a ellos y no tener que pedirlo al hombre de Pan Bendito. Reaparecen en el momento oportuno, una vida en espera de este momento. Me reconocerán enseguida, igual que yo les he reconocido, porque yo ahora también tendría que dejar a un hijo, también tendría que decirle vete y esto no es para ti, si es eso lo que dijeron, si no lo dije yo. De improviso, un címbalo enloquece y el cráneo está a punto de explotar, las flautas se han agrupado en un pitido fuerte. Y se ha desvanecido todo.

Se desvanece después de que he vomitado un líquido cobre, seguro que el coñac de Avedissian, más la bilis de un estómago vacío, puede que con uno o dos percebes. Da cobre cuando se junta lo que se hace y lo que no se hace, beber coñac y no comer.

Iba a sentarme, necesitaba sentarme, pero el pitido fuerte ha sido el del tren que se estaciona, pienso entonces que es mejor que me siente en el interior mientras me lleva a Oporto, la parada de la línea Circular hasta Plaza Elíptica, y de allí a Pan Bendito. Lo veo todo claro, pero ahora es Pan Bendito lo que me suena extraño. ¿El destino era Pan Bendito?

Una mancha azul alargada y un borrón pálido redondo, no hay nadie más en el vagón. Voy a Oporto.

Huele al interior de mi cuerpo. Y al sentarme, el peso se ha ido al calcañar. Lo demás, remolino.

Voy a Pan Bendito, pero antes hay que bajar en Oporto. No olvidarlo. Es una suerte que no haya vigilantas, ni soviéticos, ni marineros, ni mendigas que van llevando el tren bajo tierra y ríos, con chirridos, rasguidos, silbos, tintineos, pitos...

Ha de ser fácil llegar a Pan Bendito, luego salir a una calle con chopos recién plantados, aunque de impresión mustia junto a colmenas de ladrillo, aluvión. Imagina que echo a andar por la avenida. Supón que he preguntado a alguien y me ha contestado que esas oficinas están ahí mismo. Hay que pasar la cruz intermitente de una farmacia y el descampado con empalizada y un parque infantil. El parque infantil es tierra removida, tobogán, columpios repintados. Hay dos mujeres y un niño en triciclo. Esta noche soñé con un niño en triciclo. Las dos mujeres discuten y el niño pedalea en círculos alrededor de ellas.

Figúrate que el local es un bajo, frontal acristalado, una puerta estrecha. En el cristal han pegado cartulinas con fotografías de edificios y precios con rotulador grueso. Ahora no me acuerdo de si el hombre de Pan Bendito construye viviendas o las vende, o si las construye y las vende. Tampoco me acuerdo del nombre, y entonces no sé por quién voy a preguntar. Avedissian lo ha mencionado a menudo, pero sólo aparece como «el hombre de Pan Bendito». Miro las fotografías, mientras hago esfuerzos de memoria. El hombre de Pan Bendito se hacía pasar por un zoquete de pueblo, llevaba el dinero en bolsas de supermercado, despertaba la codicia y engañaba a sus engañadores. El hombre de Pan Bendito se quedó con medio Pan Bendito cuando no valía nada. Y entonces Avedissian pronunciaba el nombre. Se ve una casa de cuatro pisos rodeada de árboles, una piscina, una pista de tenis, pero esa casa no concuerda con ese paisaje, como mucho es lo que esa casa soñaría. No me acuerdo. 210.000 euros. No puedo acordarme, y los nombres que saltan son nombres de nadie, ni siquiera de conocidos. Qué más da Ambrosio que Zacarías o Herminio o Fermín... Puedo ponerle un nombre provisional y luego decir que me he equivocado, algo que también pude hacer con el tutor de Goro. ¿Cómo se llamaba?

Se ha oído un encontronazo de puertas, como de palmas mal dadas, combas, y unas figuras han manoteado, pero no consigo acordarme y con seguridad ya no me acordaré. Puedo coger un nombre cualquiera y colocarle un «don»: ¿Está don Abilio? Avedissian dijo que no salía de la oficina, lo que ahora suena un poco extraño, un constructor o un vendedor, o un constructor y vendedor de inmuebles que no sale de la oficina. ¿No pudo haberle llamado primero? ¿No pude yo decirle que le llamara primero? Este presentarse por las buenas es lo que quizá haga que no emerja el nombre. Y además tengo que conseguir dinero para la vuelta y dinero para la cena, con la duda de si solucionarlo desde el principio, pidiéndoselo directamente, o esperar al final, o esperar la ocasión.

Imagina que sale al paso un joven con un traje raro, fosforito y mangas de otra talla, y pregunta por lo que busco. Yo contesto con una soberana claridad de mente: Don Justo. Vengo a ver a don Justo, de parte de Avedissian, el semillero de la Cava Baja, soy el jardinero que busca don Justo. Querrá decir don Frutos, corrige el destallado. Eso mismo es lo que había querido decir, efectivamente. Lo que no se me ha quedado es el otro nombre, dice, y le salen unas manchas blancas en su cara blanca de chico de barrio ciénaga, algo convaleciente. Qué nombre, ¿el mío? Ángel Santiesteban, con «e», o sea, no Santisteban, no como el Pretil de Santisteban, para que me entienda. ¿Qué pretil? No hay ningún pretil, le aclaro, es una calle que se llama así, y yo me llamo como la calle, pero con la «e». Mira confundido. No como pretil sin la «e», sino como Santiesteban sin la «e», ¿me entiende ahora? Ya le había entendido, dice. Aunque no hay forma de cerciorarse ante esos ojos de plato. Lo que ha sonado entonces es un choque brutal, pero insonoro, como una colisión de neumáticos, y más manchas se han movido. Pero no me refería a su nombre, sino al nombre que me había dado, del que usted venía de parte. Arto V. Avedissian, digo. ¿Ése no es distinto del que me había dado?, pregunta, y las manchas de la cara, no las otras, cambian a una gama cetrina. Le había dado Avedissian, lo que pasa es que ahora le he dado el nombre completo. ¿*Harto* es el de pila, como el de estar harto?, pregunta. Eso es. No es muy normal. Es que es armenio. Se le pone jeta de indagar si Arto es quizá normal en Armenia, pero no lo permito. Lo que tiene que decirle a don Justo es que el jardinero que buscaba viene de parte de Avedissian, el semillero de la Cava Baja. Es que no se llama don Justo, sino don Frutos, vuelve a corregir, aunque ya pleno de sospecha. Vale, don Frutos. El caso es que yo no me había enterado de que buscase un jardinero, y puede que se haya equivocado, no lo digo por otra cosa. No me he equivocado, es aquí, inmobiliaria Pan Bendito, avenida de Abrantes 145, en Metro Pan Bendito. Espere un poco, dice mientras pega media vuelta.

Me ha dejado al otro lado de un mostrador blanco. En el contrario, dos individuos alborotan papeles vestidos con iguales trajes destallados, acompañados de una individua cincuentona, repellada y llena de floripondios. El techo de pladur cae unas pocas cuartas por encima de la cabeza, tubos de luz. En el suelo han tendido una moqueta gris con calveros, y en las paredes, mal llaneadas y blancas, cuelgan panorámicas de Torrevieja, de Aguadulce, de Gandía, de San José, de Manacor, con mares y puestas de sol. Envolviéndolo todo, un ambipur fuerte con fragancia de pinacho, acaso para esconder olores.

El chico ha abierto y cerrado una puerta, después de unos golpecitos y de un conato de asomo, pero el ruido de estos batientes ha sido inesperado, como el repique de cascos de un caballo, y ahora se han notado sombras y seres que se bifurcan. No hay clientes en la oficina. Miro el reloj y deduzco que ya es tarde para visitas. Nadie compra pisos a esas horas. Las inmobiliarias son negocios matutinos, despejados, cuando el arrojo de los compradores está intacto, y no ha sufrido las dudas y los temores del día. Se compra un piso como se sale de un sueño, dejándolo todo atrás. Lo mismo vale para los bancos. No hay bancos vespertinos. El dinero madruga, yo también estoy llegando tarde a mi propio día.

Primero aparece el galopín, esta vez con rosetones como semáforos, y a continuación un escuerzo renegrido, con un traje castaño tan sobrante como el de un capuchino, una manopla de pelo teñido y aplastado, y un bigotito cagada de mosca por encima de los labios vinosos, rondará los sesenta.

En los pocos pasos hasta el mostrador, la cabeza del escuerzo se relaciona con el tronco por medio de un muelle que la hunde y la rescata del tórax, mientras las piernas van un trecho por delante de lo demás, mulillas tirando de un peso muerto.

El escuerzo se detiene al otro lado, aparta la cara con semáforos, y dice:

—El semillero ha hablado mucho de ti, pero tú has tardado mucho. Si no llega a ser por mi memoria de elefante, ya te habría olvidado. A ver qué te contó el semillero.

Una voz de cañería, como las de esta madrugada, que sale del cuerpo recosido.

—Sólo me dijo que usted tenía trabajo para un jardinero.

—Eso fue hace bastante, se ve que no tenías prisa. ¿Cómo es que hoy te ha dado por venir?

—Tenía otros encargos. Me he presentado en cuanto he podido.

—No me digas. En cambio, yo creo que has venido porque andas desesperado.

Una comisura se levanta y frunce la cagada de mosca. El brillo vinoso de la boca es el mismo que acaba de aparecer en las pupilas, y en el chasquido de ahora, como hachas en un tocón, repelidas, todavía un eco, las manchas y figuras transeúntes tienen ese mismo brillo.

—¿Estás o no estás desesperado? Vamos, hombre, se distingue a la legua. Así que el semillero no te contó gran cosa.

—No, señor.

—Pero seguro que a ti no te importaría ganar tus buenos dineros. Podríamos pasar al despacho y hablar de ello, si no fuera porque antes hay que saber lo que buscas.

—Busco el trabajo de jardinero que usted le dijo a Avedissian que ofrecía.

—Claro como el agua. La duda es por qué has tardado tanto y por qué estás desesperado. Eso cambia un poco las cosas, ¿no crees?

—No lo sé, porque no sé qué quiere decir usted.

—Si has tardado mucho y ahora estás desesperado, sólo puede haber dos motivos. El primero, que no te ha salido bien lo que hayas hecho y que no eres un buen jardinero, aparte de otras cosas. El segundo, que no has hecho nada y te has quedado esperando al último momento. Así que o eres un rufián chapuzas o calculas mal tu vida.

Y se ha quedado atento, también un poco en blanco, como si posara para una foto de carnet.

—Puede que las dos cosas. ¿Verdad que pueden ser las dos cosas? —al final le ha salido una especie de gemido, chirrido, silbido, acabados con un portazo.

—Pueden ser las dos cosas —admito.

—Bien vamos. Y como vamos bien, estamos contentos. Faltaría más. Por un lado, apostaría a que eres un rufián, y me baso en esa mancha que llevas en la camisa. Restos de naranja, ¿me equivoco? Probablemente, la llevas desde por la mañana. ¿En qué piensa un hombre que busca trabajo para andar todo el día con una camisa manchada? Por otro lado, me huele que eres un mal calculador de tu vida. Das el tipo de los que vivieron tiempos mejores, no sé, tu porte, tu prestancia, puede que de antiguo marino. Imagino lo que pasó: dejaste la marina mercante por una familia. Y por último, tenemos que no preguntas lo suficiente por tu trabajo, que no desprendes verdadero interés. Te has quedado ahí quieto, hundiéndote en tu buque. Olé.

Ha ido subiendo la voz, en lo último ha mirado por los rabillos en rededor, como si esperase colaboración del público. En efecto, la oficina se ha detenido para escucharle y a la vez no parece muy atenta, como si ya conociera la escena.

—Decidido: no eres las dos cosas a la vez. Tendrás que ser una u otra. Así estamos. Y, entonces, ¿qué? ¿No vas a preguntar por el trabajo?

—Sí, le pregunto por el trabajo.

—Tirado. Colocas unos setos y plantas unos arbolillos aquí y allá. No tienen que crecer. Sólo tienen que dar idea, prender en la fantasía de los propietarios. Los propietarios pagan por el ladrillo, que es para ellos lo sagrado, pero prefieren pensar que pagan por la calidad de vida y esas cosas. Déjales.

—Eso lo puede hacer cualquiera.

—Es lo que yo había pensado.

—Entonces ya puede darme el trabajo.

—No estoy seguro. Si me sirve cualquiera, ¿cómo puedo estar seguro de que tú, que eres alguien demasiado particular, ya que ni siquiera puedes ser dos cosas a la vez, estarías en condiciones de hacerlo? Es una duda razonable, no puede negarse.

He vuelto a escuchar compuertas, han sonado espaldarazos, y el trasiego de figuras ha sido breve.

—Creo que ya es hora de que cuentes un poco tu vida, como hace todo el mundo que pide trabajo. No creerás que el trabajo se le da a la gente por ser quien es, aunque lo sea demasiado. Se mira el currículo, las referencias y luego, se medita. Un desempleado no es nadie, qué te voy a contar. Bueno, sí es alguien, alguien que depende de cualquiera que le emplee. ¿Todavía no hablas? Vale, no importa, gracias a mi memoria de elefante te contaré lo que me dijo Avedissian, a ver si me equivoco mucho o poco. Tus padres tenían un circo, te mandaron a un colegio de huérfanos, después te saliste del Seminario Diocesano, te hiciste maestro, te casaste, tuviste un hijo, te hiciste jardinero, te abandonaron, ahora no tienes dinero y pronto te quedarás sin el chico. ¿Qué te parece? ¿He acertado?

—Creo que sí.

—¿Crees que sí? Mientes como un bellaco, y lo peor es que crees que puedes engañarme, a mí, que me dedico al timo. Un descamisado con la camisa sucia, eso es lo que eres. Tú nunca has vivido tiempos mejores. Eres el rufián.

—No miento. Es como usted lo ha contado.

—Tú no te canses de mentir. ¿Tengo pinta de ir a tragarme esa trola? Venga ya. Otra oportunidad. Piensa un poco y dime si he estado en lo cierto.

—Es como usted lo ha contado...

—Ay, rufián. ¿Qué sacas con mentir cuando ya te han pillado? ¿No vas a cantar la gallina, descamisado?

—Es que yo lo veo como usted lo ha contado.

—A saber: vas a quedarte sin el chico porque no tienes dinero, no tienes dinero porque no tienes trabajo, no tienes trabajo por culpa del divorcio, te divorciaste porque te casaste, te casaste porque tenías el oficio de maestro, fuiste maestro porque te saliste del Seminario, fuiste al Seminario porque eras huérfano, que es por lo que estabas en ese colegio al que tus padres, que tenían un circo, te mandaron antes de matarse. ¿Eso me quieres decir?

—Eso mismo.

—Qué cosa tan ridícula. Crees todo lo que te dicen. Y no tienes ni idea. Ahora escucha bien. ¿Estás escuchando? Pues aprende cómo son las cosas. Porque te quedarás sin el chico es por lo que no tienes dinero, y no tienes dinero porque antes has tenido trabajo, y por haber tenido trabajo es por lo que te divorciaste, y porque te abandonaron tuviste que casarte, y por culpa de ser maestro estuviste en el Seminario, y por culpa del Seminario eras un niño huérfano, y por ser huérfano tus padres se mataron con su circo. ¿No cuadra todo mucho mejor?

—No estoy seguro...

—¿Cómo que no? Atiende a lo que te dicen: porque vas a quedarte sin tu hijo es por lo que fuiste huérfano. ¿Ya lo cazas?

Lo que se ha escuchado ahora es como saliva tragada y multiplicada por un altavoz, y lo que se mueve dispara reflejos.

—Estaba chupado, no tiene mérito, ni siquiera me lo agradezcas.

—Como usted quiera. ¿Es mío el trabajo?

—Para ser sincero, todavía no lo sé.

El brillo vinoso se extiende a la piel y al traje. La voz se ha vuelto más cristalina. La figura está infinitamente quieta. Las palabras dichas se van desfigurando en murmullo y el murmullo, en traqueteo lejano.

—Tómese el tiempo que quiera.

—Ah, ¿puedo tomármelo?

—Y mientras lo piensa, necesito saber si puede prestarme un euro para volver a casa. En realidad, necesito menos de un euro.

—¿Cuánto menos? —ha guiñado los ojos y se le ha dibujado un mohín de curiosidad.

—Creo que unos setenta céntimos.

—Unos setenta céntimos, pero no estás seguro.

—Si estuviera seguro, ¿me los daría?

—No, claro que no. Qué tontería... Tengo una norma..., bueno, la verdad es que tengo dos. La primera es no prestar dinero. La segunda, no dar adelantos y menos a gente que ni siquiera es mi empleada.

—Si no soy su empleado, entonces no es un adelanto.

—Naturalmente. Sería un préstamo. ¿Te acuerdas de la primera norma?

—También podría hacerlo por generosidad o por caridad.

—¿Caridad? ¿Es ésta tu manera de ganarte un empleo? ¿Pedir un euro inexacto, primero, y hacerlo luego por caridad? ¿Adónde quieres ir a parar?

—Quiero volver a casa. Quiero cenar con mi hijo. Tampoco tengo dinero para la cena.

—Y también has maquinado sacármelo a mí.

—No recuerdo si lo he maquinado.

—Dar lástima no es buena manera de conseguir trabajo en estos tiempos. Se diría que la lástima es un estado laboral, quiero decir, una variante del paro. Que yo sepa, hoy en día los empleos los consiguen dos clases de individuos: los esclavos y los inmorales. No he oído nada de los lastimeros. Es una cosa lógica. El lastimero vive para su lástima, no para tu negocio. Es gente egoísta, ensimismada, melancólica, ahíta, hendigimiente, empozada, sacrotriste.

Los portazos, las palabras en el traqueteo, sé lo que son y al tiempo no lo sé.

—Aún duda sobre darme el empleo —digo.

—Así es —contesta.

—Si me lo diera, no podría en cambio darme dinero para el Metro ni para la cena de mi hijo, porque se trataría de un adelanto.

—Nunca mejor dicho.

—Y si no me diera el empleo, usted tampoco hace préstamos.

—Todo es tremendamente obvio, incluso cegador.

—Entonces tendré que matarle y quedarme con su dinero.

—Al fin una idea. Al fin un poco de convicción, de voluntad, de energía. Perfecto. Aquí me tienes. Mátame y corre con el dinero. Pero permíteme advertirte que antes de que me mates tengo que chillar un poco. Es lo propio.

—Nada de gritos o le mato de verdad.

—Vaya por Dios, ahora resulta que no has entendido nada. Escucha: me tienes que matar de verdad. En mi cartera llevo cien euros. ¿Sabes lo que significan para ti cien euros? ¿Y lo que para ti significa mi vida? De eso se trata. Tienes que asesinar por cien euros. Parece trágico, pero es indispensable. Indispensable y trágico, bonita pareja de elementos.

—Y también es ridículo.

—Te equivocas, porque la vida es así y desgraciadamente no hay nada con que compararla. Mátame de una vez. Estás llegando a tu estación. Deprisa.

—No chille.

—Por supuesto que sí.

Y se lanza a chillar, el chillido se prolonga en un frenazo, a pesar de que no le estoy haciendo nada, tranquilamente sentado en el vagón que aminora, acaba por pararse. El hombre de Pan Bendito también acaba por callarse, los batientes se abren y al abrirse he visto con toda claridad el letrero de mi estación, tal como él había anunciado: La Latina. Estoy de regreso y he vuelto sin equivocaciones. No he podido ir a donde iba, pero a cambio he podido volver. Pienso: Mucho mejor no haber ido, porque si hubiera encontrado al hombre de Pan Bendito, habría tenido que matarlo, tanto tiempo dudando en darme el empleo, el hombre que además negaba adelantos y préstamos. Eso que me he ahorrado. Mejor así. Y tengo que saltar rápidamente del vagón, a punto han estado de cerrarse las puertas y dejarme dentro, de camino a otra, otra vez, estación equivocada. Por lo menos he sabido volver, me repito mientras planto los pies en el andén de casa, en el andén del hortus dorado.

En cuanto se pisa la boca del pasillo, llega la voz de la cantante hippy, pero ahora sonando como la de una niña, ella también hubiera hecho un regreso de donde no debería haber ido. Es una canción rara y en otro idioma, quizá inglés en la distancia, y se entiende como si llamara a su madre, le estuviera diciendo algo que nunca le dijo, diciéndoselo con la voz que la madre acostumbraba a escuchar, la cantante es su niña. Una canción para los que retornan y presiento que todos los que hemos bajado de ese tren que marcha de los barrios del sur a la ciudad fogosa por debajo de un río, no vamos, sino que regresamos igual que regresaban los del primer tren, los de todos los trenes de esa dirección, de modo que he estado regresando desde el principio. Ésa es la razón de que nunca llegase a Pan Bendito, de que haya hecho un viaje para perder el dinero de ir y volver, el poco que había, por otra parte. Aunque mucho mejor, ahora ya se sabe, porque habría tenido que matar al hombre de Pan Bendito, no hubiera habido más remedio. Y sonaba a que lo estaba esperando, a lo único que deseaba, como si él, que era el destino de mi viaje, sólo estuviera esperando que lo matase, los destinos esperando que los maten. No haber ido ha resultado un plan perfecto.

Reaparece la hippy madura, lo que pasa es que ya no asalta a los viajeros, caso de la vigilanta, sino que se ha postrado en un rincón con su vestido de gasa, las piernas recogidas, el micrófono en manos devotas. Mira al micrófono y por el micrófono al suelo, puede que el micrófono se haya quedado entre los ojos, un tercer ojo que vigila lo que atraviesa su mente.

En lugar de permitir que me transporten, voy escalando los peldaños, igual que uno que tuviera prisa o que aprovechara para hacer ejercicio. Quizá sea una rebelión contra el haber permanecido quieto en vagones que discurrían o haber dejado que el tiempo pase sin hacer nada.

Lo malo es que el tiempo no es sólo mío, por mío que sea el reloj. El tiempo también es de Goro cuando llegue la hora de cenar, de su madre contando las horas del plazo, del dinero que no consigo, del trabajo que da esquinazo, del sol cayendo.

Ya voy trotando sobre los últimos peldaños del último tramo. Alguien con quien tropiezo dice: Cuánta prisa, cuánta prisa. Llegando al final salto una maleta puesta en medio y ya atravieso los tornos, y en la misma exhalación cruzo el vestíbulo y aparezco en el túnel blanco que respira a la calle, una escalinata de luz pesada y amarilla al otro extremo. Me detengo y resuello. ¿Adónde se va con esta prisa? Es hora de saber qué contesta el reloj.

Ocho menos veinticinco

La cita con Carna sonó hace cinco minutos. Pienso: Y qué hago yo ahora con él. Pero no es de pensar. Es el único amigo, o sea, el único que guarda la historia. Si desapareciera, desaparecería esa historia que va del Seminario Diocesano hasta este día. Ha estado en todo y sabe de mí lo mismo que yo. Más, acaso. Más, seguro. Lo explica mejor.

Sólo le faltaría el colegio de huérfanos, haber estado allí con Teodoro Bokoko y con don Sebas. Aunque conocía a don Sebas, y eso es bastante, y de hecho nos conocimos por don Sebas. Pero ahora no sé qué hacer con él. Quizá tenga algo que contar, yo sólo tenga que escuchar, porque hace casi dos meses que no nos vemos, y nos vemos más o menos cada dos meses. Algo que le haya ocurrido en su eterno trabajo del Ministerio, ayudando a preparar los eternos presupuestos de la Seguridad Social. O lo más probable, algo que le haya pasado con su última pareja, esas parejas de Carna que cambian rápido, que nunca le encajan, y a menudo comentamos que eso pasa porque no acepta ser homosexual. La verdad es que nunca lo aceptó. Un trabajo para siempre y una pareja para nunca, ése es Carna, Encarnación Benito, que salió pitando del Seminario, justo al descubrirse *trucho*.

Caigo en que estoy concibiendo a Carna como si lo acabara de conocer. Debe de ser porque tampoco lo conozco tanto. Aunque él a mí me conoce hasta agotarme.

En la escalinata no había más que el mendigo que la barre, en realidad sólo barre un cuadrilátero igual a una alcoba. Arriba estaba el resto, esperando la fresca y entretenido con el tráfico de gente a la que se oye, bajo la luz amarilla algo puré, desamordazada, como si las horas hubieran soltado la lengua.

¿Por qué nos vemos Carna y yo? ¿Porque ya no queda nadie? Los negros del top manta han vuelto a la oficina y, si el mendigo barre su cuadrilátero de escalinata, los betunes barren con una mirada también cuadrilátero. Vigilan la mercancía de la estera, al cliente, las esquinas de la izquierda y la derecha tirando de una retina en cartabón.

En los otros comercios el público entra y sale, sea la farmacia o el decomisos o la tanda de bares, pero sólo en esta acera. La otra, de la cerería y de la tienda de mascotas, parece rehuida. Hay aceras así. También es que la otra acera hace frontera con el mundo de las naciones indias, del Rastro, de la morrena de Lavapiés, de la calle de los chinos, otra aventura. Y también del San Isidro, junto a la catedral antigua. ¿Cómo se deja de ser catedral? ¿Por culpa de la acera? ¿Y presentirá Goro la acera de su tuto?

En el atrio del San Isidro hay congregaciones de estudiantes mayores, del nocturno proletario, fumando, caras cansadas con las ojeras del madrugón para el trabajo y ahora esto. Y se ve a otros dispersos, vagando en solitario, observando la calle y respirando a pleno pulmón el aire libre, el cielo abierto, apoyados en la pared o quietos al borde de la calzada, cavilando cosas disueltas, o debatiendo si vale la pena esa esperanza de estudiar, todo ese esfuerzo además del curro, si no será mejor dejarlo antes de no poder, o si aun pudiendo servirá para algo ese intento en comparación con los que asisten de mañana, niños y despiertos, con clases particulares si las necesitan, con estudios complementarios, liberados de cargas y para los que el futuro es como ese cielo abierto en vez de este presente responsable y lleno de paredes. Se me viene Goro...

El Champion está a tope, *petado.* Han colgado un cartel que dice: «Este establecimiento cerrará indefinidamente a partir del día 15 de junio. Próximamente se dará más información». No sé qué significa. ¿Cierra para siempre? ¿Qué información es la que pueden ofrecer «próximamente»? ¿Traman algo de lo que no puede hablarse? ¿Selim o Ahmed o Mustafá ya no tendrá que salir en persecución de los clientes con cesta? Hay dos viejas hablando en la puerta.

—Creo que van a poner un gimnasio.

—Pues yo he oído que el de La Cebada lo tiran para construir un centro comercial.

—Eso no puede ser, porque es una barbaridad.

—Ojalá las barbaridades no pudieran ser.

Doblo la esquina revolviendo qué será del barrio sin La Cebada y sin el Champion, qué es lo que adviene. En cuanto doblo, el tontimonstruo de la floristería, hola, amigo, qué tal, amigo, junto al escaparate de la alpargatería Lobo, no mirando al escaparate sino al que ha doblado. Hay un segundo de los dos parados frente a frente, él no sale con lo de amigo, y yo le miro los pies. Le he mirado los pies. En mi vida he visto pies de ese tamaño.

Y en otro segundo me da por deducir que todo procede de esos pies enormes, mientras ya le finto, y que sin esos pies hubiera sido otro. Una compasión. Me acuerdo de Avedissian y de la suerte, los detalles que bifurcan la vida, el hombre de Highgate con los zapatos de su mujer, si el amigo de la floristería no hubiera nacido con los pies grandes, y ahora sigo al Hombre de Pan Bendito, entonces su madre no habría tenido una floristería ni la estaría vendiendo, por supuesto que tampoco habría tenido dificultades para hacerlo por culpa de su hijo, incluso no habría tenido hijo. Lo peor de una deformidad, de esa fortuna inversa, es lo mucho que obligan a pensar en ella. ¿No es así? Una esclavitud del pensamiento sumada a la esclavitud de la tara. No lo pienses. Y lo que vale para lo deforme, vale para lo conforme. Tampoco lo pienses.

Y al rebasar la floristería, hacia el quiosco de la ONCE, se aprecia un tumulto. Primero se ve el corro que hubo cuando el ciego no quería entrar en su chiringo. No es el mismo, aquí hay más arrebato. Luego, se divisa uno de los camiones verdes del Ayuntamiento aupado en la acera. Y hombres verdes ajetreados. Y al final aparece el pruno de Puerta Cerrada completamente tronchado, que ha ido a tumbarse contra el quiosco del ciego. De modo que el quiosco del ciego es zona catastrófica, destechado y retorcido. Si el ciego estaba dentro, es probable que se haya atragantado de pruno.

Camino pensando en la pena del pruno, como en la pena de los pies del amigo, como en la pena de los bachilleres nocturnos, preocupado por el ciego cowboy, cuando distingo a Carna apartado y fumando uno de sus More, nervioso, de pie a pesar de que hay público que sigue sentado en la terraza del bar sin nombre, en la que nos habíamos citado. Es la estampa de un niño con la cabeza monda, un niño intranquilo con una falsa apariencia quieta, al que no se le pueden cambiar las cosas de sitio por mucho que el pruno haya caído, y es que yo llego tarde.

Entre la parroquia anda el ciego delante de un copazo de coñac, que a juzgar por el semblante no es el primero ni el último, feliz y contento. Una casi risa todo el rato, mientras con el bastón tamborilea una música.

El ciego y el pruno. Carna y yo nos damos los besos. Le pregunto si sabe qué ha pasado. Que menos mal que el de la ONCE no estaba dentro, qué quiero que me diga. Los de Parques y Jardines del Ayuntamiento están serrando el árbol para cargarlo en el volquete. Y cómo se ha tronchado el pruno, si esta mañana estaba robusto y esplendoroso como ningún árbol de Puerta Cerrada. Eso lo desconozco, contesta. Observando el tronco, astillado y desgarrado, da la impresión de que han querido arrancarlo como una muela.

Viene por detrás el camarerito rechoncho, la perilla disfraz, y dice:

—Es un ciego vidente.

El ciego y el pruno. El ciego lo presintió y por eso no quiso entrar en el quiosco. El ciego y el pruno. ¿Se compincharon para que hubiera un motivo de no entrar en el quiosco? El ciego y el pruno. El pruno se cayó después para que el ciego no quisiera entrar antes. Pero si uno se fija son tres cosas distintas y una misma verdadera, que el ciego y el pruno estaban unidos, y que la separación entre el ciego y el pruno era un fallo de los sentidos. A lo mejor eso es lo que quiso decir el Hombre de Pan Bendito con todo lo que dijo. Que las cosas que parecen separadas, o una al extremo de otra, o una delante de otra, es porque están juntas. O son la misma.

—Vámonos ahí enfrente. No querrás quedarte contemplando toda la tarde —dice Carna.

Tira y pasamos junto a los hombres verdes, dos muchachos veinteañeros, que sierran el pruno y hacen señas a la grúa del volquete. Les pregunto:

—¿Sabéis qué le ha pasado?

—Estaba comido por dentro, digo yo.

—Y qué se lo había comido.

—Qué más da. Yo de esto no entiendo mucho.

—¿No sois jardineros?

—Algo hay que ser —contesta el otro.

—Pero sois jardineros del Ayuntamiento —digo sin saber muy bien por qué estoy en esta conversación—. Habréis tenido que estudiar y hacer exámenes. Es muy difícil entrar en el Ayuntamiento.

Se miran, me miran.

—Bueno —empieza a decir el primero—, a nosotros nos ha contratado una empresa que se llama Culman. A otros, según el distrito, les contratan otras empresas.

—Tú envías la solicitud y si tienes suerte... —comenta el segundo.

—¿Sólo con la solicitud?

—Sí. Y sin pruebas ni nada. Ellos te van enseñando.

—Pero si aquí lo peor es la mierda de los botellones y la basura de los fines de semana. Aquí, los jardines...

Oigo la voz de Carna, de lejos. Ha cruzado el semáforo y ha debido de darse cuenta de que no le seguía. Jardineros que no son jardineros, voy pensando en contárselo a Carna, pero cuando le alcanzo no digo nada. Y es que yo creía, en la desesperación, que terminaría de funcionario jardinero, lo que me parecía triste y fatal. Resultando que no hay funcionarios jardineros, por mucha desesperación que tengas.

—Cada día te noto más alto —dice Carna—. Y más ancho. Se te está poniendo pinta de ex boxeador. Pero bien llevada. ¿Te has fijado en tu camisa?

—Me he manchado viniendo para acá. ¿Por qué dices lo de más ancho y más alto? ¿No será que tú encoges?

—Si yo hubiera medido lo que tú, mi vida habría tomado otro rumbo. Éxito y poder.

—¿Crees que está relacionado?

—No te quepa la menor duda. Si eres pequeño y escuálido tiendes a volverte invisible. La única solución que te queda es la megalomanía, como a Napoleón o a Stalin. Y lo digo con conocimiento de causa. Enseguida te cuento una historia. Este lugar está bien.

Encontramos una mesita en la terraza del café italiano. Al otro lado se ve el alboroto del pruno, que empiezan a arrastrar hasta el camión. Y al ciego se le avista entre el movimiento, ausente. Hay unos músicos rumanos o similar, mayores y baqueteados, tocando pasacalles con acordeones y violines. El trampantojo les hace de fondo. Bai Yu cruza en ráfaga desde su ático. Cruce mental.

La terraza rebosa, estudiantes extranjeros del barrio, los bohemios habituales, guiris con un mapa en la mano, el tipo de los cocker spaniel, que quizá se haya o no movido desde por la mañana de este sitio caro, de camareros actores o artistas que no terminan de *fichar* a los clientes habituales y que atienden como si cumplimentaran un parte de accidente.

—Aquí, más vale tener paciencia —digo cuando Carna voltea la cabeza en busca de camareros.

—Me voy dando cuenta.

—No busques vocacionales del ramo. Se pasan el tiempo haciendo como que no te ven. Y no saben servir una copa, ponen un chorrito que además tiene precio de botella.

—De todas formas, hay días en que los camareros no te ven, da lo mismo el sitio al que vayas.

—Puede ser.

—Yo creo que, por temporadas, somos transparentes. Pero nos cuesta admitirlo y así pasa lo que pasa.

—Te cojo un cigarro.

—Lo habías dejado.

—Lo he dejado.

—Como tú digas. La historia que iba a contarte es que el otro día me encontré con el tío que me desvirgó.

—¿Cómo puedes fumar esta mariconada? Perdona, continúa.

—Nos cruzamos en la calle y fuimos a tomar un café. Yo estaba emocionado. Hacía veinte años que no le veía y mira qué casualidad, por la calle.

—Sí que es casualidad.

—Bueno, después de la cortesía, me pongo evocativo y le digo que aún me acuerdo de nuestro piso.

—¿Vivías con él? ¿Lo conocía yo?

—No le conociste y no creo que yo hablara mucho del tema por aquella época. Era un piso compartido, había también una chica estudiante. Una noche nos enrollamos y el rollo duró un par de meses. Luego, él se marchó al extranjero.

—Y ahora te lo encuentras.

—Me lo encuentro, me pongo tierno, hablo de que fue mi primera vez y que la primera vez se queda grabada, y que me acuerdo de aquellos dos meses maravillosos siempre que paso por la calle Ferrocarril. Entro en algunos detalles que no te interesan y el tipo me escucha atentamente.

—¿Él no decía nada?

—Sí que dijo, sí, pero me dejó hablar todo lo que quise.

—¿Y qué te dijo?

—Que efectivamente habíamos compartido un piso de la calle Ferrocarril, pero que él nunca se había enrollado conmigo. Y que lo recuerda perfectamente, porque en algún momento pensó que podría suceder. Pero que no sucedió. Seguro y con toda seguridad. Te puedes figurar la cara que se me queda. Reacciono y le hablo de las mañanas de los domingos en que desayunábamos chocolate y churros en su cama. Y me contesta que es verdad, que muchos domingos desayunábamos en su cama y que hacíamos muchas cosas juntos, porque nos hicimos bastante amigos, pero que jamás me tocó. Que esas cosas no se olvidan. Y tanto que no se olvidan, pensé yo.

—No lo estarás inventando...

—Más quisiera. Total, que estuve como una hora tratando de convencerle y no lo conseguí.

—Menuda escena.

—Me sentía tan avergonzado, que él terminó compadeciéndome y explicando que la memoria me había jugado una mala pasada, que de todo eso hacía mucho tiempo, que a lo mejor yo lo había deseado tanto que con el tiempo se convirtió en un hecho. Lo cierto es que empecé a dudar y que acabé medio convencido de que lo había imaginado todo.

—¿Y te lo habías imaginado?

—Qué coño..., yo qué sé. Juraría que estuve con ese tío. Qué coño, lo estuve. Y fue la primera vez. Uno no se inventa eso.

—A lo mejor se ha casado, tiene hijos y no quiere evocar otros tiempos.

—Lo curioso es que me pareció sincero y que lo negaba con una tranquilidad pasmosa. Además, le daba pena. Lo sentía por mí, lo sentía en serio, simplemente estaba seguro de que no había ocurrido.

—Y qué es lo que crees tú que sucede.

—Creo que más vale que olvide una cosa que a lo mejor no pasó.

—Pero pasó.

—Claro que pasó, pero ya no se sabe.

Se persona un camarero con libreta y bolígrafo, pero con la vista extraviada a un trío de nórdicas longilíneas, que llevan gafas de sol tamaño buzo y chupan de pajitas. No sé qué pedir. Que yo sepa, en el estómago no hay nada. Al final, me oigo *coñac* y todas las dudas del mundo.

Veo que el hombre de los cocker spaniel camina entre las mesas. Tiene una historia que quizá pueda contar a Carna, que está diciendo:

—¿Sabes en qué pensé? En cuando contabas que habías tenido padres y que eran dueños de un circo. Andabas con esa historia desde pequeño. ¿Te acuerdas?

—Sí.

—Pues yo me la tragué, hasta que un día don Sebas me sacó del cuento. Pero sabías todo de los circos. Tu padre era trapecista y tu madre, ventrílocua. Qué gracia. Y que don Sebas te había llamado al despacho para darte la noticia de que habían muerto. Aquél era realmente un hombre bueno. Sabía más de teología que todos los zotes del Seminario, pero su vida eran los huérfanos del San Ildefonso. ¿Nunca aclarasteis el asunto?

—No.

—Debió de creer que eran cosas de la edad y que se pasarían. ¿Por qué inventarías algo tan retorcido?

—No lo sé.

—Supongo que tendrá una explicación sencilla para los psicólogos. Puede que sea preferible haberse quedado huérfano que ser huérfano desde el principio. Cualquiera sabe. Pero estuviste contándola hasta muy mayor. Tu ex mujer también la conocía, si no me equivoco. Qué digo, si la ligaste con el cuento, ¿no es verdad?

—Más o menos.

—Y eso ocurrió bastante después de que yo te dijera que conocía el rollo. Qué cosas. Lo raro es que te durase tanto. A lo mejor sólo querías tener una historia que contar, como todo el mundo. Lo de huérfano a secas no da para mucho. Pero que te durase tanto... ¿Llegaste a creértela en serio?

—Es posible.

—¿A creértela del todo?

—¿Qué es creérsela del todo?

—Ponerles cara y nombres a los padres inventados, imaginar escenas, darle vueltas, quedarse triste, qué sé yo.

—Un poco.

El hombre de los cocker spaniel se mueve más aprisa entre las mesas. El caballero español tendrá sesenta y alguno, siempre con trajes príncipe de Gales, coronado por sus panamá, mejillas venosas, nariz en porrón y, después del mediodía, con un punto de pimple que progresa hasta la noche. Uno de esos alcohólicos planchados y entrenados en aguantar la honorable vertical. No resulta desagradable, sólo melancólico y pintoresco. Excepto en la ostentación de su pereza.

—¿Esther llegó a enterarse?

—De qué...

—De que era invención.

—Claro.

—Mientes. Nunca lo confesaste. ¿Por qué tendrías que haberlo hecho?

—Era mi mujer.

—Eso no tiene nada que ver.

—Lo que tú digas.

El caballero borrachín de los cocker perdió meses atrás a uno de ellos. Estaba sentado en esta misma terraza, abierta en invierno y en verano. Los cocker acostumbran a entrar y salir del local, dar paseítos por la plaza, le dedican una meada al cruceiro y con sus fiestas hacen vida de relaciones públicas del café italiano. Y al final tornan con el amo, quizá cuando olfatean que el amo está perdido y es hora de tomar precauciones y coger la senda de casa. Pero ese día, según comentaba la jefa de camareros, la veterana del establecimiento, y que parecía tan afectada como el dueño de los canes, llegaron a la zona dos camiones de bomberos, con las sirenas a todo meter. En un bar de Cuchilleros, cerrado por descanso, los vecinos habían detectado fuego. No fue más que un contenedor de basura en el que alguien había tirado una colilla. Pero uno de los cocker debió de asustarse con el ruido y salió despavorido. Pensaron que lo hallarían por el barrio, más tarde o más temprano. Luego, pusieron pasquines con la foto del perro. Y luego, se convencieron de que nunca más volverían a verlo. Hasta hoy. El caballero español se consoló adquiriendo otro igual, le dio el mismo nombre y restableció la parejita como si no hubiera pasado nada.

—De acuerdo. ¿Qué te contestó ella?

—Nada, porque era una tontería.

—Tú no lo contabas como si fuera una tontería. Seguro que se emocionó cuando lo escuchó la primera vez. Y si se emocionó, después no pudo darle igual. No le contaste la verdad.

—Me gustaría saber por qué te empecinas.

El actor camarero interrumpe con las bebidas. Un trago rápido al coñac. Entonces digo:

—¿Crees que eso tuvo algo que ver con la separación?

—¿Y de qué hablas tú ahora?

—De Esther, de la separación...

—No sé a qué te refieres, pero ya hemos hablado mucho de tu separación. Y tu historia inventada, tanto si acabaste contando la verdad como si no, no creo que fuese fundamental.

—Te he dicho que se la conté. A lo mejor por eso empezó a mirarme de otra manera.

—No fue eso.

—Entonces, ¿qué fue?

—Nada.

—Nada no puede ser.

—Mil motivos. En las separaciones hay mil motivos, pero ninguna explicación.

—Pero nada no puede ser.

—La gente se pone a buscar los motivos cuando no le encuentra explicación a haber dejado de querer. Y se deja de querer por lo mismo que se ha caído el árbol ese, a saber, que los seres vivos se cansan de todo.

—Yo creo que me dejó porque sintió más compasión por otro que por mí.

—O porque bebías demasiado.

—¿Piensas que me dejó porque bebía demasiado?

—O porque bebías demasiado poco.

—Me parece raro que alguien te deje por beber demasiado poco.

—Más raro que todo es por lo que la gente te quiere —su frase favorita.

El movimiento del dueño de los cocker se agita, y se nota en su cuello, en sus pasos, en una mano con índice enarbolado. Ha salido del recinto de mesas. Otra novedad es que la jefa de camareros ha hecho acto de presencia bajo el toldo de la entrada, cuando es difícil verla sin mostrador.

El príncipe de Gales faldea sobre un esqueleto que se descose, el panamá, oscilante. Llega a escucharse la súplica:

—Sara, Sarita, qué quieres.

La jefa de camareros ha puesto brazos en jarra, y le clava la vista. Es alta y rellenita, mulata. Tiene los ojos grandes y redondos, sin parpadeo. Está diciendo:

—Madre de todos los santos, que no ocurra otra vez.

Tengo ganas de levantarme de la silla, pero no sabría adónde ir. El coñac ha bajado a su mal sitio previsible. Lo curioso es que pienso que sólo se arreglará con más, esos círculos. El More de Carna resultó *non sancto*. Y de esta conversación no saco lo que estamos diciendo.

—Te has pulido la copa de un trago —dice Carna—. Y eso es tener mucha sed.

—No ha sido un trago.

—Dos, a lo sumo. Así que ya estás desembuchando. Algo pasa. Y no te guardes nada —esa intranquilidad de Carna, que se desenfunda con rapidez de pistola.

—Es que no pasa nada. Pero me gustaría pedir otra copa. ¿Llevas dinero?

Carna levanta la mano y declara:

—Te pasa algo y me voy a enterar, te apuesto lo que quieras.

La que se acerca es la jefa de camareros.

—¿Falta alguna cosa? —pregunta, aunque la vista sigue al de los cocker, que se ha alejado otro poco.

—Otra copa de coñac —contesta Carna.

—¿Qué coñac era? —averigua la jefa, sin perder la otra atención.

El caballero ya está agitado de veras, danza como de puntillas.

—Como pierda también a la hija... —murmura la mujer, que después de que Carna le haya dicho la marca de coñac no se ha movido.

—¿Qué hija? —pregunto.

—Ese señor perdió a un perro —comienza a explicar, suponiendo que nadie sabe nada—. Bueno, era perra. La perra había parido y él había regalado los cachorros. Cuando vio que estaba perdida para siempre se las arregló para recuperar a uno de los cachorros, que es la perrita que ahora no encuentra. Hasta le puso el mismo nombre.

—Así que era hija de la otra —digo, pero la camarera ya se ha marchado.

—Deja a los perros y a los hijos de los perros y desembucha.

—Es que si ahora pierde a la hija, volverá a perder también a la madre. Las perderá a las dos a la vez, porque hizo que fueran la misma.

—Parece que se le amontonan los duelos —dice Carna con indiferencia—. La camarera preocupada debería haberle advertido. Hablemos un poco de ti. ¿Qué hay del trabajo?

—No encuentro.

—Me habías dicho que andabas en varias cosas.

—No salió ninguna.

La camarera está hablando con el caballero desorientado. Él da vueltas alrededor de ella. En el costado siento el silencio de Carna.

—Ni saldrá —remacho.

—Si lo tienes tan claro, será por algo.

Aunque no haga ruido, cuando alguien busca o espera hay algo que suena. ¿No lo oyes? Puede que sea un alma que se despega del cuerpo. Es un silbo, pero que apenas se escucha con oídos mortales. Mejor dicho, con los oídos cansados y obturados de escuchar cuerpos y cosas durante demasiada vida. Esther contaba que los niños podían oír en una frecuencia imposible para los mayores. Y Goro, que han sacado unos teléfonos móviles que los profesores no perciben, y que el aula es una sinfonía mientras el de la tarima perora. Ahora se oye el remolino del hombre que busca a su perra, el sonido de la espera de la camarera que quiere que esto termine, y también, llegando por el costado, el de la forzosa inquietud de Carna, cuando he dicho que no tengo esperanza de encontrar trabajo.

—¿No me has oído?

—El qué.

—Que si tienes tan claro que no encontrarás trabajo, será por algo.

—Ha sido sólo una forma de hablar —digo mirando su semblante agarrotado, helado en sus peores temores—. Una respuesta emocional, no lógica. No te preocupes, se arreglará.

—Hace un año que no trabajas con regularidad. ¿Te parece una contestación para no preocuparse?

Como empalado en la silla. Conozco su miedo y no lo he respetado. Todos tenemos uno que es el miedo más grande. Y merece el mayor respeto. Carna se hizo funcionario, corrió a hacerse funcionario, daba igual el empleo. Después de la fe impredecible que se fue, después de la sexualidad que no pudo predecir, se puso a predecir un futuro. Ni siquiera puede apostar por el pasado de ese amor primero, desbaratado por la desmemoria ajena. Queda la seguridad material y eterna.

—Yo no estoy preocupado, aún tengo salidas. Falta escoger una. Lo estoy pensando —miento con alevosía.

—Menuda tranquilidad. Dices una cosa y luego otra. Y ahora vienes con que hay salidas y que las estás pensando. Qué amplio, todo. Estás en las últimas y no te da la gana confesarlo.

La camarera y el caballero han entrado en una fase de resignación, quizá de consuelo. El hombre se ha aquietado, y baja la cabeza ante algo que le está diciendo la mujer. Ahora me pregunto por qué el dueño de la perra no sale a buscarla. Ha bebido y no está para excursiones, a lo mejor es eso lo que argumenta la camarera. Y que tampoco ella puede ausentarse. Y que no hay nadie más a quien pedir ayuda. Mientras tanto voy pensando en por qué Carna no es una solución, al menos una como Avedissian o como Domínguez. Superior, porque Carna es casi familia. Pero el motivo es que Carna no podría ni queriendo mucho. No podría por fuerzas y por miedos. Le atropellaría la incertidumbre, aunque le sobrara el dinero. Está bien donde está, a distancias de dos meses. No le quiero menos por eso. No le quiero menos porque lo sé.

—Di por qué no he de preocuparme.

—Bueno, preocúpate lo que quieras. Te he contado lo que sé. Lo que no sé es difícil que te lo cuente.

La camarera regresa a los mostradores. El caballero permanece en el exterior. El trampantojo es un muro verde con ventanas de las que caen lágrimas, y debajo está la leyenda. El hombre bebido que ha perdido a su perra repetida aguarda bajo esa lluvia de ventanas y letras.

—Pero dices una cosa y luego, otra.

En la tensión, la cara de Carna se vuelve más chiquilla, indecisa. Podría haber sido un ángel típico y sin sexo, le hubiera gustado.

—Todo va bien, lo juro. Sólo necesito que me contestes a unas cuantas cosas, con la condición de que no te alteres. Necesito que me ayudes, no que me hundas. ¿Estamos?

—El dinero que quieras, ya lo sabes.

—Deja el dinero. Necesito que me digas qué pasa cuando dejas de pagar los seguros sociales y eres autónomo.

—Que te follan, qué va a pasar.

—¿Quieres ayudar o no?

—Tú pagas por meses, si no me equivoco, y pagas el mínimo, doscientos euros o así. ¿Me estás contando que no pagas? ¿Desde cuándo no pagas?

—Desde hace cuatro meses.

—¿Y no me lo has dicho? ¿Sabes por lo menos que éste es el mes de la declaración de la renta?

—Contesta.

—No tengo toda la información, tendría que preguntar a un técnico. Pueden embargarte la cuenta, multarte, pero lo que está garantizado es que tendrás problemas con la declaración, porque los seguros desgravan.

—No he tenido ingresos.

—¿No has tenido ingresos en este ejercicio? Eso no es posible.

—Lo es. Y además es cierto.

—Pero ¿qué me estás contando? Ángel, por los clavos...

La misma jefa trae el coñac. Probablemente para continuar espiando al escuerzo, que se ha quedado mirando hacia Cuchilleros, donde aquel incendio y cuando la otra perra, si es que las distingue. No está avizor, ni nada parecido, más bien se trata de un abatimiento en una dirección con algún sentido para él.

—Está bien, vamos a serenarnos —dice—. Y tú bebe con sosiego. Entonces era eso. Ya me temía yo alguna gorda. No se te puede dejar solo. Bueno, no hay que preocuparse. Mañana hablo con el técnico y ya dirá por dónde salimos. Tú, tranquilo. Y bebe como se te antoje. Que esto sea todo lo que nos pase en la vida.

Me acuerdo del tutor de Goro y de la preocupación de la que no había que preocuparse. Carna es al revés, la no preocupación de la que hay que preocuparse.

—Ahora no vengas con que no te hace falta dinero. Ya me estás diciendo cuánto. Has dejado la copa temblando. Habíamos acordado no preocuparnos. Cuánto, a ver.

—No necesito dinero.

—Eso no lo he entendido.

—No necesito dinero, y no arregla nada —confirmo.

—¿El dinero no arregla los problemas de dinero?

—Tengo de sobra.

—Y los impagos a la Seguridad Social, ¿qué fueron? ¿Un capricho?

Duele ver al caballero español en su desorientación fija. Nadie se interesa. La camarera avista desde la umbría del mostrador. El público de esta terraza y de la terraza del pruno, los comercios con los clientes, los automóviles parados en los semáforos, los viandantes, los músicos que se fueron hace rato tras menear el cubilete, sólo están de paso...

—Tengo dinero. Y el que haría falta empezarán a pagármelo mañana, a principios de la semana que viene a más tardar.

—Inventa lo que quieras. No hace ni una copa que afirmabas no tener trabajo. Y eso haciendo oídos sordos a que tampoco lo encontrarías.

—Me han encargado un ático, un jardín de nopales, una urbanización en Pan Bendito y una parcela de bastantes carros en la sierra.

—¿Un jardín de nopales? ¿De qué carros hablas?

—Y creo que puedo realizarlos a la vez. Hay que encargar bien el trabajo, es el truco de este oficio para sacar dinero. El ático es lo que exige más atención, por la distribución del peso y la orientación. Pero los nopales y las parcelas son trabajo de diseño y luego, de machacas de subcontrata.

—¿Lo que dices tiene algún sentido?

—Me dará para vivir dos años, calculo. O más. Voy a comprarle una moto a Goro y también dejaremos el alquiler, sale más rentable la hipoteca de un piso. Por esta zona, que nos gusta. Cuando la empresa esté asentada, voy a dedicarme a la xerojardinería. Es el futuro.

—Vale. ¿Vas a contarme de qué te has mantenido estos meses?

—De los ahorros, de encargos pendientes en Galapagar que me pagaban en negro, de hacer de guía en el Botánico... Pero no me equivoqué, porque el porvenir está aquí, sólo hay que ver cómo proliferan las empresas de arquitectura de exteriores. Hasta ahora ha sido un periodo de adaptación.

—Hago como que te creo. ¿Y hasta mañana o hasta principios de la próxima semana tienes dinero para vivir?

—Suficiente.

—¿Y todo eso que cuentas no fallará?

—Es imposible que falle todo.

—Por si acaso, voy a dejarte algo de dinero.

—¿No me crees?

—Por supuesto que te creo, y te creeré más cuando confieses la verdad sobre tu mujer y el cuento del circo.

—Le dije que era una invención de huérfano. Ella se rió, nos reímos juntos. Le pareció gracioso. Y lo olvidamos. Tampoco era muy difícil de entender esa fantasía de niño. Supongo que si nunca le hubiera dicho la verdad y hubiera seguido alimentando la historia, habría sido distinto.

—Habría sido distinto, no te quepa duda. Te habrías convertido todo tú en un misterio y ya nadie se atrevería a explicar por qué dejaste el Seminario y te hiciste maestro, por qué dejaste de ser maestro y te hiciste jardinero, pongamos por caso. Y ahora ni tú mismo sabrías lo que está pasando por tu cabeza.

—¿La gente se explica con claridad lo que pasa por su cabeza?

Carna está murmurando algo cuando el hombre de los cocker empieza a levantar pesadamente unos brazos rígidos, en paralelo, soldadito de plomo. El resto del cuerpo continúa abatido y destartalado, soplando el último suspiro a los brazos. Da miedo, es un estertor.

—¿Adónde vas? —Carna me ha puesto una mano.

—Ese hombre...

—¿El de antes, que mira al perro de la mujer?

—Ha perdido a su perra. Qué mujer...

Entonces, por el flanco del chino y de los huevos a noventa céntimos, entra en el campo la china sin edad, de voz dulce y látigo, llevando a Sara Sarita en el pecho.

—La ha encontrado —digo con un júbilo raro.

Y al tiempo, en el campo que ha creado la china acercándose al hombre de brazos tiesos y último suspiro, veo aparecer, allá en el semáforo de Segovia, junto a Asquiñina, a Goro mirando a izquierda y a derecha, nunca al frente donde estoy, lo que quiere decir que me ha visto y viene para acá.

—¿El de allí no es tu hijo?

—A lo mejor ahora recupera a las dos. No se me había ocurrido.

—Es Goro, cómo puede caminar con los pantalones por las rodillas.

—Si antes perdía a las dos, ahora recupera a las dos. ¿No te parece que puede ser?

—¿Te refieres al de los perros? Yo qué sé. Lo más probable es que, tal como lo lleva el buen hombre, se pase la vida alternando duelos y resurrecciones. Oye, tu hijo es un pintas. ¿Tú le miras?

El caballero acoge a la perra entre los brazos, la acurruca y besa. La china espera un poco y da media vuelta, una sonrisa esgarfiada bajo las lentes a media nariz. El dueño susurra a Sara Sarita en el oído y vuelve a donde el otro cocker ha permanecido en guardia, presintiendo la anomalía. La jefa de camareros se presenta en la puerta, junta las dos manos y se las lleva a la boca.

—Tío, estás enorme —dice Carna.

—Va —dice el recién llegado—. ¿Qué? ¿De drinqui?

—Siéntate y pide un batido. ¿Adónde ibas?

—A dar un rulo y a ver si encontraba al padre, tengo hambre.

—Cenamos en un rato —digo.

—¿Y cómo te va, golfo?

—Cómo me va con qué.

—Con los estudios, con las chicas, con qué si no.

Goro pide un batido de chocolate a un camarero en marcha, y luego se despista por ahí.

—¿No vas a contestar nada?

—A qué.

—Chicas, estudios...

Goro apoya las manos en los muslos y mira a la mesa. Parece meditar la respuesta, quizá la costumbre de tanto interrogatorio, de tener que llenar correctamente casillas.

—Los estudios, bien. Cuestan, pero bien —la voz se le ha engolado un poco, adultizada—. Las chicas, psss.

—Si los estudios van bien, las chicas llegarán.

—Sí, ¿no?

—Todo tiene su protocolo. Si estudias, te valoran. Si te valoran, te miran más. Si te miran más, acaban por enamorarse.

—Podrían enamorarse primero, y luego yo sacaría buenas notas. Me parece más lógico y más fácil.

—Pero ¿tan mal te va con ellas?

—Ni mal ni bien —contesta Goro, vagando de nuevo.

Traen el batido. Aparta la pajita y bebe a morro. En la mirada hay un equilibrista que camina entre el simple cansancio del día y el tedio de la vida entera.

—¿Qué es un protocolo? —dice, de improviso.

—Las cosas que tienen que hacerse para conseguir algo bueno.

—¿Por ejemplo?

—Si eres puntual, trabajas todos los días, te esfuerzas y cumples con tus obligaciones, a fin de mes te pagan un sueldo.

—Ya, el protocolo son todas las cosas malas que tienes que hacer para conseguir una sola buena.

—Puede que esas cosas que tú llamas malas te gusten.

—Sí, ¿eh? Padre, tengo hambre de verdad. ¿Cuándo cenamos? Luego, se me quita y me despierto por la noche.

—Ya te he dicho.

—Un momento —dice Carna.

Saca, ha sacado la cartera y alarga a Goro un billete de cincuenta euros. Goro no hace intención de cogerlo, sólo lo contempla. Luego, no me ha mirado, pero me está mirando.

—Cómprate una hamburguesa o una pizza o lo que quieras, pégate un homenaje, sobrino.

—La cena está preparada, Carna, no te molestes.

—Cógelo —dice únicamente a Goro.

—Es demasiado dinero para una hamburguesa —digo.

—Cógelo, sobrino. Hazme caso.

—Traeré las vueltas —murmura Goro.

—Nada de eso. Invita a tu padre a cenar o cómprale una camisa. Es todo tuyo, es mi regalo.

El billete tornasolado lleva ya un tiempo grande en el aire, es ligero en comparación con lo que pesan mis últimos céntimos en el bolsillo. Goro debiera cogerlo pronto, antes de que vuele. Por qué no lo hace. ¿Porque es mucho dinero? ¿Porque es tanto dinero, para tan poca cosa como una cena, que avergüenza nuestra escasez? ¿Porque ha notado en mis remilgos una necesidad verdadera?

Tendría que decirle sencillamente que lo cogiera y acabar con la escena en la que, a nuestro pesar, nos estamos comportando como mendigos, los ojos bajos, las resistencias, la insistencia de Carna, la vergüenza que vuelven clamorosa las débiles e intimidadas protestas. Y además, ahora Carna ya no puede dejar de saber cuánta falta nos hace ese billete prendido de una mano imperativa, al cabo de un brazo cada vez más autoritario, señalando como una carabina a las acongojadas piezas. Pero no tengo fuerza para abrir la boca, antes esperaría que Carna volviera a metérselo en el bolsillo y retrocediéramos a la antigua paz. Si ya sabe cuánto lo necesitamos, por qué no se lo guarda. Ya no puede dárnoslo, no debe. O debiera obligarnos a cogerlo, abriéndonos la mano y cerrándonos el puño con crujido de dedos.

—Venga. Gracias. Muchas gracias —dice Goro, que atrapa el billete de un casi manotazo, y que repite las gracias como si así suavizara el gesto que ha sido borrar el billete de la vista, escondiendo el escándalo.

—Perfecto —dice Carna, satisfecho.

—Me piro —anuncia Goro.

Se levanta hacia Carna. Le da dos besos y repite las gracias.

—No es para tanto —dice el mayor.

—Es que antes casi no te he saludado —contesta el muchacho con la sonrisa que nunca le sale bien, estirando labios de piedra, como él supone que se montan las sonrisas.

Goro se marcha con su contoneo, las manos en los bolsillos del canguro. Quiero decirle a Carna: No hacía falta que le dieras todo ese dinero. Pero a la vez quiero que se vaya enseguida. El día se desmorona, levanta polvo, y aún tengo que hacer, hacer todo lo que no he hecho. Sólo que el día tendrá mañana otro día, y yo, nosotros..., nosotros somos seres de un día, sólo de éste.

—Dijiste que tenías una cena —y antes de que perciba que le estoy echando—: ¿Es un ligue nuevo?

—Psss —contesta, imitando a Goro—. Estaba pensando una cosa.

En su rincón de la plaza, el ciego de la ONCE se incorpora tambaleante. Despliega el bastón con técnica de espada galáctica y camina zahorí, riendo, hasta el coche que le espera en el cruce con la Cava. Dentro está la mujer de siempre, cara limpia, sin tristeza ni huella. El ciego se introduce y ella arranca en el acto, sin entretenerse en el desastre del pruno, que acaban de llevarse. Las manos del ciego amante de la música country tocan palmas, la boca abierta en canto o carcajada.

—¿En qué cosa?

—Que podríamos planear algo los tres juntos.

—Claro. ¿Por qué los tres juntos?

—¿Sabes de qué tres juntos hablo?

—Goro, tú y yo. Los tres juntos, quiénes van a ser.

—Hacer un viaje o algo por el estilo.

Pienso en el barrio sin el pruno y sin el ciego, que me pregunto si volverá, sin la floristería que se liquida, sin el Champion que cierra, sin el último semillero, sin Goro, con el caballero de los cocker perdiendo siempre alguno..., las lágrimas del trampantojo son amarillas porque se están quedando secas, y las palabras que dice son verdad.

—Y se te ha ocurrido de repente...

Se advierten claramente las dos pieles de Carna con sus tonos, la de encima con el blancor de siempre y la otra, nueva, con un remonte ceniza. Es la cara de muchacho con el viejo en su busca. Por eso siento lo que está a punto de decir:

—Bueno, ya no voy a tener familia. Tú eres lo único, tú y Goro.

—No eras huérfano.

—También los huérfanos se hacen. Evité a los que pudieron haberme querido, y ya murieron, mis padres, mi hermana. No digo que me arrepienta, porque no era capaz de otra cosa. Además, el resultado no varía.

Se lleva la taza de capuchino a la boca, enfocándome. Se diría que vigila o negocia. O simplemente juega, aunque echando el resto. Tan impenetrables los que se van como los que se quedan.

—Muy bien, haremos planes —digo—. Nos iremos de viaje. Yo nunca he subido en avión. Me gustaría ver ese cementerio romántico de Highgate.

—Los tres juntos.

—Es lo que estamos diciendo.

—Goro, tú y yo, subiendo en avión.

—Los tres, sí. La familia se amplía, esto marcha.

—Es un plan cojonudo.

—Es un plan perfecto.

Hasta llego a pensar: No había ningún peligro, no tengo que llamar a Esther para nada. Ahora somos más, no podemos separarnos todos. Es tan cartón la esperanza falsa que dan ganas de llorar, y de paso Carna supondría que me ha emocionado la idea.

—Ahora tengo que irme —dice, llamando a un camarero.

Se escuchan voces en el interior del local. La jefa de camareros está abroncando a uno de los actores hosteleros. Echa furias por la boca. El otro la mira de abajo arriba, igual que un perrito, el lomo encorvado. Parece otra mujer, no siendo más que la misma, sentimientos como máscaras.

Carna paga, ha pagado. Nos levantamos con lastre, algo de palanca en los reposabrazos. Nos damos los besos sin palabras, que serían un añadido de plomo. Hemos emprendido camino un tanto bruscamente.

Las nueve, pasadas

Los pies se enderezan hacia Avedissian, hacia los presupuestos de Bai Yu, hacia la última oportunidad, de las que está lleno el día y vacío. Se trata de ir ligero para no dejar que este mareo de coñacs y estómago en ascuas, aunque no menos de que se aproxima lo que tiene que pasar con Goro, de Esther esperando en un teléfono, y de las palabras que no tengo, se apodere también del cuerpo y lo tumbe. Goro está comprando su cena con todos los euros de Carna y aún queda tiempo para que Avedissian ayude en los costes de ese ático, y para que yo corra hasta la casa decorada con soles y le pregunte a Bai Yu si está de acuerdo en que empiece mañana, ella diga que sí, nada haya pasado.

Estoy mareado y sin embargo veo luz en el cernimiento de la noche. Si se ha llegado hasta aquí es porque todo va a solucionarse. Siempre es de ese modo. Tanta espera y angustia sólo puede concluir en alguna salvación. En otro caso, ya habría sucedido lo inevitable o lo que era impensable hacer. ¿No es así? Contesta.

Atravesado el paso del semáforo, por delante del pruno abatido, ya va quedando atrás el bar sin nombre, y se entra en la Cava Baja, en la que se han abierto todas las puertas, todos los balcones y tragaluces, y la multitud circula por bocas de hormiguero, mesones, tabernas, tiendas de deshora, y las conversaciones salen por gateras, no se escuchan nítidas como por la mañana, y enseguida se alzan en bandadas. Y las primeras bujías sin resplandor, escarchadas en la claridad.

Al mismo tiempo que los que se cruzan miden mal y pegan en el hombro, toques de atención. Como si me hubiera equivocado de camino, fuera contra la corriente. Son tantos que pienso en rodear para llegar hasta la tienda del semillero, pero no existe ningún rodeo, porque el sitio está en mitad de la calle embudo. Podría descansar un poco o entrar en el estanco a por tabaco. Descansar de los golpes de la calle que empiezan a parecerse a los golpes de por la mañana en la casa, cuando la casa se puso a escupir esquinas. Ahora la gente escupe sus hombros. Puede que los hombros huyan de soportar su peso de mundo como las esquinas de casa huían de su peso de inquilinos.

Antes he sabido que el estanco está cerrado. Y cuando calculo que también vale cualquier barucho con una expendedora, caigo en que ya no fumo, en que he dejado de fumar hace mucho para que Goro no pregunte qué va a ser de él. De hecho, cuando él se marche, no puedo volver a fumar porque Goro no puede volver a hacerse esa pregunta, y esa clase de preguntas es mejor que nadie se las haga nunca, producen eco en la vida con esquinas y hombros.

Otra vez suenan cristales, las suelas arrastran el rasguido de las esquirlas por la acera, a la altura del Julián de Tolosa, de las motos en batería junto a los alcorques, precisamente donde la vigilanta guardaba el Audi con la ventanilla estallada. Puede que también sean los pedacitos del llanto bobo de la mujer robada, todavía llorando que no le hubieran robado nada, hecho lágrimas de vidrio. Pienso: Hay lágrimas de cristal y lágrimas de agua. Las de cristal hacen daño. Y las lágrimas de las cosas pueden ser de cristal o de agua. ¿Y el motivo del llanto no importa? No importa, siempre se llora, siempre hay algo que se está yendo. Presta atención.

Y a medida que el rasguido se hace tierno, que resuena más en el oído que en el zapato, el semillero se aproxima. La cancela sigue levantada, todavía abierto. No había imaginado que pudiera haber cerrado. Es tarde para él, y no recuerdo si dijo *esta noche* o dijo *esta tarde,* para lo de ayudar. Si hubiera dado un rodeo, aún sería peor..., si hubiera entrado en el estanco..., si hubiera buscado una expendedora..., sería más tarde y la duda de la cita más chocante.

Por el escaparate de los sacos con banderola se ve oscuro. Pero del cuarto de la trastienda, donde la mesa camilla y las fotos con nopales de Menorca, acude un relumbre a los tiradores de concha de las cajoneras de la pared y a los raíles de los letreritos. Al fondo sólo se aprecia un cuarterón de la mesa y se adivina la bombilla sin visera en la chispa que salta del cristal de una foto grande, en el tabique de la derecha. En esa foto grande están los nopales bajo una casa blanca con chimeneas de tiros torcidos, entre palmitos y orquídeas salvajes. Es hora de pasar la puerta. Antes, la empujo y luego, sacudo el pomo. Esta mañana también hubo un pomo. Y tras el pomo se formó un atasco. Hasta que vino Goro y le dio el sentido correcto. En el sentido correcto el pomo nos dejó salir a todos a la calle. Ahora, éste podría dejar entrar hasta la mesa camilla y la bombilla desnuda. Lo que pasa es que no lo hace, y tal vez no lo haga porque ya ha pasado la hora de los pomos correctos, y los pomos que se encuentran cuando se ahoga el día ya no tienen ningún sentido correcto, todos son cierre. Imagina que la puerta ya no se abra, por mucho que Avedissian esté esperando en el cuarterón opuesto de la mesa y por muy necesarios que sean los presupuestos de Bai Yu.

Los nudillos van a pegar en el cristal cuando Avedissian aparece rodeando la mesa, una mano buscando apoyo, y plantándose delante de la fotografía. Un brazo se ha alargado y escondido hacia atrás, y enseguida resurge con un vaso. En el vaso está el licor cobrizo de Ararat, como las sequoias cobrizas bajo el Viaducto. Avedissian lo arrima a los labios, pero se quedan borde contra borde, la boca y el vaso. No está bebiendo.

Se recuesta en la mesa, se escurre, entonces la mano y el vaso buscan un apoyo, la figura se tambalea como un boxeador antes de ir al suelo. Al final se sostiene, un poco empalada frente a la fotografía de los nopales. Aunque dará todavía un paso, abrirá un cajón de la cómoda de ratán que hay bajo el marco y sacará una bailarina azul, esa que le había saltado como un tigre.

La coge con dos manos y mira adentro como un bebedor mira en el fondo de una copa vacía. Y en esa postura Avedissian se congela. Espero a que al menos aparezca el calambre de su cuello, mientras ya sé que hoy Avedissian no podrá ayudarme, y que la última oportunidad era un hombre asomado a lo que sólo él puede ver en una zapatilla de mujer. Y lo que ve está tan hondo que ni siquiera el latigazo de su tic aparece para hacerle volver.

Retrocedo, voy desandando la Cava, y más que en los presupuestos de Bai Yu, que esta misma noche le hubiera presentado, pienso en si Avedissian podrá irse a Menorca, si no será uno de esos cuentos verdaderos que nunca se cumplen ni se han cumplido y que siempre cuentan otra cosa.

Retornan las esquirlas, los farolillos del Julián de Tolosa tienen el color de retener la luz de la tarde antes de que se vaya. El peso del cuerpo decae a los pies y el camino se encrespa. Avedissian ha vendido el local a los chinos y Avedissian no se irá a Menorca. No puede porque se ha congelado mirando una bailarina. También porque le ha desaparecido el tic con el que miraba lo que estaba delante echando vistazos para atrás, lo que le servía para orientarse. Ahora se ha caído al fondo de una zapatilla y lo que se ve de él es que ya no anda, ni mira.

Mientras yo voy al encuentro irremediable de Goro, al que sé por fin lo que voy a decirle: ¿Es que todavía no te has ido? Y ya no escucharé ninguna de sus respuestas, porque estoy cansado de todas sus respuestas, harto de discutir cada pequeña cosa, cuando él debiera saber lo que pasa y haberse marchado. ¿Por qué no te has ido? ¿Qué he hecho yo para verte aquí? Yo no soy su padre, no puedo ser su padre, y no puedo sentir ni en el estómago ni en la cabeza que se marean el dolor de ir a perderlo. Sólo soy su secuestrador, no su padre. Igual que yo no tuve padres, ahora estoy seguro, y no por lo que ha dicho Carna, que no sabe de qué habla, Goro no tiene padre. Y este día es el de su liberación, debe ponerse contento. Lo he tenido secuestrado durante años, hemos desarrollado lazos durante este tiempo grande y a cualquier luz parecemos padre e hijo, nos hemos ido haciendo padre e hijo a consecuencia de que después de tanto tiempo de estar juntos hemos inventado nuestros papeles porque no podíamos hacer otra cosa. Un secuestro con secuestrador y secuestrado en sus papeles no puede durar tanto. Yo inventé a mis padres, por tanto, Goro me ha inventado también. Pero también esos padres me inventaron, diría el Hombre de Pan Bendito, de modo que yo también he inventado a Goro. Yo hubiera sido otro sin esos padres figurados, que dice Carna, que no sabe de lo que habla, así que da lo mismo que existieran o dejaran de existir. Goro me inventó a mí y yo inventé a Goro mientras duró el secuestro que no tuvo más remedio que desvanecerse y trasponerse en familia.

Ahora se explica que yo esté tan encima de él, que lo mire tanto, que le esté haciendo el mal del que advirtió el tutor, que le dé pastillas, que haya imaginado una enfermedad para atarlo y para que también él se ate pensando que no puede valerse por sí mismo, que no es inteligente, y que le haya inculcado el temor de mi desaparición con ardides como el del tabaco, igual que le he dado preocupaciones sobre mí, sobre mi trabajo, sobre nuestra supervivencia para que imagine que somos familia, a lo que también ha colaborado Jefe, elemento esencial, alguien sobre el que descargar nuestras dudas de afecto, sobre el que ir construyendo el pasado que no teníamos, como nunca tuvimos a esa mujer que dice haberse casado conmigo y haber sido su madre. Eso es, nos lo inventamos todo, y eso que duele no es dolor, es liberación. Yo ya puedo fumar y no trabajar nunca, y él ya puede dejar el Rubifen y ser inteligente.

Todo está bien ahora, pero ya tiene que irse. Aunque si todo está decidido, no sé qué hago sentado en el poyo de la esquina de la travesía, mirando el almendro que extiende ramas en flor por encima de la tapia, un almendro sucio y asolado, en cambio las flores son perfectas, aterciopelan la oscurecida, despegadas de los miembros denegridos, añosos, castigados, despellejados del árbol, aunque si todo está decidido, por qué no voy corriendo a decírselo a Goro, por qué no salgo disparado a compartir esta alegría con él, que sobre todo es la suya.

—¿No está loca esa mujer? Veremos si no acaba en disgusto algún día. Es loca de lo mala que es.

El presidente de la comunidad podría estar hablando solo, pero se ha parado aquí mismo, y manosea el tirolés que le sirve de cráneo. Arriba hay cuatro pelos largos y aplastados sobre una calva con pespunteado de sudor. Tiene la cara encendida y la boca hecha un tajo de rabia. Alguien escapado de una pelea física.

—Dice que he sido yo, ¿no te giba? Como si uno no tuviera otra cosa que hacer que el gamberro. Eso, ella. Un día de éstos le ponen el capirote y la bata en un sitio que yo me sé. ¿Usted se lo puede creer?

Le miro atentamente, porque no entiendo de qué habla. El anciano debe de haber leído la interrogación.

—El buzón, hombre. ¿No lo ha visto usted? Alguno se lo ha cargado. Claro, que eso es lo que dice ella. A saber si no será una de sus mañas para armar camorra, con lo que le gusta. ¿De verdad no lo ha visto?

—No, de verdad.

—Da igual. ¿Pues no se le ocurre que he sido yo? Como loca, unas voces en el portal... Y yo le contesto: A ver, ¿por qué he sido yo? ¿No ves, alma de cántaro, que esto sólo puede haberlo hecho alguien de fuera? ¿A qué vecino, conociéndote, se le ocurriría esta fechoría? ¿Y sabe lo que responde?

El viejo hace un alto mientras empieza a colocarse el sombrero, después de haber pasado una mano peine por la calva. Me observa un momento, como si acabara de darse cuenta de que estoy sentado en el poyo de la travesía, un asiento raro, en la esquina.

—Bueno, la chota contesta que lo del buzón es odio, un odio que alguien no ha podido aguantarse y que llevaba muy pensado. Qué casualidad, dice, que la tarjetita con su nombre fuera la más curiosa. ¿Qué le parece?

—Usted no ha sido.

—Pues claro que no, señor mío. Menuda ocurrencia. Entonces le digo: A ver, ¿cómo puede haber sido un odio inaguantable y al mismo tiempo llevarlo pensado? Y también, ¿No es lógico que el truhán tirase por lo más llamativo? Pero nada, no hay razón que valga con ella.

El buzón se viene a la cabeza como algo que pasó hace mil años y no hay forma de recordar el motivo para un hecho tan furioso. Conozco lo sucedido, pero no veo que lo hiciera yo. También podría haberlo hecho el viejo, al fin y al cabo se hace las mismas cábalas y las mismas coartadas.

—Emperrada está. ¿Y no me suelta que soy el que tiene más tiempo libre para haberlo maquinado? ¿Y que siempre voy por ahí como cavilando, vagando por el barrio, con este sombrero que no me quito ni para dormir? ¿Y que cómo es posible que lleve de presidente de la comunidad veintitantos años, si no fuera por las cacicadas? En fin, cuándo nos llevará el Señor, que dicen las viejas.

—Ya se le pasará, no le dé vueltas.

—Le doy, le doy... —dice, rumiando un poco, el sombrero calado, mirando hacia la Cava como hacia un horizonte—. Cómo no voy a darle vueltas. Fíjese en las cosas que dice.

—Sabe que son mentira.

—Son mentira, pero son verdad...

—Está loca.

—Eso no lo dude. Pero las palabras ahí quedan, y quedan de verdad. Ustedes ya viven en otro mundo, mucha televisión, mucho periódico, mucha computadora... Mucho follón que se lleva el viento. Cuanto les digan, les resbala. Se quitan las palabras de encima, como uno se quitaría la caspa de una hombrera. Están acostumbrados.

—Es mejor que hacer caso a los locos.

—Es mejor, sí, claro. Pero ahora yo no puedo dejar de pensar que es verdad que me paso el día pateando el barrio, que no me quito este sombrero ni en invierno ni en verano y que llevo un haz de años presidiendo la comunidad de vecinos. Y todo eso por qué. ¿Usted no pararía a pensarlo? Está loca y no lleva razón, pero las palabras son otra cosa.

—Acabará usted pensando que le ha estropeado el buzón.

—Quién sabe. A lo mejor he sido yo sin darme cuenta. A lo mejor lo he olvidado. ¿No ve que me paso errando la jornada, que nunca me quito el sombrero y que a mis ochenta años no me apeo de la presidencia?

—Es usted un buen presidente, Severino.

—Ceferino, si no le importa.

—Disculpe...

—En fin, marcho a mi paseo. ¿Y puede saberse qué hace usted ahí, aguantando la esquina?

—Me tomaba un respiro.

—Naturalmente. Hay días así.

Y se va, un paleo en los brazos, paso de carga, el tirolés cabizbajo. Se ha disipado mucho del mal cuerpo, pero cuesta levantarse de este poyo hincado en la rabadilla. En los escombros que se ven por la verja del patio del almendro hay una antigua cocina de hierro, dos sillas con el adamascado roto o podrido, una lámpara de pie bastante entera..., alguien compró esas cosas gastándose un dinero que tuvo que calcular, con la ilusión de acomodar una casa, de empezar a vivirla. Luego, las fue usando y desgastando, y al final las abandonó. Están las cosas y está el espíritu del que las compró, que ronda desorientado entre los trastos. Quizá el cuerpo de esa persona se fue a un sitio mejor, nunca se sabe, pero el alma de aquel momento fue dejada con sus cosas.

A diferencia del almendro, que parece inmutable en la ruina del solar, ya sin jardín y sin casa, cercado de polvo y cascotes, con el vigor entero en las ramas desplegadas y en el rebose de las flores, como si lo negara todo. Es más que eso, porque está demasiado henchido, una rabia de vitalidad que se yergue ante los desechos y ante el viejo espíritu del dueño, ahí tirados, despegando del suelo y abriendo paso hacia los huertos celestes.

A veces llega una fragancia, una tropa de pétalos sin cuerpo que anda y desanda el camino entre el almendro y la esquina, cruzándose con otros que ya vienen o vuelven, recorriendo una escala, como aquellos ángeles. Parece que la distancia se cubre de seres comunicantes y leves, de los que escapa un rumor de pisadas y palabras, aunque son seres impasibles, como si no les importara nada lo que hacen, puede que como si siguieran una rutina. Lo que pasa entonces es que si abro los brazos y respiro fuerte, la escala me lleva hasta el almendro, la rabadilla ya no duele y los ojos se estiran hasta todo el añil del cielo, donde pestañean otros pétalos, remotos.

Me digo: Despierta, es la hora. Y me incorporo y voy dando los pasos. Esta mañana resonaban unas suelas estriadas. Pienso: Aún no pasa nada, porque todavía es por la mañana. Ni siquiera es la mañana de hoy, es otra mañana de mucho atrás, una mañana en la que ni siquiera se presiente el día de hoy. Vivo en un pasado verídico y, aunque todo el aire se ha puesto a frenar, espeso y apretando el pecho, el portal viene a la busca. Echo mano de las llaves y digo: Goro, si has cenado, vete ya. Goro, si no has cenado, hazlo deprisa y márchate, ¿no ves que están esperándote? Y nada más decirlo, el estómago se ha marcado un volatín y erigido una arcada. Una arcada tan sólo, a pesar de que yo deseaba un vómito, descargar, vaciar, pero resulta que ya estaba vacío, lamentando no haber comido nada y que ni siquiera el coñac erupcione, seguramente porque ha empapado deprisa las vísceras esponja. Podría vomitar las vísceras, sentaría bien, sería agradable. Y a pesar de ello, subiré escalones, subo escalones con piernas de plomo. Se siente como una señal repentina de que la jornada ha durado todo lo que daba de sí y me da por pensar que lo que pesa es la mancha de la camisa, que si la hubiera cambiado ahora todo iría más ligero, que las manchas son superficiales pero no ingrávidas y que todo el mundo se cambia rápidamente lo manchado porque ha descubierto que con el paso de las horas se adensa y cuelga como ruedas de molino. Una mentira universal, que lo sucio es un problema de higiene cuando en realidad es un problema de báscula y de tiempo. De modo que las manchas se miden como todo, en gramos por segundo. Otra prueba es el alma, lo más sutil, etérea cuando naces y que con la edad se pondera hasta que el cuerpo no soporta más y dobla el espinazo. Y habría que preguntarse si no convendría cambiar esta camisa para decirle a Goro que si ya ha cenado, debería marcharse a donde le están esperando. Lo que no es muy cierto, puesto que no he llamado a la mujer convencida de ser su madre, y en esto he decidido rebelarme y telefonearla únicamente cuando Goro haya salido de casa. Total, que me parece mejor que lo último que Goro vea al marcharse no sea esta mancha y vea en cambio que he mudado de camisa, activo y dispuesto al porvenir, que no me importa tanto que se vaya, y que un padre que se pone una camisa limpia en la despedida del hijo es alguien que sabe lo que tiene que hacer y por eso, limpiamente, sin cerco y sin mácula, lo hace. Y eso será lo primero al entrar en casa, antes de que cene y se marche.

En cuanto la puerta se abre, Jefe en recepción. Una hélice gimiente de pelo, con las aspas del rabo y del hocico dando contra las paredes del pasillo estrecho. Hay que irlo empujando hasta el office, abriendo paso.

—Padre, podrías sacar tú al chucho esta noche —dice Goro, apostado a la salida del pasillo, un bocadillo de calamares en las manos, aunque hay ketchup chorreante.

¿He de discutir sobre eso? Es él quien tiene que marcharse, y lo del perro no pinta nada. Tendría que contestar: No soy yo quien tiene que irse de casa. No es el momento de preocuparse por el perro. ¿A qué viene ahora lo del perro?

—Ya lo saqué por la tarde, recuerda que cambiamos el turno.

—Tengo que estudiar, te lo juro. Además, he comprado la cena.

—¿Cuándo has estudiado tú por la noche?

—Voy a estudiar todas las noches hasta que acaben los exámenes. Ya lo he hablado con Virginia. Por lo menos, repasar. Sé que puedo aprobar, padre. Estoy seguro. ¿No te comes el bocadillo que he traído?

Voy hacia nuestras mesitas niqueladas de terraza, porque ahora no puedo irme, no tengo que irme, sino aguantar. Aguantar hasta que se lo diga. Si salgo por la puerta, no habré hecho nada, repetición de jugada. Se sienta enfrente.

—Podrías haberte estirado un poco con los cincuenta euros que te dio Carna. Los bocadillos de calamares no son lo que se dice un homenaje.

—Espera, aquí tengo las vueltas.

Saca billetes arrugados y monedas, los deja en la mesa.

—Casi han salido de gratis —dice—. Cuarenta y cuatro con sesenta que sobran. Hay para comer veinte días.

—Muchos días me parecen.

—A lo mejor, quince.

—Siguen pareciendo muchos.

—Aunque sean diez.

—Guarda el dinero, te lo dio Carna —digo.

—Guárdalo tú. A mí ya sabes que se me pierde.

El dinero se queda en la mesa como si alguien hubiera volteado una de esas cajas donde cabe de todo y también hubiera salido dinero.

—Gracias por la cena —digo—. Y por el plato. Tú también podrías ponerte uno.

—Ahora voy. Aunque yo no mancho. Está bien la cena, ¿no?

—No sabía que te gustaran los bocadillos de calamares. Claro, que no deben de gustarte tanto cuando los atiborras de ketchup. Por cierto, ¿quedaba ketchup?

—He cogido sobrecitos de un burger. No se han pispado.

—Oye, Goro... —comienzo a decir—. Tú nunca estudias por la noche.

—Hoy me he dado cuenta de que puedo aprobar. Me he acordado de lo que era un sintagma nominal antes de repasar. Y luego de más cosas. Era como si las leyera en mi cabeza. Ya no tengo cabeza borradora, ahora tengo otra.

—Pues Virginia no parecía muy contenta esta tarde.

—Eso era por la tarde. Lo que yo te cuento ha sido después. Ha sido un pelotazo. Tendríamos que preguntarle a la psicóloga si eso es normal. Que te cambie la cabeza de un rato para otro. Yo creo que es normal.

—Entonces ya no le preguntamos.

—Es normal, porque he crecido. Ella dijo que llegaría un momento en que maduraría. Y es lo que ha pasado.

—¿De golpe y en el mismo día? Mejor dicho, ¿en la misma tarde?

—Sí, padre. Tiene que haber muchas cosas así, estoy seguro. No sólo mi cabeza, muchas cosas negras que de pronto son blancas, y otras cerradas que se abren. Es verdad que tienes que esperarte, pero luego cambian deprisa, no poco a poco.

—Entonces también al revés, supongo.

—No entiendo.

—Las blancas, negras y las abiertas, cerradas.

—Va. Y al revés del revés.

—Bueno. La verdad es que te noto algo distinto. Estás comiendo con apetito y a tu hora, y no paras de rajar.

—Y he pensado otra cosa.

Se ha llenado la boca y no sigue. Los ojos pardos, grandotes, se quedan pensativos sobre el níquel de las mesas. Ahora Goro parece pequeño y a la vez mucho mayor que antes.

—He pensado que puedo dejar las pastillas, ya no hace falta que me ayuden.

—¿También eso acabas de descubrirlo?

—Claro que me han ido bien, pero también me han ido mal.

Mastica y vuelve a pensar. Es rara tanta comunicación en un día, pero es más rara la claridad. Como si llevara tiempo pensando y acumulando, todo saliera por la boca en fila india.

—Me han ido mal porque me hacen creer que lo que hago bien es por ellas y lo que hago mal es por mí mismo.

—¿Te has creído eso?

—Y más cosas, porque cuando algo sale mal pienso que ni siquiera las pastillas pueden ayudarme. Eso me mata. Entonces he pensado que todavía estoy yo, que el único que queda para ayudar soy yo. No hay pastillas, ni psicóloga, ni padre, ni tutores, ni Dani, sólo estoy yo. Si lo pienso así, me va mejor que si lo pienso de la otra manera.

Le estoy escuchando con tanta atención que por un instante se me olvida que debiera decir algo. Lo que pasa es que no se me ocurre qué. Ni a quién. ¿A quién le diría que estoy o no de acuerdo, por ejemplo? ¿Al Goro que esta mañana se metió en su cápsula mientras veía los dibujos de *Futurama* o al que por la tarde se desesperaba con Virginia? ¿A este convencido de que todo saldrá bien, y que razona y come tal como se espera de él? ¿Cuál de ellos tiene más peligro? Yo venía a decirle aquello, ahora no sé responder a lo que dice. Pienso entonces en lo que dijo el tutor y se agranda hasta todo lo que insinuó y podía sospecharse. Es verdad, si su padre puede sobrarle, ¿por qué no han de sobrarle las pastillas? A lo mejor es menos lo que le hace falta que lo que le sobra. El padre y las pastillas son el peligro. Es un pensamiento nada más, pero el pensamiento se queda ahí, delante del bocadillo de calamares, mirando los carrillos de Goro y punto en boca. Siento los labios doloridos de este silencio que viaja hasta el estómago, vaciante, vomitado para dentro. Tampoco Goro parece esperar respuesta.

—Ha vuelto a llamar el del garaje —dice, como si continuara pensando en lo anterior.

—Y qué quería —pregunto para mover los labios.

—No lo dijo. Pero está llamando todos los días. ¿Tú no lo imaginas?

—Querrá cobrar —digo y noto las palabras.

—¿A Virginia le has pagado? —sigue ausente.

No puedo contestar tanto. Llegarían más preguntas. Y de todas las preguntas que llegasen, tendría que salir una única respuesta.

—Lo de las pastillas puede esperar a que termines el curso, ¿no crees?

—Va. Y el del garaje que también espere. No pasa nada por esperar. Pero ¿por qué no comes?

—Ahora me lo como, mientras saco al perro.

—¿Sacas al perro y te comes el bocadillo?

—¿Pasa algo?

—Que todavía puedes manchar más la camisa.

—Ahora iba a cambiarme.

—A ver si es verdad. Hoy ibas muy elegante, pero todo el día has llevado esa mancha. Qué bueno estaba esto. Voy a repasar, ¿vale?

No le digo nada, miro el bocadillo y calculo el hambre que tengo. No sé calcularlo.

—Gracias por lo del perro, padre. Ponte una sudadera, no vayas a manchar otra camisa.

—Sí, papá.

—Va.

Se levanta y desaparece. Luego, el resplandor del salón llega al pasillo. Miro el puf de Goro, la estantería con los libros de jardinería y el agujero que hicieron los polacos. Los miro con agradecimiento. Les agradezco que estén ahí, sólo que estén ahí ocupando el espacio, que no se hayan movido en todos los días que han alcanzado este día. Las cosas tienen sus lágrimas, pero también su caricia. Se está bien en casa y al mismo tiempo tengo ganas de salir. Estoy bien quieto y necesito moverme. Tengo hambre y no la tengo, un cuerpo pillado en contrasentido.

Al ir hacia la alcoba a por la muda, el oído se aguza para percibir el roce de bolígrafos o de páginas o de asientos que debiera producir Goro, y salta toda la memoria del oído, todas las veces que se alerta: el despertador que le levanta, el removimiento en la cama, la puerta de su cuarto, los pasos en el pasillo, los tintineos y sorbidos del desayuno, el ritmo de bajada en la escalera, el timbre a la hora del recreo, más pasos en la escalera, el timbre del almuerzo..., una atención asustadiza a la que le gustaría taparse los oídos y que si no los tapa gira como un tigre enjaulado yendo de ruido en ruido, con los ruidos en barrote. Tapar los oídos, tapar los ojos, palpar para encontrar otra camisa o camiseta o sudadera, estar ya en la calle con Jefe, y en cambio respirar el aire que viene de la sierra junto al que se derrama de los plátanos y de las acacias, el que sube de las rosaledas y de la grama, escuchar como mucho el silencio nocturno de los pájaros, libremente posados en su sueño, libre...

—Padre, ¿puedes decirme qué hora es?

Enciendo la luz y noto cuánto pesa la mano del reloj.

—Van a dar las diez —contesto mientras me voy quitando el reloj, el reloj que se queda en la mesilla.

Más tarde

Jefe entra y sale del jardín, la tensión que le provocan las puertas. Pero las farolas de la plaza y de la costanilla laminan el belvedere y perforan las celosías, un butrón de luz que abate la cerca, la reclusión, la sombra. Ya no se está en mitad del jardín, sino en mitad del barrio, caídas la noche y el muro. El hortus conclusus se va a coincidir con el hortus dorado. Porque el barrio también es jardín, gente mirando al cielo como ailantos, tacto de pisadas, aromas que salen de pieles limpias, música de cuclillo en las palabras, prendas que entutoran el cuerpo, acordes entre la piedra del pensamiento, el verdor de los deseos, el agua de las cosas perdidas, en el pegujal tallado de los edificios con su interior boscoso..., y también la gente tiene puerta y valla que dejan el barrio dentro o fuera, por donde pasan con cuidado los que se aman o irrumpen los enemigos.

Ahora este huerto de Anglona se queda pequeño, reducido por la claridad, atribulado en la sombra. Aquí también había un jardín ideal, y también mengua. Era aquel jardín imposible lleno de cosas que faltaban en éste. Yo había imaginado una fontana contra un muro, un camino de cantueso, un declive de amapolas blancas, arces, un cedro del Líbano, un estanque grande, y el resultado era que había demasiadas cosas, que lo había cegado, que no era posible, porque ya no sería siquiera jardín. Lo que le faltaba a éste para que fuese ideal, era en realidad lo que sobraba para que fuese jardín, acorde, humano. Puede que lo que falta sea siempre lo que sobra, y eso pasa en Goro, en el dinero, en el trabajo, en el pasado... Faltan y sobran para vivir en el jardín.

Por tanto, da igual Anglona que el barrio. En cualquiera de esos jardines, si quieres seguir vivo, has de cuidar, has de cuidar lo que sobra, cuidarlo para que no se meta entre tantas cosas que faltan, infinitas, cegadoras.

Y entonces a lo mejor podrían quedarse el colegio de huérfanos y el Seminario Diocesano, el Instituto San Isidro y el Colegio de la Paloma, el recuerdo de Esther y el regreso de la sierra. Y entonces a lo mejor también podría quedarme yo y podría quedarse Goro. Estaría bien. Nadie se iría. Mi jardín ideal.

Después

Jefe ha vuelto a pararse en la puerta. Pero esta vez ha soltado uno de sus ladridos secos, de advertencia. No hago caso. Entonces viene al galope, frena y se sienta con su mirada anhelante. No hago caso. Otro ladrido. Se pone a jadear, sentado y clavado. No sé qué quiere y le estoy diciendo con mi indiferencia que no quiero saberlo. Se lanza de regreso a la puerta y repite la llamada como si terminase de llegar, lo anterior no hubiera pasado. Nueva carrera, frenazo y anhelo. Por no aguantar más manía, me levanto, después de todo va siendo hora de volver a casa y de que tome su cena. ¿Queda pienso? Si no queda pienso, entonces queda, y ahora lo recuerdo, el bocadillo de calamares que no me he traído. Le dije a Goro que lo comería mientras sacaba al perro. No me gustaría que Goro se levantase de repasar y viera los calamares fríos, que él compró y yo olvidé. No es por miedo ya, no, es porque hoy tenía un plan perfecto, y los planes perfectos aguantan en la cabeza aunque fracasen, mucho más tiempo. No se disipan en su fracaso. Dejan huella. Eso es lo que pienso con el pienso. Y también que al día le falta un remate, una conclusión, un final perceptible, como conviene a alguien que lo ha urdido, pero con esto no sé lo que digo ni lo que pienso.

Cuando le tiendo el lazo, se dispara plaza arriba, la correa en el aire. Bajo los faroles, hay un mitin de dueñas maduras de perro, los perros en su jolgorio. Una pandilla de treintañeros bebidos, trajes de aspirante a directivo, dinero sin compromiso, cruza la plaza desde los bares de arriba. Los perros, las dueñas y los beodos resuenan en la oquedad nocturna.

Jefe ha desaparecido hacia el colegio de huérfanos, no le siento. Cuando llego a la esquina, está sentado en la bocacalle de Alfonso VI, junto a la entrada del San Ildefonso, atento y de espaldas mientras una sombra corre en dirección a la calle del Granado, corre en huida y esa huida parece haber paralizado a Jefe. Porque no la esperaba o porque ha conseguido espantar a la sombra. Al sentirme, se pone en pie gimoteando, se arrima y hocica entre las rodillas. ¿Qué hago yo aquí? ¿A qué me has traído?

Jefe golpea con las patas un objeto que empieza a rodar bocacalle abajo y que para en una bordura del empedrado, poco más allá. Lo que miro es su ruido, que se levanta sobre los otros de la plaza cripta, y luego lo que miro es un bote de spray. Acaricio a Jefe, oteo a donde la sombra ya ha escapado, por el viejo piso de acogida de don Sebas, y viene de bruces el graffiti de la fachada del colegio de huérfanos, que antes decía KÍROX y ahora lo borra un fresco blanco, un cuadrado regular como una losa. Pienso: Si la sombra ha escapado por la calle del Granado, ahora colgará un deseo de alguna de las ramas.

Recojo el bote de spray, sintiendo que el ruido que ha hecho y el desperdicio en que se ha convertido es cosa mía y de Jefe, los únicos testigos y responsables. Como la culpa del cambio climático, se me ocurre, si sólo existiera un único habitante de la Tierra, o dos, contando a Jefe.

En el bote aún pesa la pintura. Habría que buscar un iglú de reciclaje, hay algunos en la Cava, pasando por casa. Mientras lo llevo en la mano, el dedo juega con el pulverizador. El bote no es un objeto muerto ni independiente, como la correa del perro o el reloj que he dejado en la alcoba, sino un artefacto que puede hacer cosas, entrar en sintonía con cualquier voluntad. Una prótesis del poder humano.

Pasamos por delante de las mujeres y los perros, correteos y cháchara que no se apagan, crecen. Jefe, que ya va atado, da tirones buscando a los colegas. Detrás, en la capilla del Obispo, he adivinado a la muchacha del weimaraner, bella, a la que ya no me acercaré. En la calle Príncipe de Anglona, los treintañeros torrijos están quietos junto a la puerta del bar La Musa, hablan de tomarse la última y de madrugar mañana, sosegados de pronto, cuando la presión del día siguiente se mezcla con su alcohol de hoy, y sale ese cóctel que puede ser lamento o ir a despeñarse del todo.

Dejando los bares frente a la iglesia de San Pedro y de Jesús el Pobre, la calle del Nuncio se asola. Hay alguna ventana iluminada, pero no se ve un alma, ni siquiera el presentimiento de que aparezca, esa sensación urbana de que alguien siempre está llegando, siempre hay alguien de camino, siempre hay alguien en la nada. Jefe se despide con una meada en el portón de la Nunciatura. En el Consejo de Municipios hay una luz de garita muy adentro, como un hombre en un faro.

El bote sigue en la mano. Lo tiraré en la Cava. Estoy pasando ante el portal. Entonces pienso: Es hora de ponerle fin al día. Lo que pienso es en poner la palabra FIN, como un grafitero que ha tenido un plan perfecto y ahora quiere coronarlo, una vez fracasado, con una simple palabra de remate. Eso al menos me lo debo, sigo pensando. Y no tengo otra forma de acabar, de decir que lo que sea ha pasado, puesto que no ha sido el plan, sino otra cosa, puede que sólo el día, el día ha pasado, los días tienen fin, no tengo más que este bote de pintura con pulverizador. Sé que la ira de la mañana ha desaparecido, después cuajada en temor, y que aparece una fiebre de resolución, que quizá sea una fiebre que resulta de sumar las fiebres sucesivas. Nada más que poner FIN porque es imposible irse a la cama y meterse en la noche con el día deslenguado, todavía corriente, sin haber echado su cancela. Porque no puedo querer esa cama y esa noche, y en cambio sí puedo querer la cama y la noche que han cerrado las puertas a su espalda.

Engancho a Jefe a uno de los barrotes del andamio que cubre la fachada. He escogido el balcón de la Mala, porque ella es la que se ha ganado la palabra FIN, ella también tiene que terminar y yo con ella, mucho del día también ha sido suyo. Fin del plan, fin de la Mala, fin del día, eso es ir cerrando puertas. Los paños marrones del balcón y la pintura blanca pulverizada. Mientras subo por el lateral, imagino ese contraste, y es un contraste suficiente, también armónico con el tono pastel de la fachada. No se trata de hacer daño, sólo de escribir algo necesario. Luego, si esa mujer quiere borrar este día y este fin, sólo precisa una mano de pintura, y ya no quedará nada, ni una hora, ni un minuto, ni un rencor.

Piso la pasarela de metal perforado. Saco el bote del bolsillo en que ha ido sujeto en la trepa, y una sirena de alarma se desgañita de pronto en los tímpanos, un grito de tijera que a la vez agujerea y taja, más esa soledad desnuda de estar en el centro del estrépito, enjaulado y culpable, suspendido y elevado para contemplación general.

—¿Se puede saber lo que tramas? ¿Andas probando la alarma del andamio, imbécil?

Es aproximadamente lo que llega desde la sordina de un rostro despintado y desvencijado, un cráneo pelón con mechas de henna, un pellejo colgante donde antes estuvo la cara de puta, ni hombre ni mujer, puta, ángel malo con sexo robado. Sé que es la Mala por lo que dice, y porque nadie puede habitar donde ella habita. Con otras palabras y otro tono sería un pariente o una vecina que se ha colado en su casa, hasta su propia madre. ¿En qué se ha quedado sin la coleta tirante, los embadurnes y los aires?

—Mi perro está abajo —digo trémulo—. Yo he llegado hasta aquí...

—¿Tu perro no ha querido subir contigo, es eso lo que quieres decir?

—Yo estoy arriba...

Entonces el espantajo se transmuta en ojos grandes y oscuros, los labios se inflan, lo demás desaparece, un sueño que viene a devorar.

—Pasa, atontado, que va a llegar la policía y con ésos no queremos hablar. ¿No escuchas lo que te digo? No, no escuchas, cómo cojones vas a escuchar. ¿No estarás mamado? A saber.

Noto que me agarran y que el alarido de sirena se queda en las afueras. Entro en luz amarilla, no la luz amarilla del Lidl, no la de la salida del Metro, ni la de las lágrimas del trampantojo, quizá la del Viaducto y las sequoias, tibia, amueblada, a resguardo, pasaje.

—Voy a quitar al perro de en medio antes de que se líe. Los vecinos ya habrán sacado el hocico. Menuda leche. ¿Y tu hijo? Sólo faltaba...

—Yo soñé que usted tenía un hijo y que venía en triciclo del colegio.

Va hacia la puerta, una bata de rombos guateada, una cabellera desgreñada, y esa puerta se cierra. Después la puerta se abre y lo que se aproxima es la máscara fea.

—No lo soñaste. Es verdad que tuve un hijo.

Luego

Sé que he estado hablando sin parar, aunque apenas recuerdo lo que he dicho, quiero decir, las frases y la emoción, porque en cambio estoy seguro de lo que he contado. Creo que ya no me queda más, pero en este momento de interrupción dudo de si es un respiro o la conclusión. También sé que llegaron los municipales, que la Mala les dijo algo por el balcón, también a los vecinos les espetó algo, y que Jefe está sentado a sus pies, esos amores espontáneos, mientras ella lleva escuchando mucho rato y en las pupilas asoma un hilo brillante. Estoy tranquilo como si al fin el día maldito se hubiera acabado, lo que no consigo es fijarme en nada de lo que me rodea, no sabría decir cómo es la casa en que vive esta mujer que odiaba y que me protege, a la que he contado todo lo que no he contado a nadie, ni a Avedissian ni a Carna ni al tutor, y que entiende lo que yo no entiendo mientras empalma un cigarrillo con otro. Lo único que sé es que lo entiende, lo que no sé es cómo.

—Mañana será otro día —dice—. No hay ninguno igual. Sobre todo, los malos. Qué tal si te vas a tu casa y lo duermes.

—No sé por qué le he contado mi vida.

—Me parece que eso debería preguntarlo yo, no te fastidia. Consuélate, que de aquí no sale.

—Le doy las gracias, de todas formas.

—Lo único que tienes que darme es el arreglo del buzón. Y lo quiero para ya, pedazo de hijoputa. Con la bronca que le he echado a la momia del tirolés...

—¿Cree que debería haberle hablado a mi hijo?

—Esto es la monda. Lo que buscas se llama asistente social. Yo que tú, iría a ver si la criatura está en la cama, no vaya a ser que todavía se alargue el día.

—No sé por qué dice eso.

—Porque tú no eres muy listo. ¿Sabes por qué te has despachado conmigo tan ricamente?

—Claro que no.

—Pues yo tampoco, pero a lo mejor andabas buscando un achuchón.

—Le juro que no.

—No me refiero a eso y no te pongas a jurarlo, no vaya a sentarme mal. Pero ¿qué te has creído? Lo que quiero decir es que es mejor abrazarse a alguien que acabar agarrado a un clavo ardiendo. Te has pasado el día dándole a la pelota, así estás tú ahora, mochales y cantando la parrala en mi salón. Y el caso es que me das pena, atontado. A lo mejor esperabas que te denunciara en la comisaría. Así te enchironaban y te quedabas tranquilo, y el hijo con su madre, por ley.

—Yo eso no lo he pensado.

—Entonces, lo que te digo, querías un achuchón, pero un achuchón con el enemigo. Pasa más de lo que crees. Cuando algo te da miedo, te gustaría abrazarlo y quererlo. Es por lo que todos llevamos un demonio dentro, para poder abrazarlo cuando tenemos miedo.

—No la entiendo bien.

—Ni falta que hace. Ya te estás yendo a tu casa. ¿Sabes por lo menos el nombre de la que te ha salvado y que es la misma a la que rompiste el buzón?

—Rosa Margallo López.

—Impresionante.

—¿Es cierto que tuvo un hijo?

—Sí.

—¿Y qué le pasó?

—Nada. A veces no pasa nada.

Muy tarde

No he encontrado pienso, ni tampoco consigo recordar cuándo se terminó. Jefe está zampándose el bocadillo de calamares en la escudilla, hasta le he añadido un chorrito de ketchup. Goro aparece en la cocina en calzoncillos, guiñando los ojos.

—¿Por qué has tardado tanto?

—¿No te has enterado de la movida de la alarma del andamio?

—Sí, pero no he hecho caso. Mañana tengo examen. ¿Qué ha pasado?

—Ni idea. Pero tú deberías estar en la cama.

—Ha llamado un amigo tuyo.

—Y quién era.

—Se me ha olvidado el nombre.

—¿Era Avedissian?

—No. Éste era nuevo.

—¿Ha dejado algún recado?

—Dijo que te llamaría, pero que a lo mejor te veía por la calle. Y dijo otra cosa, aunque ahora no me acuerdo.

—Menuda información.

—Tú tampoco me has dicho por qué has tardado tanto.

—Ya te he dicho, lo del andamio.

—Va. Y te has quedado mirando toda la noche. Sí, ¿no?

—¿Qué tal si duermes antes de que te desveles del todo?

—Creo que hoy me va a costar dormir. ¿Jugamos a los calmantes? Te dejo dar primero. Venga, nos vendrá bien.

—¿Nos vendrá bien un poco de dolor?

—Claro, padre. Pega.

—¿De verdad quieres que te atice un puñetazo en el hombro?

—Dale de una vez.

—De acuerdo, pero pega tú primero.

—Era por que tuvieras alguna ventaja.

—Pega.

Los nudillos han atravesado el músculo, alcanzan el nervio y el brazo se duerme. Sueño y dolor.

—¿Qué tal? Soy el rey de los calmantes. Ahora, tú.

El golpe le ha hecho botar. Pero ni ha pestañeado. Sonríe, aunque ya no son labios de piedra, la sonrisa que imita a las sonrisas. Es franca, le llena la cara.

—Padre, eres un abuelo. Vaya mierda de calmante. ¿Cómo quieres que me duerma, si no me duermes ni el brazo?

—Duérmete tú solo. Y, si no, cierra los ojos y descansarás igual que si hubieras dormido.

—Eso dices siempre, pero no es lo mismo. Y además tengo hambre otra vez.

—Pues no tenemos comida.

—Va. Entonces me marcho a cerrar los ojos. Pillo dos euros del dinero de la mesa para el bocadillo, por si no estás a la hora del recreo y mañana se me olvida. Y tú haz la compra normal, déjate de percebes.

—Va.

Quies, lecho

Cierro, he cerrado los ojos, y pienso en la música del día. Tendrá que llegar en algún momento. Demasiada calma. Sólo el zumbido lejano de la autopista. Y nada. La pareja de arriba está en silencio, los verderones callan. Los ruidos son lo que la hacen sonar, he supuesto por la mañana. Y no me hundo en la cama como en un río, y no soy un pez de plomo. Podría flotar si quisiera, pero tampoco floto, sólo me extiendo sobre un jardín amplio en el que no llego a tocar el muro, tal vez el muro se retira cuando intento tocarlo. Esta oscuridad de párpados cerrados no es completa. Si miras bien aparecen esas figuras que cuentan cosas. Hay una mujer tirando de un pañuelo, el pañuelo se vuelve inmenso, pero los brazos pequeños aún lo abarcan con las manos..., otra mujer resbala por un trampantojo de lágrimas amarillas, pero nunca llega al suelo, por el contrario, da la impresión de elevarse con zapatillas azul celeste..., un hombre delgado juega al platillo con un bastón de ciego y un sombrero de cowboy, el sombrero sale volando y al hombre le sale un agujero ojo..., del ojo sale una mancha cobriza, un reflejo cristal, de donde bebe una abubilla..., por un margen acaba de entrar un tren, es un correr de ventanas en sombra, no se ve el tren, sólo las ventanas sin luz..., un niño y un perro vienen desde dos puntos diminutos, pasan de largo, cuando ya han pasado todavía persisten los dos puntos de donde vinieron..., en el centro hay un gran árbol que empieza a caer, no cae por completo, es una escala, túnicas negras que suben y bajan..., allá en lo alto, esquinada, hay una niña junto a un coche, lo aplasta y lo dobla, luego, se lo mete en el bolsillo y, al sacar la mano, agita un billete enorme..., un anciano gira sobre sí mismo hasta convertirse en ciprés, el ciprés echa a andar..., todos están ahí, a todos se les ve por un agujero con forma de Sudamérica.

Si miras bien..., si miras bien todo ello tiene una boca, unos labios que se arrugan, hasta sientes el soplo. Si miras bien descubres que están silbando. Claro que silban. Es una música nítida, fuerte, ascendente, y tú mismo la estás silbando aunque de hecho no la conoces. ¿No la escuchas? Me duermo, ya me dormí. ¿No la escuchas?

Y el sueño

He encendido el cigarrillo, hace tiempo que he vuelto a fumar. Por ese ventanuco entra toda la luz del cobertizo a esta hora de la tarde, al final de un día de invierno. La luz va encogiendo desde una vieja nevera, pasa por encima de unas bicicletas, hace que brille un dalle en un banco de trabajo y luego fulgura en la cabeza de un clavo. Estoy pensando en acercarme luego a la cocina y si esa mujer que me mira como si no supiera qué hago ahí, aunque nunca pone mala cara, me habrá guardado algo de lo que sobró en el almuerzo. Ése era el trato con Domínguez, el constructor de Villalba, quedarme en el cobertizo con derecho a comida y ocuparme del jardín. Como este jardín no tiene mucho trabajo, casi todo pinar o quejigo, una pradera y una piscina en el centro, unos cuantos maceteros y parterres alrededor de la casa con aralias, acantos, dragonteas y una parra recién plantada, puedo usar el tiempo libre para trabajar fuera. En realidad, con volver antes de que anochezca, regar y limpiar un poco, el jardín no necesita más. Tendrá quince carros..., ahora cuando pienso en carros me acuerdo de Bai Yu, pero me acuerdo como si viviera en otro país o la hubiera conocido hace mil años, inventada en este cobertizo mientras fumo cigarrillos. Todo aquel Madrid queda muy lejos, inseguro, sólo es un destello como todo lo demás que pasó, el colegio de huérfanos, el Circo Atlántico, el Seminario Diocesano. Igual que aquel piso en el que vivía con Goro y con el golden llamado Jefe, en una calle en pleno centro, travesía del Almendro. Al cabo Goro no quiso llevarse a Jefe, tampoco su madre lo quería, pero ahora Jefe está bien.

Veo a Goro siempre que quiero, sólo tengo que coger la furgoneta y acercarme a la capital. Vamos a comer una hamburguesa y a veces a un cine cuando él sale del colegio nuevo, que está por O'Donnell, pegado al parque del Retiro. Sigue como siempre, lleva escritas más de cien letras de hip hop y dice que va a preparar una maqueta en el garaje de un amigo. Sigue viendo a Dani, pero nunca hablamos de la travesía del Almendro, ni del San Isidro, ni de los años en que vivimos solos en Colmenarejo y él iba a aquella escuela en la que nada salía bien y por la que nos trasladamos a Madrid. Por ella y porque el pueblo se nos caía encima, era todo un círculo vicioso, algo que fallaba y volvía, los mismos profesores que le conocían, los mismos recuerdos y la misma dificultad desesperada de Goro por encontrar amigos o un clavo ardiendo. Hicimos bien en hacer todo aquello que ya pasó. Quizá le recuerdo más por estar aquí, porque el cobertizo queda a medio camino entre Galapagar y Villalba. Con los recuerdos estamos los dos otra vez en Colmenarejo, pero aquel pueblo no tiene nada que ver con esto. Ahora Goro está mejor, es la verdad. Todo va bien. Yo he tenido bastante suerte con el trabajo y con encontrar este sitio. Lo cierto es que casi es una casa y hay espacio de sobra, una cama, la nevera, un hornillo y puedo utilizar los aseos del servicio que además dan a este lado. Domínguez vive con su mujer, que se ha quedado lela, un accidente vascular, dicen, y no tiene hijos. Así que el ambiente es tranquilo y no se oye una voz más alta que otra. Cuando hace sol, sacan a la mujer al porche en una silla de ruedas con una manta en las rodillas. La mujer pone la cara al sol y guiña los ojos con una mueca agarrotada, se puede pasar horas así. Dice Domínguez que agradece que le hablen y que se entera de todo. De vez en cuando me siento a su lado, en el bordillo del porche. Le hablo de los jardines que estoy montando en La Navata, en Parquelagos, en las urbanizaciones del embalse de Valmayor. Ahora estoy muy concentrado en mi trabajo. He convencido a algunos para hacer caminos de cantueso, pero todavía no he conseguido que les interese acabarlos en la fontana contra el muro. Mantienen que es mucha obra. Algo de razón llevan. En cuanto a los estanques, por aquí lo que predomina es la piscina, y arces no hay ninguno hasta que no se traspasa la sierra. Puedes conformarte con fresnos. Si hay que plantar, la moda es el magnolio, a la gente le atraen las hojas satinadas y el tamaño, y el boscaje que se distingue a la legua. Para mí es un árbol con pretensiones de nuevo rico, demasiado enfoliginado, y las flores son infladas y exageradas como escarapelas. Aparte de que es un amorfo. Lo que también está de moda son los jardines japoneses, no a plenitud, por supuesto, sino en rincones y pegujales. Es un negocio de boquilla, que si los ejes, que si la orientación, que ya me sabía y otro poco que he aprendido. La lata es la rocalla, que necesita transporte y encontrarla con algo de ojo, que la piedra tenga el gesto raro, la mejor es la volcánica y el basalto, pero hay variedades que dan el pego. Lo que nunca pongas es granito, huele a timo. Luego hay que aislar bien los estanquitos y no fallar en la piedra K'ouaï. La piedra K'ouaï no tienen que haberla visto en su vida. Y de moda están materiales modernos como la fibra de vidrio y el acero, incluso hierro oxidado y aluminio. Algo que rompa el jardín, según comentan las revistas. En esta especialidad aún no me he metido, pero ya he hablado con un herrero y con un soldador. Y, bueno, jardines japoneses la verdad es que sólo he hecho uno. A lo mejor se lo propongo a Domínguez, para que vea que me intereso por que le luzca el casal. No sé si esperaba más de mí, últimamente le siento seco. También es el resultado del trato, que agosta. Pero en invierno no hay mucho más que laborar. La pobre mujer, Adelina, es una planta más del jardín y las veces que me pongo junto a ella es como sentarse junto a un tronco, aunque ella es lo contrario de un árbol. Está inmóvil como los árboles, pero no va a durar mucho.

Se supone que en este mundo lo que se mueve tiene días contados y lo que no se mueve parece eterno, un pino puede durar cuatro mil años y una mosca, horas. Las encinas llegan a los mil. Ella está entre pinos y encinas, muriéndose. Puede que no termine de morirse porque se está convirtiendo en pino o encina. Creo que fue a finales del último verano, una de las tardes en que estaba con la mujer, cuando los acantos empezaron a escupir semillas. Hacen un ruido fuerte como el de quebrar una nuez y las lanzan a ocho o diez metros. Le conté a Adelina lo que estaban haciendo los acantos y lo increíble es que bajó la vista del sol y fue girando la cabeza hacia la esquina de los acantos. Lo que pasa es que no podían verse, porque están a la vuelta, junto a la mata de adelfas. Es otra de esas plantas fuertes, como el magnolio, con flores abultadas y olor a bofetones. Y un veneno. Unos cuantos pocillos de infusión y te pones de camino. Quién sabe si Domínguez la pensó para Adelina en un momento dado. Tranquilamente en el jardín, con la tacita en la mano y mirando al sol, pero cada vez con la cara más relajada, ya no con el garrote de esa mueca de daño, hasta que la cabeza cae inclinada a los acantos. De todos modos no estoy mucho con ella. Me obliga a mirar el jardín como un cementerio y es verdad que un jardín dependiendo de cómo lo mires es también un cementerio. Por eso tiene que correr el agua, por eso tiene que cantar el cuclillo, por eso las hojas del arce tienen que dar su reflejo, por eso el boj hace dibujos en la tierra, el acanto suelta lapos y el sardinel agarra de los pies para que no te eleves por las copas de los pinos, de los cipreses y de los ailantos, y acabes flotando entre las nubes y dejándote guiar sólo por el sol malo. Lo horizontal del jardín tiene que salvarte de lo vertical, y viceversa, claro. Si los picos de las copas no apuntaran al cielo, si los troncos, los tallos y hasta los retallos no apuntaran la vía de salida, el jardín sería otra tumba de tierra apelmazada, un ciclo de vida y muerte con los ojos observando a ras de suelo.

Estoy empalmando cigarrillos y convencido de contarle a Domínguez lo del jardín japonés. Hay un buen lugar a la entrada, entre el albero y los mirtos del muro, donde puede verlo todo quisque. De paso, me entreno y queda muestra. Estaría bien ganar algo más de dinero, pero no me quejo. No mucho dinero más. Quizá para alquilar una casa cerca del embalse de Valmayor, ver desde la ventana los mástiles del club de vela y dar un paseo para espiar a los galápagos insolándose en las piedras y los bajíos de la presa. A ratos me escapo allí. No escapo demasiado a ninguna parte. Estaba el hortus dorado y ahora es distinto. Domínguez tiene un aire a Avedissian, casi tan nervioso y enteco, pero sin el síndrome de Tourette. Imagino a Avedissian en su casa de Menorca con nopales. Pensé en irme con él. Que Goro viniera a verme. No habría sido tan descabellado. Pero no podía cortar tan pronto, tan deprisa con Goro, no podía pensar en no poder verle si quiero. Aunque lo cierto es que no está más cerca, sólo hay que coger la furgoneta, pero no está más cerca. En cambio, Menorca es un sitio para ir, es un sitio al que se va. Otra diferencia es que Domínguez me invita a que le acompañe con las putas. Hay un hotelito a la salida de Colmenarejo que se ilumina a partir de las cinco de la tarde como un árbol de Navidad. La Navidad acaba de pasar justo ahora, pero no ha sido nada, Goro y yo nunca poníamos el árbol, repudiábamos ese festejo. Sólo me he acordado de lo que no hacíamos. Domínguez se deja caer por allí más o menos una ocasión al mes y vamos en su todoterreno marca Lexus. Me tienta pedírselo para aparecer en Madrid. Nos acodamos en la barra, hay una de esas máquinas antiguas de música que anda con monedas y muchachas extranjeras que bailan, aunque otras están adormiladas en unos sofás. La parroquia son cincuentones abotagados y trajeados que llegan de la oficina en Madrid, con el punto ya cogido. Domínguez se echa dos o tres whiskies al coleto por un sorbo que doy al mío. Cuando ya le ha dado la vena, entonces se le ocurre que yo vaya primero, que escoja a la chica y que él me espere hasta que vuelva. Le repito que sólo vengo para acompañarle y él pregunta muy serio si soy maricón. Desde el primer día le he dicho que sí, lo que no evita que lo siga preguntando y que a continuación me dé las gracias por acompañarle, ya algo patoso. Le veo subir con medio tambaleo unas escaleras que hay detrás de un mostrador, tras una puerta de cristales, con cualquiera de las chicas. Me parece que acompañarle forma parte del trabajo, del trabajo de cuidar este jardín para que no se convierta en cementerio. Si tarda, suelo entrar en conversación con alguna de las mujeres y me he dado cuenta de lo fácilmente que confiesan sus historias terribles de hijos en otro país o continente, de desgracias, pobreza y enfermedades sin ningún lamento, como una retahíla aprendida, pero no para embaucar a los clientes o ganarse una copa con algo de compasión, aunque al final también sirva, sino como si realmente hubieran convertido su vida en una historia y no fuera más que una historia, entre las docenas que se cuentan allí, y tan separada de las otras historias como las propias mujeres de la suya. Tan contada está que circula a su aire, ajena. Y todo el dolor no son más que palabras, y toda la tristeza no son más que palabras y si mañana te quieres morir, o si te quieres morir ahora mismo, eso no son más que palabras, a pesar de que a éstas no se las lleva el viento, pero de todas formas son viento en la boca abierta que en vez de pronunciarlas sólo les da un beso desganado de despedida. Cuando volvemos a casa, a Domínguez se le ha pasado la melopea del todo. Entonces dice: Mañana me confieso, no soy más que un pobre hombre, me he hecho rico con la constructora, pero no he dejado de ser pobre. Y yo le digo: Ego te absolvo in nomine... Sonríe: Es verdad que eras cura, claro, maricón. Sí, un cura, y también porque los recuerdos reculan a galopadas, me encontré el otro día en una iglesia no sé si de Alcor o de Pino Alto, uno de los pueblos más allá de Valmayor, un domingo que había ido a entutorar unos rosales. Y allí estaba, sólo porque había visto la puerta abierta, y después de veintitantos años de no pisar sagrado. Aunque no es que yo dejara la fe, al contrario, ella me dejó a mí como quien deja un viejo zapato, por uso o cansancio. Supongo que también fueron los años de jaculatorias y plegarias, y que le pasó como a las historias de las prostitutas que a fuerza de palabras terminan por vaciarse. Mi mujer me dijo que un día volvería a encontrar el rumbo. Más adelante ella encontró el suyo y entonces entendí lo que decía. Me llamó la atención que hubiera gente de rodillas, de pie y sentada mientras el oficiante leía las Escrituras. En mi época se seguía una regla única. Yo me puse de rodillas, por la costumbre. Y por la costumbre me puse a rezar el paternóster, que salía solo, mejor dicho, venía de fuera. Y al mismo tiempo escuchaba perfectamente al cura que leía el Eclesiastés: «Me hice huertos y jardines y planté árboles de fruto. Me hice estanques para regar mi bosque...». El paternóster empezaba a tomar tacto en la boca, breñas y hendiduras, mientras la lectura del cura entraba como un caudal limpio en los oídos. «Miré luego las obras de mis manos, y el trabajo con que las hice, y he aquí, todo era vanidad y aflicción de espíritu, y sin provecho bajo el sol.» Y entonces yo dije en voz alta: «Me pusieron a guardar las viñas, y mi viña que era mía no guardé». Me hizo gracia que me saltaran dos lágrimas justas, y que luego se apagaran. Me levanté y me fui. Desde el alto de la iglesia se veía el campo hasta El Escorial. Había un aguafuerte de nubes, se distinguían los calveros de las urbanizaciones nuevas, tiñas de ladrillo en las vaguadas y cerros. Al este aparecía Madrid con su boina de humos, en una mancha azogada. Cuando iba a marcharme, las piernas no se movieron. Yo me fui, pero ellas se quedaron. Me estaba yendo y lo más seguro es que no volviera a encontrarlas. No eran tan importantes. Puedo caminar sin ellas. Aunque me he dado cuenta de que eso es posible porque

Goro me lleva de la mano, me está llevando de la mano hasta el cobertizo, y es que vivimos los dos en el cobertizo. Y también los dos miramos por este ventanuco que da al sur y por el que imaginamos que un día se verá Menorca. Y entonces yo le digo: En Menorca pienso dejar de fumar.

Posdata

El día 5 de junio de 2007 amaneció a las 6.35, y la temperatura era de 13 grados. Alcanzó la máxima de 25 después del mediodía. Se celebró el Día Mundial del Medio Ambiente, dedicado al cambio climático. La compañía multinacional Coca-Cola declaró solemnemente que devolvería a la naturaleza cada gota de agua utilizada. La banda terrorista ETA anunció el fin del alto el fuego, aunque ya lo había roto con un atentado que causó dos muertes. Una fosa común con miles de judíos fue descubierta en Ucrania, en la región de Odessa. El secretario general de la ONU, Ban Ki-moon, en visita oficial, aterrizó en Madrid. El Fondo Monetario Internacional solicitó la subida de los tipos de interés en la zona euro, como medida ante una crisis económica anunciada. La estrella brasileña de fútbol, Kaká, confesó que se había casado virgen. Cuatro millones de personas en Zimbabue se encontraban al borde de la hambruna debido a las malas cosechas y reclamaban ayuda internacional. Un ejecutivo de Bilbao agredió y mató a su hija en Londres. El Canal 4 de la televisión británica tomó la decisión de proyectar imágenes inéditas de la muerte de Lady Di, argumentando que eran de interés general, en medio de una fuerte polémica. Por la radio sonaron canciones de Rocío Jurado, la tonadillera fallecida un año antes. Bruce Springsteen publicó un álbum con temas grabados en directo. En el distrito de La Latina, en Madrid, se agradeció la llegada del buen tiempo y se cambió la ropa en los armarios. El sol se puso a las 21.42. Oscureció a las 22.03. Por la tarde, se había sentido, algo fría, una brisa de noroeste.

Este libro
se terminó de imprimir
en los Talleres Gráficos
de Unigraf, S. L.,
Móstoles, Madrid (España)
en el mes de octubre de 2008

LA MEDIA DISTANCIA
Alejandro Gándara

«Había vivido como había corrido, por la fuerza de la costumbre.»

Un hombre corre e intenta ordenar su vida entre zancada y zancada. Lo que empezó como un arrebato de niño se ha convertido para Charro en un brillante futuro. Recién llegado a Madrid, tras fichar por un equipo de la capital, verá cómo la gloria del triunfo se funde con una realidad que comienza a deslizarse hacia el vacío.

El desamor, las victorias a medias y las derrotas olvidadas forjarán en él la sensación de encontrarse en la mitad de todo y el inicio de nada. Charro tardará años en encontrar la paz de reconocerse en las distancias medias.

Un sorprendente relato de la España de los años setenta que fue destacado como uno de los debuts más prometedores de la literatura española y que ya mostraba la heterodoxia y la brillantez de Alejandro Gándara.

«La mejor novela que he leído en los últimos quince años en España. En cualquier país de Occidente podría servir como reflexión de esta época.»

Juan Benet

Alfaguara es un sello editorial del Grupo Santillana

www.alfaguara.com

Argentina
Avda. Leandro N. Alem, 720
C 1001 AAP Buenos Aires
Tel. (54 114) 119 50 00
Fax (54 114) 912 74 40

Bolivia
Avda. Arce, 2333
La Paz
Tel. (591 2) 44 11 22
Fax (591 2) 44 22 08

Chile
Dr. Aníbal Ariztía, 1444
Providencia
Santiago de Chile
Tel. (56 2) 384 30 00
Fax (56 2) 384 30 60

Colombia
Calle 80, 10-23
Bogotá
Tel. (57 1) 635 12 00
Fax (57 1) 236 93 82

Costa Rica
La Uruca
Del Edificio de Aviación Civil 200 m al Oeste
San José de Costa Rica
Tel. (506) 220 42 42 y 220 47 70
Fax (506) 220 13 20

Ecuador
Avda. Eloy Alfaro, 33-3470 y Avda. 6 de Diciembre
Quito
Tel. (593 2) 244 66 56 y 244 21 54
Fax (593 2) 244 87 91

El Salvador
Siemens, 51
Zona Industrial Santa Elena
Antiguo Cuscatlan - La Libertad
Tel. (503) 2 505 89 y 2 289 89 20
Fax (503) 2 278 60 66

España
Torrelaguna, 60
28043 Madrid
Tel. (34 91) 744 90 60
Fax (34 91) 744 92 24

Estados Unidos
2105 N.W. 86th Avenue
Doral, F.L. 33122
Tel. (1 305) 591 95 22 y 591 22 32
Fax (1 305) 591 91 45

Guatemala
7ª Avda. 11-11
Zona 9
Guatemala C.A.
Tel. (502) 24 29 43 00
Fax (502) 24 29 43 43

Honduras
Colonia Tepeyac Contigua a Banco Cuscatlan
Boulevard Juan Pablo, frente al Templo Adventista 7º Día, Casa 1626
Tegucigalpa
Tel. (504) 239 98 84

México
Avda. Universidad, 767
Colonia del Valle
03100 México D.F.
Tel. (52 5) 554 20 75 30
Fax (52 5) 556 01 10 67

Panamá
Avda. Juan Pablo II, nº15. Apartado Postal 863199, zona 7. Urbanización Industrial
La Locería - Ciudad de Panamá
Tel. (507) 260 09 45

Paraguay
Avda. Venezuela, 276,
entre Mariscal López y España
Asunción
Tel./fax (595 21) 213 294 y 214 983

Perú
Avda. Primavera 2160
Surco
Lima 33
Tel. (51 1) 313 4000
Fax (51 1) 313 4001

Puerto Rico
Avda. Roosevelt, 1506
Guaynabo 00968
Puerto Rico
Tel. (1 787) 781 98 00
Fax (1 787) 782 61 49

República Dominicana
Juan Sánchez Ramírez, 9
Gazcue
Santo Domingo R.D.
Tel. (1809) 682 13 82 y 221 08 70
Fax (1809) 689 10 22

Uruguay
Constitución, 1889
11800 Montevideo
Tel. (598 2) 402 73 42 y 402 72 71
Fax (598 2) 401 51 86

Venezuela
Avda. Rómulo Gallegos
Edificio Zulia, 1º - Sector Monte Cristo
Boleita Norte
Caracas
Tel. (58 212) 235 30 33
Fax (58 212) 239 10 51